El Tercer Reich

Roberto Bolaño nació en Santiago, Chile, en 1953. Pasó gran parte de su vida en México y en España, donde murió a la edad de cincuenta años. Es autor de numerosas obras de ficción, no ficción y poesía. Su libro *Los detectives salvajes* ganó el Premio Rómulo Gallegos de Novela y fue uno de los mejores libros del año para *The Washington Post*, *Los Angeles Times* y *The New York Times Book Review*. En 2008, recibió póstumamente el Premio de Ficción del National Book Critics Circle por *2666*.

El Tercer Reich

Roberto Bolaño

El Tercer Reich

Vintage Español
Una división de Random House, Inc.
Nueva York

PRIMERA EDICIÓN VINTAGE ESPAÑOL, MARZO 2010

Copyright © 2010 por Herederos de Roberto Bolaño

Todos los derechos reservados. Publicado en los Estados Unidos de América
por Vintage Español, una división de Random House, Inc., Nueva York, y en
Canadá por Random House of Canada Limited, Toronto. Originalmente
publicado en España por Editorial Anagrama, S. A., Barcelona.
Copyright © 2010 por Editorial Anagrama, S. A.

Vintage es una marca registrada y Vintage Español y su colofón son marcas
de Random House, Inc.

Información de catalogación de publicaciones disponible en la Biblioteca del
Congreso de los Estados Unidos.

Vintage ISBN: 978-0-307-47614-2

www.grupodelectura.com

Impreso en los Estados Unidos de América
10 9   8   7   6   5   4   3. 2   1

Para Carolina López

A veces jugamos con vendedores ambulantes, otras con veraneantes, y hace dos meses hasta pudimos condenar a un general alemán a veinte años de reclusión. Llegó de paseo con su esposa, y sólo mi arte lo salvó de la horca.

El desperfecto,
Friedrich Dürrenmatt

20 de agosto

Por la ventana entra el rumor del mar mezclado con las risas de los últimos noctámbulos, un ruido que tal vez sea el de los camareros recogiendo las mesas de la terraza, de vez en cuando un coche que circula con lentitud por el Paseo Marítimo y zumbidos apagados e inidentificables que provienen de las otras habitaciones del hotel. Ingeborg duerme; su rostro semeja el de un ángel al que nada turba el sueño; sobre el velador hay un vaso de leche que no ha probado y que ahora debe estar caliente, y junto a su almohada, a medias cubierto por la sábana, un libro del investigador Florian Linden del que apenas ha leído un par de páginas antes de caer dormida. A mí me sucede todo lo contrario: el calor y el cansancio me quitan el sueño. Generalmente duermo bien, entre siete y ocho horas diarias, aunque muy raras veces me acuesto cansado. Por las mañanas despierto fresco como una lechuga y con una energía que no decae al cabo de ocho o diez horas de actividad. Que yo recuerde, así ha sido siempre; es parte de mi naturaleza. Nadie me lo ha inculcado, simplemente soy así y con esto no quiero sugerir que sea mejor o peor que otros; la misma Ingeborg, por ejemplo, que los sábados y domingos no se levanta hasta pasado el mediodía y a la que durante la semana sólo una segunda taza de café –y un cigarrillo– consiguen despertarla del todo y empujarla hacia el trabajo. Esta noche, sin embargo, el cansancio y el calor me quitan el sueño. También, la voluntad de escribir, de consignar los acontecimientos del día, me impide meterme en la cama y apagar la luz.

El viaje transcurrió sin ningún percance digno de mención. Nos detuvimos en Estrasburgo, una bonita ciudad, aunque yo ya la conocía. Comimos en una especie de supermercado en el borde de la autopista. En la frontera, al contrario de lo que nos habían advertido, no tuvimos que hacer cola ni esperar más de diez minutos para pasar al otro lado. Todo fue rápido y de manera eficiente. A partir de entonces conduje yo pues Ingeborg no confía mucho en los automovilistas nativos, creo que debido a una mala experiencia en una carretera española, hace años, cuando aún era una niña y venía de vacaciones con sus padres. Además, como es natural, estaba cansada.

En la recepción del hotel nos atendió una chica muy joven, que se desenvuelve bastante bien con el alemán, y no hubo ningún problema para encontrar nuestras reservas. Todo estaba en orden y cuando ya subíamos divisé en el comedor a Frau Else; la reconocí de inmediato. Arreglaba una mesa mientras le indicaba algo a un camarero que, a su lado, sostenía una bandeja llena de botellines de sal. Iba vestida con un traje verde y en el pecho llevaba enganchada la chapa metálica con el emblema del hotel.

Los años apenas la habían tocado.

La visión de Frau Else me hizo evocar los días de mi adolescencia con sus horas sombrías y sus horas luminosas; mis padres y mi hermano desayunando en la terraza del hotel, la música que a las siete de la tarde comenzaban a esparcir por la planta baja los altavoces del restaurante, las risas sin sentido de los camareros y las partidas que se organizaban entre muchachos de mi edad para salir a nadar de noche o ir a las discotecas. ¿En aquella época cuál era mi canción favorita? Cada verano había una nueva, en algo semejante a la del año anterior, tarareada y silbada hasta la saciedad y con la que solían cerrar la jornada todas las discotecas del pueblo. Mi hermano, que siempre ha sido exigente en lo musical, seleccionaba con esmero, antes de comenzar las vacaciones, las cintas que habrían de acompañarlo; yo, por el contrario, prefería que fuese el azar quien pusiese en mis oídos una melodía nueva, inevitablemente la canción del verano. Me bastaba con escucharla dos o tres veces, por pura casualidad, para que sus notas me siguieran a través de los días soleados y de las nuevas amistades que iban festoneando nuestras vacaciones. Amistades efímeras, vistas desde mi óptica actual, concebidas sólo para ahuyentar la más mínima sospecha de aburrimiento. De todos aquellos rostros apenas unos cuantos perduran en mi memoria. En primer lugar, Frau Else, cuya simpatía me conquistó desde el primer instante, lo que me valió ser el blanco de las bromas y chirigotas de mis padres, quienes incluso llegaron a burlarse de mí en presencia de la mismísima Frau Else y de su marido, un español cuyo nombre no recuerdo, haciendo alusiones acerca de unos pretendidos celos y de la precocidad de los jóvenes, que consiguieron ruborizarme hasta las uñas y que en Frau Else despertaron un tierno sentimiento de camaradería. A partir de entonces creí ver en su trato conmigo un calor mayor que el dispensado al resto de mi familia. También, pero en un nivel distinto, José (¿se llamaba así?), un chico de mi edad que trabajaba en el hotel y que nos llevó, a mi hermano y a mí, a lugares que sin él no hubiéramos pisado nunca. Cuando nos despedimos, tal vez adivinando que el próximo verano no lo pasaríamos en el Del Mar, mi hermano le regaló un par de cintas de rock y yo mis viejos pantalones vaqueros. Diez años han pasado y aún recuerdo las lágrimas que de pronto se le saltaron a José, con el pantalón doblado en una mano y las cintas en la otra, sin saber qué hacer o decir, murmurando en un inglés del que mi hermano constantemente se burlaba: adiós, queridos amigos, adiós, queridos amigos, etcétera, mientras nosotros le decíamos en español –idioma que hablábamos con cierta fluidez, no en balde nuestros padres llevaban años pasando sus vacaciones en España– que no se preocupara, que el próximo verano volveríamos a estar juntos como los Tres Mosqueteros, que dejara de llorar. Recibimos dos postales de José. Yo contesté, a mi nombre y de mi hermano, la primera. Luego lo olvidamos y de él nunca más se supo. Hubo también un muchacho de Heilbronn llamado Erich, el mejor nadador de la temporada, y una tal Charlotte que prefería tomar el sol conmigo aunque mi hermano estaba loco de remate por ella. Caso aparte es la pobre tía Giselle, la hermana menor de mi madre, que nos acompañó durante el penúltimo verano que pasamos en el Del Mar. Tía Giselle amaba por encima de todo el toreo y su voracidad por esta clase de espectáculo no tenía límites. Imborrable recuerdo: mi hermano conduciendo el coche de mi padre con entera libertad, yo, a su lado, fumando sin que nadie me dijera nada, y tía Giselle en el asiento trasero contemplando embelesada los acantilados cubiertos de espuma bajo la carretera y el color verde oscuro del mar, con una sonrisa de satisfacción en sus labios tan pálidos, y tres pósters, tres te-

14

soros, en su regazo, que daban fe de que ella, mi hermano y yo habíamos alternado con grandes figuras del toreo en la Plaza de Toros de Barcelona. Mis padres, ciertamente, desaprobaban muchas de las ocupaciones a las que tía Giselle se entregaba con tanto fervor, al igual que no les resultaba grata la libertad que ella nos concedía, excesiva para unos niños, según su manera de ver las cosas, aunque yo por entonces rondaba los catorce. Por otra parte siempre he sospechado que éramos nosotros quienes cuidábamos de tía Giselle, tarea que mi madre nos imponía sin que nadie se diera cuenta, de forma sutil y llena de aprensiones. Sea como fuere, tía Giselle sólo estuvo con nosotros un verano, el anterior al último que pasamos en el Del Mar.

Poco más es lo que recuerdo. No he olvidado las risas en las mesas de la terraza, los supertanques de cerveza que se vaciaban ante mi mirada de asombro, los camareros sudorosos y oscuros agazapados en un rincón de la barra conversando en voz baja. Imágenes sueltas. La sonrisa feliz y los repetidos gestos de asentimiento de mi padre, un taller donde alquilaban bicicletas, la playa a las nueve y media de la noche, aún con una tenue luz solar. La habitación que entonces ocupábamos era distinta a esta que ocupamos ahora; no sé si mejor o peor, distinta, en un piso más bajo, y más grande, suficiente para que cupieran cuatro camas, y con un balcón amplio, de cara al mar, en donde mis padres solían instalarse por las tardes, después de comer, a jugar infinitas partidas de naipes. No estoy seguro de si teníamos baño privado o no. Probablemente algunos veranos sí y otros no. Nuestra habitación actual sí que tiene baño propio, y además un bonito y espacioso closet, y una enorme cama de matrimonio, y alfombras, y una mesa de hierro y mármol en el balcón, y un doble juego de cortinas, unas

15

interiores de tela verde muy fina al tacto y otras exteriores, de madera pintada de blanco, muy modernas, y luces directas e indirectas, y unas bien disimuladas bocinas que con sólo apretar un botón transmiten música en frecuencia modulada... No cabe duda, el Del Mar ha progresado. La competencia, a juzgar por el rápido vistazo que pude dar desde el coche mientras enfilábamos el Paseo Marítimo, tampoco ha quedado rezagada. Hay hoteles que no recordaba y los edificios de apartamentos han crecido en los antiguos descampados. Pero todo esto son especulaciones. Mañana procuraré hablar con Frau Else y saldré a dar una vuelta por el pueblo.

¿También yo he progresado? Por supuesto: antes no conocía a Ingeborg y ahora estoy con ella; mis amistades son más interesantes y profundas, por ejemplo Conrad, que es como otro hermano para mí y que leerá estas páginas; sé lo que quiero y tengo una perspectiva mayor; soy económicamente independiente; al revés de lo que habitualmente sucedía en los años de adolescencia hoy jamás me aburro. Sobre la falta de aburrimiento Conrad dice que es la prueba de oro de la salud. Mi salud, según esto, debe ser excelente. Sin pecar de exagerado creo que estoy en el mejor momento de mi vida.

En gran medida la responsable de esta situación es Ingeborg. Encontrarla es lo mejor que me ha sucedido. Su dulzura, su gracia, la suavidad con que me mira hacen que lo demás, mis esfuerzos cotidianos y las zancadillas que me ponen los envidiosos, adquieran otra proporción, la justa proporción que me permite enfrentarme con los hechos y vencerlos. ¿En qué terminará nuestra relación? Lo digo porque las relaciones entre parejas jóvenes son hoy tan frágiles. No quiero pensarlo mucho. Prefiero la amabilidad; quererla y cuidarla. Por cierto, si acabamos casándonos,

16

tanto mejor. Una vida entera al lado de Ingeborg, ¿podría pedir, en el plano sentimental, algo más?

El tiempo lo dirá. Por ahora su amor es... Pero no hagamos poesía. Estos días de vacaciones serán también días de trabajo. He de pedir a Frau Else una mesa más grande, o dos mesas pequeñas, para desplegar los tableros. Tan sólo de pensar en las posibilidades que ofrece mi nueva apertura y en los diferentes desarrollos alternativos que se pueden seguir me entran ganas de desplegar el juego ahora mismo y ponerme a verificarlo. Pero no lo haré. Sólo tengo cuerda para escribir un rato más; el viaje ha sido largo y ayer apenas dormí, en parte porque era la primera vez que Ingeborg y yo iniciaríamos unas vacaciones juntos y en parte porque volvería a pisar el Del Mar después de diez años de ausencia.

Mañana desayunaremos en la terraza. ¿A qué hora? Supongo que Ingeborg se levantará tarde. ¿Había un horario fijo para los desayunos? No lo recuerdo; creo que no; en cualquier caso también podemos desayunar en un café del interior del pueblo, un viejo local que siempre estaba lleno de pescadores y turistas. Con mis padres solíamos hacer todas las comidas en el Del Mar y en ese café. ¿Lo habrán cerrado? En diez años ocurren muchas cosas. Espero que aún esté abierto.

21 de agosto

Dos veces he hablado con Frau Else. Nuestros encuentros no han sido todo lo satisfactorios que hubiera querido. El primero tuvo lugar a eso de las once de la mañana; poco antes había dejado a Ingeborg en la playa y volví al hotel para arreglar unos asuntos. Encontré a Frau Else en la recepción atendiendo a unos daneses que se marchaban, según se podía deducir de sus maletas y del perfecto bronceado que ostentaban con orgullo. Sus hijos arrastraban por el pasillo de la recepción unos enormes sombreros mexicanos de paja. Acabada la despedida con promesas de un puntual reencuentro para el año próximo, me presenté. Soy Udo Berger, dije tendiendo la mano y sonriendo con admiración; no era para menos, en ese instante, vista de cerca, Frau Else se me presentaba mucho más hermosa y por lo menos tan enigmática como en mis recuerdos de adolescente. Sin embargo ella no me reconoció. Durante cinco minutos tuve que explicarle quién era, quiénes eran mis padres, cuántos veranos habíamos pasado en su hotel e incluso rememorar olvidadas anécdotas bastante descrip-

18

tivas que hubiera preferido callar. Todo esto de pie en la recepción mientras iban y venían clientes en traje de baño (yo mismo sólo llevaba unos shorts y unas sandalias) que constantemente interrumpían los esfuerzos que hacía para que ella me recordara. Finalmente dijo que sí: la familia Berger, ¿de Múnich? No, de Reutlingen, corregí, aunque ahora yo vivía en Stuttgart. Por supuesto, dijo, mi madre era una persona encantadora, también se acordaba de mi padre e incluso de tía Giselle. Usted ha crecido mucho, está hecho todo un hombre, dijo con un tono en el que creí notar cierta timidez y que, sin que me lo pueda explicar de manera razonable, consiguió turbarme. Preguntó cuánto tiempo pensaba pasar en el pueblo y si lo notaba muy cambiado. Contesté que aún no había tenido tiempo para salir a caminar, dije que había llegado anoche, bastante tarde, y que planeaba estar quince días, aquí, en el Del Mar, por supuesto. Ella sonrió y con esto dimos por terminada la conversación. Acto seguido subí al cuarto, un poco ofuscado, sin saber el motivo exacto; desde allí llamé por teléfono y pedí que me subieran una mesa; dejé bien claro que por lo menos debía tener un metro y medio de largo. Mientras esperaba leí las primeras páginas de este diario, no estaban mal, sobre todo para un principiante. Creo que Conrad tiene razón, la práctica cotidiana, obligatoria o casi obligatoria, de consignar en un diario las ideas y los acontecimientos de cada día sirve para que un virtual autodidacta como yo aprenda a reflexionar, ejercite la memoria enfocando las imágenes con cuidado y no al desgaire, y sobre todo cuide algunos aspectos de su sensibilidad que, creyéndolos ya hechos del todo, en realidad son sólo semillas que pueden o no germinar en un carácter. El propósito inicial del diario, no obstante, obedece a fines mucho más prácticos: ejercitar mi prosa para que en adelante los giros imperfectos y una sintaxis defectuosa no desdoren los hallazgos que puedan ofrecer mis artículos, publicados en un número cada vez mayor de revistas especializadas, y que últimamente han sido objeto de variadas críticas, ya sea en forma de cartas en la sección Buzón del Lector, ya sea en forma de tachaduras y enmiendas por parte de los responsables de las revistas. Y de nada han servido mis protestas, ni mi condición de campeón, ante esta censura que ni siquiera se molesta en encubrirse y cuyo único argumento lo constituyen mis deficiencias gramaticales (como si ellos escribieran muy bien). En honor a la verdad debo decir que afortunadamente no siempre es así; hay revistas que después de recibir un trabajo mío contestan educadamente con una nota, en la cual tal vez deslicen dos o tres frases respetuosas, y al cabo de un tiempo aparece mi texto impreso sin ningún corte. Otras se deshacen en halagos, son las que Conrad llama publicaciones bergerianas. Los problemas, en realidad, sólo los tengo con una fracción del grupo de Stuttgart y con algunos tipos engreídos de Colonia a los que alguna vez gané aparatosamente y que todavía no me lo perdonan. En Stuttgart hay tres revistas y en todas he publicado; allí mis problemas son, como quien dice, familiares. En Colonia hay sólo una pero de mayor calidad gráfica, distribución nacional y, lo que no deja de ser importante, con colaboraciones retribuidas. Incluso se dan el lujo de tener un consejo de redacción pequeño pero profesionalizado, con un sueldo mensual nada desdeñable por hacer precisamente lo que les gusta. Que lo hagan bien o mal —yo opino que lo hacen mal— es otra cuestión. En Colonia he publicado dos ensayos, el primero de los cuales, «Cómo ganar en el Bulge», fue traducido al italiano y publicado en una revista milanesa, lo que me valió elogios en el círculo de mis amigos y el establecimiento de una comunicación directa con los aficionados de Milán. Los dos ensayos, como decía, fueron publicados, aunque en ambos noté leves alteraciones, pequeños cambios, cuando no frases enteras que eran eliminadas so pretexto de falta de espacio –¡no obstante todas las ilustraciones que solicité fueron incluidas!– o de corrección de estilo, tarea esta última de la que se encargaba un personajillo al que jamás tuve el gusto de conocer, ni siquiera por teléfono, y de cuya existencia real tengo serias dudas. (Su nombre no aparece en la revista. Estoy seguro de que detrás de ese corrector apócrifo se escudan los del consejo de redacción en sus tropelías a los autores.) El colmo llegó con el tercer trabajo presentado: simplemente se negaron a publicarlo pese a que había sido escrito por encargo expreso de ellos. Mi paciencia tenía un límite; pocas horas después de recibir la carta de rechazo telefoneé al jefe de redacción para manifestarle mi asombro por la decisión adoptada y mi enojo por las horas que ellos, los del consejo de redacción, me habían hecho perder inútilmente –aunque en esto último mentí; jamás considero perdidas las horas empleadas en dilucidar problemas relativos a este tipo de juegos, ni mucho menos aquellas en las que medito y escribo sobre determinados aspectos de una campaña que me interese de manera particular. Para mi sorpresa el jefe de redacción contestó con una sarta de insultos y amenazas que minutos antes hubiera creído imposible escuchar en su remilgado piquito de pato. Antes de cortarle –aunque fue él quien finalmente cortó– le prometí que si algún día lo encontraba le iba a romper la nariz. Entre los muchos insultos que tuve que escuchar, tal vez el que hizo más mella en mi sensibilidad fuera el relativo a mi presunta torpeza literaria. Si lo pienso con tranquilidad es evidente que el pobre tipo estaba equivocado, de lo contrario ¿por qué siguen publicando mis trabajos las revistas de

Alemania y algunas del extranjero?, ¿por qué razón recibo cartas de Rex Douglas, Nicky Palmer y Dave Rossi? ¿Sólo porque soy el campeón? Llegado a este punto, me niego a llamarlo crisis, Conrad dijo la frase decisiva: aconsejó que olvidara a los de Colonia (allí el único que vale es Heimito y no tiene nada que ver con la revista) y que escribiera un diario, nunca está de más tener un lugar en donde consignar los sucesos del día y ordenar las ideas sueltas para futuros trabajos, que es precisamente lo que pienso hacer.

Imbuido en tales pensamientos me hallaba cuando llamaron a la puerta y apareció una camarera, casi una niña, que en un alemán imaginario –en realidad la única expresión alemana fue el adverbio no– farfulló unas cuantas palabras que tras reflexionar comprendí que querían decir que no habría mesa. Le expliqué, en castellano, que era absolutamente necesario que yo tuviera una mesa, y no una mesa cualquiera sino una que midiera un metro y medio de largo, como mínimo, o dos mesas de setenta y cinco centímetros, y que la quería ahora.

La niña se marchó diciendo que iba a hacer todo lo posible. Al cabo de un rato apareció de nuevo, acompañada por un hombre de unos cuarenta años, vestido con un arrugado pantalón marrón, como si durmiera sin sacárselo por las noches, y con una camisa blanca con el cuello sucio. El hombre, sin presentarse ni pedir permiso, entró en la habitación y preguntó para qué quería la mesa; con la quijada señaló la mesa con la que ya estaba dotado el cuarto, demasiado baja y demasiado pequeña para mis propósitos. Preferí no contestar. Ante mi silencio se decidió a explicar que no podía colocar dos mesas en una sola habitación. No parecía muy seguro de que yo comprendiera su idioma y de tanto en tanto hacía gestos con las manos como si describiera a una mujer encinta.

22

Un poco cansado ya de tanta pantomima arrojé sobre la cama todo lo que había encima de la mesa y le ordené que se la llevara y volviera con una que tuviera las características que yo pedía. El hombre no hizo ademán de moverse; parecía asustado; la niña, por el contrario, me sonrió con simpatía. Acto seguido cogí yo mismo la mesa y la saqué al pasillo. El hombre salió de la habitación asintiendo perplejo, sin entender lo que había ocurrido. Antes de marcharse dijo que no iba a ser fácil encontrar una mesa como la que yo quería. Lo animé con una sonrisa: todo era posible si uno se empeñaba.

Poco después llamaron por teléfono desde la recepción. Una voz inidentificable dijo en alemán que no tenían mesas como la que yo exigía, ¿deseaba que volvieran a subir la que ya estaba en la habitación? Pregunté con quién tenía el gusto de hablar. Con la recepcionista, dijo la voz, señorita Nuria. Utilizando el tono más persuasivo expliqué a la señorita Nuria que para mi trabajo, sí, yo en vacaciones trabajaba, era absolutamente imprescindible la mesa, pero no la que ya había, las mesas standard que, suponía, tenían todas las habitaciones del hotel, sino una mesa más alta y sobre todo más larga, si no era mucho pedir. ¿En qué trabaja usted, señor Berger?, preguntó la señorita Nuria. ¿Y eso a usted qué le importa? Limítese a ordenar que me suban una mesa como la que he pedido y ya está. La recepcionista tartamudeó, luego con un hilillo de voz dijo que vería lo que podía hacer y colgó precipitadamente. En ese momento recuperé el buen humor, me dejé caer en la cama y me reí con fuerza.

La voz de Frau Else me despertó. Se hallaba de pie junto a la cama y sus ojos, de una intensidad poco común, me observaban preocupados. De inmediato comprendí que me había dormido y sentí vergüenza. Manoteé en busca de

23

algo para cubrirme —aunque de una manera muy lenta, como si aún estuviera en medio de un sueño— pues pese a llevar los shorts la sensación de desnudez era completa. ¿Cómo pudo entrar sin que la escuchara? ¿Tenía acaso una llave maestra de todas las habitaciones del hotel y la usaba sin prejuicios?

Pensé que estaba enfermo, dijo. ¿Ya sabe usted que ha asustado a nuestra recepcionista? Ella sólo se limita a cumplir el reglamento del hotel, no tiene por qué soportar las impertinencias de los clientes.

—En cualquier hotel eso es inevitable —dije.

—¿Pretende saber más que yo acerca de mi propio negocio?

—No, por supuesto.

—¿Entonces?

Murmuré algunas palabras de disculpa sin poder apartar la mirada del óvalo perfecto que era el rostro de Frau Else, en el cual creí ver una levísima sonrisa irónica, como si la situación que yo había creado le resultara divertida.

Detrás de ella estaba la mesa.

Me incorporé hasta quedar de rodillas sobre la cama; Frau Else no hizo el menor gesto de moverse para que pudiera contemplar la mesa a mi antojo; aun así me di cuenta de que era tal como la había deseado, incluso mejor. Espero que sea de su agrado, he tenido que bajar al sótano a buscarla, perteneció a la madre de mi marido. En su voz persistía el retintín irónico: ¿le servirá para su trabajo?, ¿pero piensa trabajar todo el verano?, si yo estuviera tan pálida como usted me pasaría todo el día en la playa. Prometí que haría ambas cosas, un poco de trabajo y un poco de playa, en la justa medida. ¿Y por las noches no irá a las discotecas? ¿A su amiga no le gustan las discotecas? Por cierto, ¿dónde está? En la playa, dije. Debe ser una muchacha inteligente, no pierde el tiempo, dijo Frau Else. Se la presentaré esta tarde, si usted no tiene ningún inconveniente, dije. Pues sí, tengo varios inconvenientes, posiblemente pase todo el día en la oficina, otra vez será, dijo Frau Else. Sonreí. Cada vez la encontraba más interesante.

—Usted también cambia la playa por el trabajo —dije.

Antes de marcharse me advirtió que tratara con mayor delicadeza a los empleados.

Instalé la mesa junto a la ventana, en una posición ventajosa para recibir el máximo de luz natural. Luego salí al balcón y durante largo rato estuve mirando la playa e intentando distinguir a Ingeborg entre los cuerpos semidesnudos expuestos al sol.

Comimos en el hotel. La piel de Ingeborg estaba enrojecida, ella es muy rubia y no le hace bien tomar tanto sol de golpe. Espero que no haya cogido una insolación, sería terrible. Cuando subimos al cuarto preguntó de dónde había salido la mesa y tuve que explicarle, en una atmósfera de paz absoluta, yo sentado junto a la mesa, ella recostada en la cama, que había pedido a la dirección que me cambiaran la antigua por una más grande pues pensaba desplegar el juego. Ingeborg me miró sin decir nada pero en sus ojos advertí un atisbo de censura.

No podría decir en qué momento se quedó dormida. Ingeborg duerme con los ojos semiabiertos. De puntillas cogí el diario y me puse a escribir.

Hemos estado en la discoteca Antiguo Egipto. Cenamos en el hotel. Ingeborg, durante la siesta (¡qué rápido se adquieren las costumbres españolas!), habló en sueños. Palabras sueltas como cama, mamá, autopista, helado... Cuando se despertó dimos una vuelta por el Paseo Marítimo, sin adentrarnos en el interior del pueblo, envueltos en la corriente de paseantes que iban y venían. Luego nos sentamos en el contramuro del Paseo y estuvimos hablando.

La cena fue ligera. Ingeborg se cambió de ropa. Un vestido blanco, con zapatos blancos de tacón alto, un collar de nácar y el pelo recogido en un moño premeditadamente descuidado. Aunque menos elegante que ella, yo también me vestí de blanco.

La discoteca estaba en la zona de los campings, que es también la zona de las discotecas, las hamburgueserías y los restaurantes. Hace diez años allí sólo había un par de campings y un bosque de pinos que se extendía hasta la vía del tren; hoy, según parece, es el conglomerado turístico más importante del pueblo. El bullicio de su única avenida, que corre paralela al mar, es comparable al de una gran ciudad en una hora punta. Con la diferencia de que aquí las horas punta comienzan a las nueve de la noche y no terminan hasta pasadas las tres de la madrugada. La multitud que se arracima en las aceras es variopinta y cosmopolita; blancos, negros, amarillos, indios, mestizos, pareciera que todas las razas hubieran acordado hacer sus vacaciones en este sitio, aunque por supuesto no todos están de vacaciones.

Ingeborg se encontraba radiante y nuestra entrada en la discoteca produjo miradas subrepticias de admiración. Admiración por ella y envidia por mí. Yo, la envidia, la cojo al vuelo. De todas maneras no pensábamos estar mucho rato. Fatalmente no tardó en sentarse en nuestra mesa una pareja de alemanes.

Explicaré cómo sucedió: a mí el baile no me vuelve loco; suelo bailar, sobre todo desde que conozco a Ingeborg, pero antes tengo que entonarme con un par de copas y digerir, por llamarlo de algún modo, la sensación de extrañeza que me producen tantos rostros desconocidos en una sala que por regla general no está bien iluminada; por el contrario, Ingeborg no tiene ningún empacho en salir a bailar sola. Puede permanecer en la pista el tiempo que duran un par de canciones, volver a la mesa, beber un sorbo de su bebida, regresar a la pista y así estar toda la noche hasta caer rendida. Yo ya me he acostumbrado. Durante sus ausencias pienso en mi trabajo y en cosas sin sentido, o tarareo muy quedito la melodía que resuena por los altavoces, o medito en los oscuros destinos de la masa amorfa y de los rostros imprecisos que me rodean. De vez en cuando Ingeborg, ajena a mis preocupaciones, se acerca y me da un beso. O aparece con una nueva amiga y un nuevo amigo, como esta noche la pareja de alemanes, con quienes apenas ha cruzado un par de palabras en el tráfago de la pista de baile. Palabras que unidas a nuestra común condición de veraneantes bastan para establecer algo semejante a la amistad.

Karl —aunque prefiere que lo llamen Charly— y Hanna son de Oberhausen; ella trabaja de secretaria en la empresa donde él es mecánico; los dos tienen veinticinco años. Hanna está divorciada. Tiene un niño de tres años y piensa casarse con Charly apenas pueda; todo lo anterior se lo dijo a Ingeborg en los lavabos y ésta me lo contó al volver al hotel. A Charly le gusta el fútbol, el deporte en general, y el windsurf: ha traído su tabla, de la que dice maravillas, desde Oberhausen; en un aparte, mientras Ingeborg y Hanna estaban en la pista, preguntó cuál era mi deporte favorito. Le dije que me gustaba correr. Correr solo.

Ambos bebieron mucho. Ingeborg, a decir verdad, también. En esas condiciones resultó fácil comprometernos para el día siguiente. Su hotel es el Costa Brava, que

27

queda a pocos pasos del nuestro. Convinimos encontrarnos a eso del mediodía, en la playa, junto al sitio donde alquilan patines.

Sobre las dos de la madrugada nos marchamos. Antes, Charly pagó una última ronda; estaba feliz; me contó que llevaban diez días en el pueblo y aún no habían trabado amistad con nadie, el Costa Brava estaba lleno de ingleses y los pocos alemanes que encontraba en los bares eran tipos poco sociables o venían en grupos compuestos exclusivamente por hombres, lo que excluía a Hanna.

Por el camino de vuelta Charly se puso a cantar canciones que nunca antes había escuchado. La mayoría eran procaces; algunas se referían a lo que pensaba hacerle a Hanna no bien llegaran a la habitación, por lo que deduje que, al menos en las letras, eran inventadas. Hanna, que caminaba del brazo de Ingeborg un poco más adelante, las celebraba con carcajadas esporádicas. Mi propia Ingeborg *también* se reía. Por un instante la imaginé en brazos de Charly y me estremecí. Sentí cómo el estómago se me contraía hasta quedar del tamaño de un puño.

Por el Paseo Marítimo corría una brisa fresca que contribuyó a despejarme. Casi no se veía gente, los turistas volvían a sus hoteles tambaleándose o cantando y los coches, escasos, circulaban con lentitud en una y otra dirección como si todo el mundo de pronto estuviera agotado, o enfermo, y el esfuerzo fluyera ahora en dirección a las camas y a los cuartos cerrados.

Al llegar al Costa Brava Charly se empeñó en mostrarme su tabla. La tenía sujeta con un entramado de cuerdas elásticas sobre la baca del coche en el estacionamiento al aire libre del hotel. ¿Qué te parece?, dijo. No tenía nada de extraordinario, era una tabla como hay millones. Le confesé que no entendía nada de windsurf. Si quieres te puedo enseñar, dijo. Ya veremos, contesté sin meterme en ningún compromiso.

Nos negamos, y en este punto Hanna nos apoyó con firmeza, a que nos fueran a dejar a nuestro hotel. De todas maneras la despedida se prolongó un rato más. Charly estaba mucho más borracho de lo que yo creía e insistió en que subiéramos a conocer su habitación. Hanna e Ingeborg se reían de las tonterías que decía pero yo me mantuve inalterable. Cuando por fin lo habíamos convencido de que lo mejor era ir a acostarse señaló con la mano un punto en la playa y echó a correr hacia allí hasta perderse en la oscuridad. Primero Hanna —quien seguramente estaría acostumbrada a estas escenas—, luego Ingeborg y, tras Ingeborg y de mala gana, yo lo seguimos; pronto las luces del Paseo Marítimo quedaron a nuestras espaldas. En la playa sólo se oía el rumor del mar. Lejos, a la izquierda, distinguí las luces del puerto adonde mi padre y yo fuimos una mañana, muy temprano, en un infructuoso intento de comprar pescado: las ventas, al menos en aquellos años, se realizaban por las tardes.

Nos pusimos a llamarlo. Sólo nuestros gritos se oían en la noche. Hanna, por descuido, se metió en el agua y se mojó los pantalones hasta la rodilla. Más o menos entonces, mientras escuchábamos las imprecaciones de Hanna, el pantalón era de satén y el agua de mar lo arruinaría, Charly contestó a nuestras llamadas: estaba entre nosotros y el Paseo Marítimo. ¿Dónde estás, Charly?, chilló Hanna. Aquí, aquí, sigan mi voz, dijo Charly. Nos pusimos en marcha otra vez hacia las luces de los hoteles.

—Tengan cuidado con los patines —advirtió Charly.

Como animales de las profundidades marinas, dormidos o tal vez muertos, los patines formaban una isla negra en medio de la oscuridad uniforme que se extendía a lo largo de la playa. Sentado sobre el flotador de uno de esos extraños vehículos, con la camisa desabrochada y el pelo revuelto, Charly nos aguardaba.

—Sólo quería mostrarle a Udo el sitio exacto donde nos veremos mañana —dijo ante los reproches de Hanna y de Ingeborg, que le echaban en cara el susto que nos había dado y su comportamiento infantil.

Mientras las mujeres ayudaban a Charly a ponerse de pie observé el conjunto de patines. No podría decir con exactitud qué fue lo que me llamó la atención. Tal vez la curiosa manera en que estaban ordenados, diferente de cualquier otra que hubiera visto en España, si bien no es éste un país metódico. La disposición que tenían era por lo menos irregular y poco práctica. Lo normal, incluso dentro de la anormalidad caprichosa de cualquier encargado de patines, es dejarlos de espaldas al mar, alineados de tres en tres, o de cuatro en cuatro. Por cierto, hay quienes los dejan de cara al mar, o en una sola y larga línea, o no los alinean, o los arrastran hasta el contrafuerte que separa la playa del Paseo Marítimo. La disposición de éstos, sin embargo, escapaba de cualquier categoría. Algunos estaban encarados al mar y otros al Paseo, aunque la mayoría estaban colocados de lado, apuntando en dirección al puerto o a la zona de los campings en una especie de alineación de erizo; pero aún más curioso era que algunos habían sido levantados, manteniéndose en equilibrio solamente sobre un flotador, e incluso había uno dado vuelta del todo, quedando los flotadores y las paletas hacia arriba y los sillines enterrados en la arena, posición que no sólo resultaba insólita sino que requería de una considerable fuerza física y que de no haber sido por la extraña simetría, por la voluntad que emanaba del conjunto a medias cubierto por unas viejas lonas, hubiera tomado por obra de un grupo de gamberros, de los que recorren las playas a medianoche.

Por supuesto, ni Charly, ni Hanna, ni siquiera Ingeborg notaron nada fuera de lo normal en los patines.

Cuando llegamos a nuestro hotel pregunté a Ingeborg qué impresión le habían causado Charly y Hanna.

Buenas personas, dijo. Yo, con algunas reservas, estuve de acuerdo.

22 de agosto

Desayunamos en el bar La Sirena. Ingeborg tomó un *english breakfast* consistente en una taza de té con leche, un plato con un huevo frito, dos lonjas de bacon, una porción de judías dulces y un tomate a la plancha, todo por 350 pesetas, bastante más barato que en el hotel. En la pared, detrás de la barra, hay una sirena de madera con el pelo rojo y la piel dorada. Del techo todavía cuelgan unas viejas redes de pescar. Por lo demás, todo es distinto. El camarero y la mujer que atiende la barra son jóvenes. Hace diez años aquí trabajaban un viejo y una vieja, morenos y arrugados, que solían charlar con mis padres. No me atreví a preguntar por ellos. ¿Para qué?

Encontramos a Charly y Hanna en el sitio convenido, cerca de los patines. Dormían. Después de extender nuestras esterillas junto a ellos, los despertamos. Hanna abrió los ojos de inmediato pero Charly gruñó algo ininteligible y siguió durmiendo. Hanna explicó que había pasado muy mala noche. Cuando Charly bebía, según Hanna, no conocía límites y abusaba de su resistencia física y de su salud. Nos contó que a las ocho de la mañana, casi sin haber dormido, salió a hacer windsurf. En efecto, la tabla estaba allí, junto a las costillas de Charly. Luego Hanna comparó su crema bronceadora con la de Ingeborg y al cabo de un rato, ambas extendidas de espaldas al sol, la conversación giró hacia un tipo de Oberhausen, un administrativo que al parecer tenía intenciones serias con respecto a Hanna aunque ésta sólo «lo apreciaba como amigo». Me desentendí de lo que decían y dediqué los minutos siguientes a observar los patines que tanta inquietud me habían producido la noche anterior.

No eran muchos los que estaban en la playa; la mayoría, ya alquilados, se deslizaban lentos y vacilantes por un mar en calma y de un intenso color azul. Por descontado, en los patines que aún no habían sido alquilados no se advertía nada inquietante; viejos, de un modelo superado incluso por los patines de otros puestos, el sol parecía reverberar sobre sus superficies agrietadas en donde la pintura se descascaraba inexorablemente. Una cuerda, sostenida por unos cuantos palos enterrados en la arena, separaba a los bañistas de los patines; la cuerda apenas se levantaba unos treinta centímetros del suelo y en algunos sitios los palos se habían inclinado y estaban a punto de caerse del todo. En la orilla distinguí al encargado, ayudaba a un grupo de clientes a hacerse a la mar cuidando que el patín no golpeara la cabeza de alguno de los innumerables niños que chapoteaban alrededor; los clientes, serían unos seis, todos subidos sobre el patín, con bolsas de plástico en las que posiblemente llevaran bocadillos y latas de cerveza, hacían gestos de despedida hacia la playa o daban palmadas de alborozo. Cuando el patín hubo atravesado la franja de niños el encargado salió del agua y comenzó a avanzar hacia nosotros.

—Pobrecito —oí que decía Hanna.

Pregunté a quién se refería; Ingeborg y Hanna me indicaron que observara con disimulo. El encargado era moreno, tenía el pelo largo y una contextura musculosa, pero lo más notable de su persona, con mucho, eran las quemaduras —quiero decir quemaduras de fuego, no de sol— que le cubrían la mayor parte de la cara, del cuello y del pecho, y que se exhibían sin embozo, oscuras y rugosas, como carne a la plancha o placas de un avión siniestrado.

Por un instante, debo admitirlo, me sentí como hipnotizado, hasta que me percaté de que él también nos miraba y que en su gesto abundaba la indiferencia, una suerte de frialdad que de inmediato me resultó repulsiva.

A partir de entonces evité mirarlo.

Hanna dijo que ella se suicidaría si se quedara así, deformada por el fuego. Hanna es una chica bonita, tiene los ojos azules y el pelo castaño claro y sus pechos —ni Hanna ni Ingeborg llevan la parte superior del bikini— son grandes y bien formados, pero sin demasiado esfuerzo la imaginé quemada, dando gritos y paseando sin sentido por su habitación del hotel. (¿Por qué, precisamente, por la habitación del hotel?)

—Tal vez sea una marca de nacimiento —dijo Ingeborg.

—Es posible, se ven cosas muy extrañas —dijo Hanna—. Charly conoció en Italia a una mujer que nació sin manos.

—¿De verdad?

—Te lo juro. Pregúntaselo. Se acostaron juntos.

Hanna e Ingeborg se rieron. A veces no comprendo cómo Ingeborg puede encontrar graciosas semejantes afirmaciones.

—Tal vez su madre haya tomado algún producto químico mientras estaba embarazada.

No supe si Ingeborg hablaba de la mujer sin manos o

del encargado de los patines. De todos modos intenté sacarla de su error. Nadie nace así, con la piel tan martirizada. Ahora bien, no cabía duda de que las quemaduras no eran recientes. Probablemente databan de unos cinco años atrás, incluso más a juzgar por la actitud del pobre tipo (yo no lo miraba) acostumbrado a despertar la curiosidad y el interés propio de los monstruos y de los mutilados, las miradas de involuntaria repulsión, la piedad por la gran desgracia. Perder un brazo o una pierna es perder una parte de sí mismo, pero sufrir tales quemaduras es transformarse, convertirse en otro.

Cuando Charly por fin despertó, Hanna dijo que el encargado le parecía atractivo. ¡Musculoso! Charly se rió y nos fuimos todos al agua.

Por la tarde, después de comer, desplegué el juego. Ingeborg, Hanna y Charly se marcharon a la parte vieja del pueblo, de compras. Durante la comida Frau Else se acercó a nuestra mesa a preguntar qué tal lo estábamos pasando. Saludó a Ingeborg con una sonrisa franca y abierta, aunque cuando se dirigió a mí creí notar cierta ironía, como si me estuviera diciendo: ya ves, me preocupo por tu comodidad, no te olvido. A Ingeborg le pareció una mujer hermosa. Me preguntó qué edad tenía. Le dije que lo ignoraba.

¿Cuántos años tendrá Frau Else? Recuerdo que mis padres contaban que se había casado siendo muy joven, con el español, a quien por cierto todavía no he visto. El último verano que estuvimos aquí debía tener unos veinticinco años, la edad de Hanna, de Charly, la mía. Ahora debe rondar los treintaicinco.

Después de la comida el hotel cae en un sopor extraño; los que no se van a la playa o salen a dar una vuelta por los alrededores se ponen a dormir, rendidos por el calor. Los empleados, salvo los que atienden estoicamente la barra del bar, desaparecen y no se les ve circular por las inmediaciones del hotel hasta pasadas las seis de la tarde. Un silencio pegajoso reina en todos los pisos, interrumpido de vez en cuando por voces infantiles, apagadas, y por el zumbido del elevador. Por momentos uno tiene la impresión de que un grupo de niños se ha perdido, pero no es así; lo único que sucede es que los padres prefieren no hablar.

Si no fuera por el calor, apenas paliado por el aire acondicionado, ésta sería la mejor hora para trabajar. Hay luz natural, los ímpetus de la mañana se han calmado y aún quedan muchas horas por delante. Conrad, mi querido Conrad, prefiere la noche y por eso no le son extrañas las ojeras y la extrema palidez con que a veces nos alarma, tomando por enfermedad lo que pura y simplemente es falta de sueño. A costa de no dormir, sin embargo, nos ha obsequiado con muchas de las mejores variantes de algunas campañas, amén de infinidad de trabajos analíticos, históricos, metodológicos, e inclusive simples introducciones y reseñas sobre nuevos juegos. Sin él la afición de Stuttgart sería distinta, con menos gente y de menor calidad. De alguna manera ha sido nuestro protector –mío, de Alfred, de Franz– descubriéndonos libros que tal vez jamás hubiéramos leído y hablándonos de los temas más diversos con interés y vehemencia. Lo que lo pierde es su falta de ambición. Desde que lo conozco –y, según sé, desde mucho antes– Conrad trabaja en una oficina constructora de no mucha importancia, en uno de los peores puestos, por debajo de casi todos los empleados y obreros, realizando las funciones que antaño hacían los *officeboys* y los recaderos-sin-moto, apelativo este último con el que gusta designarse a sí mismo. Con lo que gana paga su habitación, come en una fonda donde ya casi le consideran de la familia, y muy de vez en cuando compra ropa; el resto se le va en juegos, suscripciones a revistas europeas y norteamericanas, cuotas del club, algunos libros (pocos, pues por lo común utiliza la biblioteca, ahorrándose un dinero que destina a comprar más juegos), y aportaciones voluntarias a los fanzines de la ciudad en los cuales colabora, virtualmente todos, sin excepción. De más está decir que muchos de estos fanzines se extinguirían sin la generosidad de Conrad, y en esto también puede verse su falta de ambición: lo menos que algunos merecen es desaparecer sin pena ni gloria, pútridas hojitas fotocopiadas, paridas por adolescentes más inclinados a los juegos de rol, cuando no a los juegos de computadora, que al rigor de un tablero hexagonado. Pero a Conrad esto no parece importarle y los apoya. Muchos de sus mejores artículos, incluido el Gambito Ucraniano —que Conrad llama el Sueño del General Marcks—, no sólo han sido publicados sino que han sido escritos ex profeso para esta clase de revistas.

Contradictoriamente, ha sido él quien me ha alentado a escribir en publicaciones de mayor tiraje e incluso quien ha insistido y me ha convencido para que me semiprofesionalizara. Los primeros contactos con *Front Line, Jeux de Simulation, Stockade, Casus Belli, The General,* etcétera, se los debo a él. Según Conrad —y acerca de esto estuvimos toda una tarde haciendo cálculos—, si yo colaborara de manera regular con diez revistas, algunas mensuales, las más bimensuales y otras trimestrales, podría abandonar mi actual trabajo de manera provechosa, para dedicarme tan sólo a escribir. Cuando le pregunté por qué no hacía eso él, que tenía un trabajo peor que el mío y que sabía escribir tan bien o mejor que yo, contestó que debido a su naturaleza tímida le resultaba violento, por no decir impósible, establecer relaciones comerciales con gente que no conocía, además de que para tales menesteres era necesario un cierto dominio del inglés, idioma que Conrad se contentaba tan sólo con descifrar.

Aquel día memorable establecimos las metas de nuestros sueños y enseguida nos pusimos a trabajar. Nuestra amistad se fortaleció.

Luego vino el torneo de Stuttgart, previo al interzonal (equivalente al Campeonato de Alemania) que se organizó meses después en Colonia. Ambos nos presentamos con la promesa, mitad en serio, mitad en broma, de que si el azar nos hacía enfrentarnos, pese a nuestra inquebrantable amistad no nos daríamos cuartel. Por entonces Conrad acababa de publicar su Gambito Ucraniano en el fanzine *Totenkopf.*

Al principio las partidas marcharon bien, ambos pasamos sin excesivos quebraderos de cabeza la primera eliminatoria; en la segunda a Conrad le tocó jugar contra Mathias Müller, el niño prodigio de Stuttgart, dieciocho años, editor del fanzine *Marchas Forzadas* y uno de los jugadores más rápidos que conocíamos. La partida fue dura, una de las más duras de aquel campeonato, y al final Conrad fue derrotado. Mas no por ello decayó su ánimo: con el entusiasmo de un científico que tras un estrepitoso fracaso por fin consigue ver claro, me explicó los fallos iniciales del Gambito Ucraniano y sus virtudes secretas, la forma de utilizar inicialmente los cuerpos blindados y de montaña, los sitios en donde se podía o no se podía aplicar el Schwerpunkt, etcétera. En una palabra, se convirtió en mi asesor.

Tuve que enfrentarme con Mathias Müller en semifinales y lo eliminé. La final la disputé contra Franz Grabowski, del Club de Maquetismo, un buen amigo de Conrad y mío. Así obtuve el derecho de representar a Stuttgart. Luego fui a Colonia, en donde jugué con gente de la talla de Paul Huchel o de Heimito Gerhardt, este último el más viejo de los jugadores de *wargames* de Alemania, sesentaicinco años, todo un ejemplo para la afición. Conrad, que vino conmigo, se entretuvo poniéndole apodos a todos los que habían concurrido a Colonia aquellos días, pero con Heimito Gerhardt se sentía paralizado, su ingenio y su buena disposición se esfumaban, parecía entristecer de pronto, descender hasta las profundidades de su espíritu; cuando hablaba de él lo llamaba El Viejo o Señor Gerhardt; delante de Heimito apenas abría la boca. Evidentemente se cuidaba de decir tonterías.

Un día le pregunté por qué respetaba *tanto* a Heimito. Me respondió que lo consideraba un hombre de hierro. Eso era todo. Hierro oxidado, dijo luego con una sonrisa, pero hierro al fin y al cabo. Pensé que se refería al pasado militar de Heimito y así se lo hice saber. No, dijo Conrad, me refiero a su valor para jugar. Los viejos suelen pasar las horas mirando la televisión o paseando con sus mujeres. Heimito, por el contrario, se atrevía a entrar en una sala atestada de jóvenes, se atrevía a sentarse en una mesa delante de un juego complicado y se atrevía a ignorar las miradas burlonas con que muchos de esos jóvenes lo contemplaban. Viejos con ese carácter, con esa pureza, según Conrad, ya sólo era posible encontrar en Alemania. Y se estaban acabando. Puede que sí, puede que no. En cualquier caso, como luego comprobé, Heimito era un excelente jugador. Nos enfrentamos poco antes del final del campeonato, en una ronda especialmente dura, con un juego desequilibrado en el que me tocó en suerte el peor bando. Se trataba de Fortress Europa y yo jugué con la Wehrmacht.

Para sorpresa de casi todos los que rodeaban nuestra mesa, gané.

Después de la partida Heimito invitó a unos cuantos a su casa. Su mujer preparó bocadillos y cervezas y la velada, que se prolongó hasta altas horas de la noche, fue agradable y llena de pintorescas anécdotas. Heimito había servido en la 352 División de Infantería, 915 Regimiento, 2.º Batallón, pero, según afirmó, su general no supo maniobrar tan bien como había hecho yo con las fichas que la representaban en el juego. Aunque halagado, me vi en la obligación de indicarle que la clave de la partida había consistido en la posición de mis divisiones móviles. Brindamos por el general Marcks y por el general Eberbach y el 5.º Ejército Panzer. Casi al final de la velada Heimito aseguró que el próximo campeón de Alemania sería yo. Creo que los del grupo de Colonia comenzaron a odiarme a partir de entonces. Por mi parte me sentí feliz, sobre todo porque comprendí que había ganado un amigo.

Además, también gané el campeonato. Las semifinales y la final fueron disputadas con un Blitzkrieg de Torneo, un juego bastante equilibrado en donde tanto el mapa como las potencias que se enfrentan son imaginarios (Great Blue y Big Red), lo que produce, si ambos contendientes son buenos, partidas extremadamente largas y con una cierta tendencia al estancamiento. No fue mi caso. Me deshice de Paul Huchel en seis horas y en el último juego me bastaron tres y media, cronometradas por Conrad, para que mi contrincante se declarara subcampeón y graciosamente se rindiera.

Aún permanecimos un día más en Colonia; los de la revista me propusieron que escribiera un artículo y Conrad se dedicó a hacer turismo fotografiando calles e iglesias. Todavía no conocía a Ingeborg y ya entonces la vida me parecía bella, sin sospechar que la verdadera belleza se haría esperar un poco más. Pero entonces todo me parecía hermoso. La federación de jugadores de *wargames* era tal vez la más pequeña federación deportiva de Alemania, pero yo era el campeón y no había nadie que pudiera ponerlo en duda. El sol brillaba para mí.

Aquel último día en Colonia aún nos deparó algo que luego tendría importantes consecuencias. Heimito Gerhardt, un entusiasta del juego por correo, nos regaló, a Conrad y a mí, sendos Play-by-Mail kits, mientras nos acompañaba a la estación de autobuses. Resultó que Heimito se carteaba con Rex Douglas (uno de los ídolos de Conrad), el gran jugador norteamericano y redactor estrella de la más prestigiosa de las revistas especializadas: *The General*. Después de confiarnos que jamás había podido vencerlo (en seis años llevaban jugadas tres partidas por correspondencia), Heimito acabó por sugerirme que escribiera a Rex y que concertara con él una partida. Debo confesar que al principio la idea no me interesó demasiado. En caso de jugar por correspondencia prefería hacerlo con personas como Heimito o pertenecientes a mi círculo; no obstante, antes de que el autobús llegara a Stuttgart, Conrad ya me había convencido de la importancia de escribirle a Rex Douglas y de jugar contra él.

Ingeborg ahora duerme. Antes ha pedido que no me levantara de la cama, que la mantuviera abrazada toda la noche. Le pregunté si tenía miedo. Fue algo natural, nada premeditado, simplemente le dije: ¿Tienes miedo? y ella contestó que sí. ¿Por qué?, ¿de qué?, no lo sabía. Estoy junto a ti, le dije, no debes tener miedo.

Luego se quedó dormida y me levanté. Todas las luces

de la habitación están apagadas menos la lamparilla que he instalado sobre la mesa, junto al juego. Esta tarde apenas he trabajado. Ingeborg compró en el pueblo un collar de piedras amarillentas que aquí llaman filipino y que usan los jóvenes en la playa y en las discotecas. Hemos cenado, con Hanna y Charly, en un restaurante chino de la zona de los campings. Cuando Charly comenzaba a emborracharse nos marchamos. En realidad, una tarde irrelevante; el restaurante, por supuesto, estaba lleno a rebosar y hacía calor; el camarero sudaba; la comida, buena pero nada del otro mundo; la conversación giró sobre lo temas predilectos de Hanna y Charly, es decir el amor y el sexo, respectivamente. Hanna es una mujer dispuesta para el amor, según sus propias palabras, aunque cuando habla de amor su interlocutor tiene la extraña sensación de que está hablando de seguridad, más aún, de marcas de coches y de electrodomésticos. Charly, por su parte, habla de piernas, nalgas, senos, pelos del pubis, cuellos, ombligos, esfínteres, etcétera, para mayor regocijo de Hanna e Ingeborg, a quienes constantemente arranca carcajadas. La verdad, no sé qué les produce tanta gracia. Tal vez sean risas nerviosas. En cuanto a mí, puedo decir que comí en silencio, con la mente puesta en otro lugar.

Al regresar al hotel vimos a Frau Else. Estaba en la punta del comedor que por las noches se transforma en sala de baile, junto a la tarima de la orquesta, hablando con dos hombres vestidos de blanco. Ingeborg no se sentía muy bien del estómago, tal vez la comida china, por lo que pedimos una infusión de manzanilla en la barra del bar. Desde allí vimos a Frau Else. Gesticulaba como una española y movía la cabeza. Los hombres de blanco, en contrapartida, no agitaban ni un dedo. Son los músicos, dijo Ingeborg, los está regañando. En realidad poco me importaba quiénes fueran aunque por supuesto sabía que no eran los músicos, pues a éstos había tenido oportunidad de verlos la noche pasada y eran más jóvenes. Cuando nos marchamos Frau Else seguía allí: una figura perfecta envuelta en una falda verde y una blusa negra. Los hombres de blanco, impertérritos, sólo habían inclinado las cabezas.

23 de agosto

Un día relativamente apacible. Por la mañana, después del desayuno, Ingeborg se marchó a la playa y yo me encerré en la habitación dispuesto a comenzar a trabajar en serio. El calor, al poco rato, hizo que me pusiera el traje de baño y saliera al balcón, en donde hay un par de tumbonas bastante cómodas. La playa, pese a la hora, ya estaba llena de gente. Cuando volví a entrar encontré la cama recién hecha y un ruido proveniente del baño me indicó que la camarera aún estaba allí. Era la misma a la que había pedido la mesa. Esta vez no me pareció tan joven. El cansancio se le traslucía en el rostro, y los ojos, adormilados, semejaban los de un animal poco habituado a la luz del día. Evidentemente no esperaba verme. Por un instante tuve la impresión de que hubiera deseado marcharse corriendo. Antes de que lo hiciera le pregunté su nombre. Dijo llamarse Clarita y sonrió de una forma que lo menos que puedo decir es que resultaba inquietante. Creo que era la primera vez que veía a alguien sonreír así.

Le ordené, tal vez con un ademán demasiado brusco,

que esperara, luego busqué un billete de mil pesetas y se lo puse en la mano. La pobre muchacha me miró perpleja, sin saber si debía aceptar el dinero o a santo de qué se lo daba. Es una propina, le dije. Entonces ocurrió lo más asombroso: primero se mordió el labio inferior, como una colegiala nerviosa, y luego se inclinó en una pequeña reverencia imitada sin duda de alguna película de los Tres Mosqueteros. No supe qué hacer, de qué manera interpretar su gesto; di las gracias y dije que ya se podía marchar, pero no en español como hasta entonces sino en alemán. La muchacha me obedeció en el acto. Se marchó tan silenciosamente como había venido.

El resto de la mañana lo ocupé anotando en lo que Conrad llama Cuaderno de Campaña las líneas iniciales de mi variante.

A las doce me reuní con Ingeborg en la playa. Me encontraba, debo admitirlo, en un estado de exaltación producto de las provechosas horas transcurridas delante del tablero, por lo que, contra mi costumbre, hice un pormenorizado relato de mi apertura, relato que Ingeborg interrumpió diciendo que nos estaban escuchando.

Objeté que eso no era nada difícil pues en la playa, y casi hombro con hombro, se hacinaban miles de personas.

Luego comprendí que Ingeborg había sentido *vergüenza* de mí, de las palabras que yo decía (cuerpos de infantería, cuerpos blindados, factores de combate aéreos, factores de combate navales, invasión preventiva de Noruega, posibilidades de emprender una acción ofensiva contra la Unión Soviética en el invierno del 39, posibilidades de derrotar completamente a Francia en la primavera del 40), y fue como si un abismo se abriera a mis pies.

Comimos en el hotel. Después de los postres Ingeborg propuso un paseo en barco; en la recepción le habían facilitado los horarios de los barquitos que hacen el recorrido entre nuestro balneario y dos pueblos vecinos. Me negué aduciendo trabajo pendiente. Cuando le dije que pensaba dejar esbozados esta tarde los dos primeros turnos me observó con la primera expresión que ya había advertido en la playa.

Con verdadero horror me doy cuenta de que algo comienza a interponerse entre nosotros.

Una tarde, por lo demás, aburrida. En el hotel ya casi no se ven clientes blancos. Todos, incluso los que apenas llevan aquí un par de días, exhiben un bronceado perfecto, fruto de las muchas horas pasadas en la playa y de las cremas y bronceadores que nuestra tecnología produce en abundancia. De hecho el único cliente que aún mantiene su color natural soy yo. Asimismo soy el que mayor tiempo pasa en el hotel. Yo y una anciana que casi no se mueve de la terraza. Eventualidad que parece despertar la curiosidad de los trabajadores, que comienzan a observarme cada vez con mayor interés, si bien a una distancia prudente y con algo que a riesgo de ser exagerado llamaré miedo. Creo que el incidente de la mesa se ha extendido a una velocidad prodigiosa. La diferencia entre la anciana y yo es que ella está quieta en la terraza, mirando el cielo y la playa, y yo constantemente abandono la habitación, como un sonámbulo, para ir a la playa a ver a Ingeborg o para tomar una cerveza en la barra del bar del hotel.

Es extraño, a veces tengo la certeza de que la anciana ya estaba aquí cuando yo venía con mis padres al Del Mar. Pero diez años son muchos, al menos en este caso, y no consigo ubicar su rostro. Tal vez si me acercara y preguntara si se acordaba de mí...

Poco probable. En cualquier caso no sé si sería capaz de abordarla. Hay algo en ella que me repele. Sin embargo a simple vista es una vieja igual que tantas: más flaca que gorda, llena de arrugas, vestida de blanco, con gafas de sol negras y un sombrerito de paja. Esta tarde, después de que Ingeborg se marchara, la estuve mirando desde el balcón. Su lugar en la terraza invariablemente es el mismo, en una esquina, al lado de la acera. Así, semioculta bajo una enorme sombrilla blanquiazul, deja pasar las horas contemplando los pocos coches que circulan por el Paseo Marítimo, como una muñeca articulada, feliz. Y, cosa extraña, necesaria para mi propia felicidad: cuando ya no podía aguantar el aire enrarecido del cuarto salía y ella estaba allí, una suerte de fuente de energía que me insuflaba el ánimo suficiente para volver a sentarme junto a la mesa y proseguir el trabajo.

¿Y si ella, a su vez, me hubiera visto cada vez que me asomé al balcón? ¿Qué pensaría de mí? ¿Quién creería que soy? En ningún momento levantó la mirada, pero con esos lentes negros nadie sabe cuándo lo están observando y cuándo no; pudo ver mi sombra sobre el suelo de baldosas de la terraza; en el hotel había poca gente y sin duda consideraría fuera de lugar el que un joven apareciera y desapareciera cada cierto tiempo. La última vez que salí estaba escribiendo una postal. ¿Cabe la posibilidad de que me mencionara? No lo sé. Pero si lo hizo, en qué términos, bajo qué perspectiva. Un joven pálido, con la frente despejada. O un joven nervioso, sin duda enamorado. O tal vez un joven común y corriente, con problemas en la piel.

No lo sé. Lo que sí sé es que me voy por las ramas, me pierdo en suposiciones inútiles que sólo consiguen turbarme. No entiendo cómo mi buen Conrad pudo alguna vez decir que escribo como Karl Bröger. Qué más quisiera yo.

Gracias a Conrad conocí al grupo literario Obreros de la Casa Nyland. Fue él quien puso en mis manos el libro *Soldaten der Erde*, de Karl Bröger, y quien me empujó, acabada la lectura, a que buscara por las bibliotecas de Stuttgart, en una carrera cada vez más vertiginosa y ardua, *Bunker 17*, del mismo Bröger, *Hammerschläge*, de Heinrich Lersch, *Das vergitterte Land*, de Max Barthel, *Rhythmus des neuen Europa*, de Gerrit Engelke, *Mensch im Eisen*, de Lersch, etcétera.

Conrad conoce la literatura de nuestra patria. Una noche, en su habitación, me recitó de corrido doscientos nombres de escritores alemanes. Le pregunté si los había leído a todos. Dijo que sí. Particularmente amaba a Goethe y, entre los modernos, a Ernst Jünger. De éste tenía dos libros que siempre releía: *Der Kampf als inneres Erlebnis* y *Feuer und Blut*. No desdeñaba, sin embargo, a los olvidados, de ahí su fervor, que pronto compartimos, por el Círculo Nyland.

¡Cuántas noches a partir de entonces me acosté tarde ocupado ya no sólo a descifrar espinosos reglamentos de juegos nuevos sino embebido en la alegría y la desgracia, en los abismos y en las cimas de la literatura alemana!

Por supuesto, me refiero a la literatura que se escribe con sangre y no a los libros de Florian Linden, los cuales, por lo que cuenta Ingeborg, cada vez son más disparatados. A este propósito no está de más consignar aquí una injusticia: Ingeborg ha experimentado enfado o vergüenza en las contadas ocasiones en que le he hablado, en público y más o menos con detalle, de las progresiones de un juego; ella, no obstante, un sinnúmero de veces, y en múltiples momentos, tales como durante el desayuno, en la discoteca, en el coche, en la cama, durante la cena e incluso por teléfono, me ha contado los enigmas que Florian Linden tiene que resolver. Y yo no me he enfadado ni me he sentido avergonzado de que alguien escuchara lo que ella tenía que decirme; al contrario, he tratado de comprender el asunto de manera global y objetiva (vano esfuerzo) y luego he sugerido posibles soluciones lógicas para los rompecabezas de su detective.

Hace un mes, sin ir más lejos, soñé con Florian Linden. Fue el colmo. Lo recuerdo vivamente: yo estaba acostado, pues tenía mucho frío, e Ingeborg me decía: «La habitación está herméticamente cerrada»; entonces, desde el pasillo, sentíamos la voz del investigador Florian Linden que nos advertía sobre la presencia en el cuarto de una araña venenosa, una araña que podía picarnos y luego escabullirse, aunque el cuarto estuviera «herméticamente cerrado». Ingeborg se ponía a llorar y yo la abrazaba. Al cabo de un rato ella decía: «Es imposible, ¿cómo se las habrá arreglado Florian esta vez?» Yo me levantaba y daba vueltas, registrando cajones en busca de la araña, pero no encontraba nada aunque, claro está, había muchos lugares donde podía esconderse. Ingeborg gritaba: Florian, Florian, Florian, ¿qué debemos hacer?, sin que nadie le respondiera. Creo que los dos sabíamos que estábamos solos.

Eso era todo. Más que un sueño fue una pesadilla. Si algo significaba, lo ignoro. Yo no suelo tener pesadillas. Durante mi adolescencia, sí; las pesadillas eran numerosas y de muy variadas escenografías. Pero nada que pudiera inquietar a mis padres o al psicólogo de la escuela. En realidad siempre he sido una persona equilibrada.

Sería interesante recordar los sueños que tuve aquí, en el Del Mar, hace más de diez años. Seguramente soñaba con muchachas y con castigos, como todos los adolescen-

49

tes. Mi hermano, alguna vez, me *contó* un sueño. No sé si estábamos los dos solos o también estaban mis padres. Yo nunca hice algo semejante. Cuando Ingeborg era pequeña muchas veces despertaba llorando y necesitaba que alguien la consolara. Es decir, se despertaba con miedo y con una enorme sensación de soledad. A mí eso jamás me ocurrió, o me ocurrió tan pocas veces que ya lo he olvidado.

Desde hace un par de años sueño con juegos. Es algo que suele ocurrirles a los ajedrecistas, a los tenistas, a los pilotos de carreras. Me acuesto, cierro los ojos y se enciende un tablero lleno de fichas, y así, poco a poco, entre divisiones en situación desesperada y páginas de Historia, me arrullo hasta quedarme dormido. Pero el sueño de verdad debe ser distinto pues no lo recuerdo.

Pocas veces he soñado con Ingeborg, no obstante ella es la figura principal de uno de mis sueños más intensos. Es un sueño corto de contar, aparentemente breve, y tal vez allí radique su mayor virtud. Ella está sentada en una banca de piedra peinándose con un cepillo de cristal; el pelo, de un dorado purísimo, le llega hasta la cintura. Está atardeciendo. Al fondo, muy lejos aún, se divisa una polvareda. De pronto me doy cuenta de que junto a ella hay un enorme perro de madera y me despierto. Creo que lo soñé al poco tiempo de conocernos. Cuando se lo conté dijo que la polvareda significaba el encuentro del amor. Le dije que creía lo mismo. Ambos nos sentíamos felices. Todo aquello ocurrió en la discoteca Detroit, en Stuttgart, y es posible que aún recuerde ese sueño porque se lo conté a ella y ella lo entendió.

A veces Ingeborg me telefonea a altas horas de la madrugada. Confiesa que ése es uno de los motivos por los que me quiere. Algunos ex novios no podían soportar esas llamadas. Un tal Erich rompió con ella precisamente por despertarlo a las tres de la mañana. Al cabo de una semana pretendió reconciliarse pero Ingeborg lo rechazó. Ninguno entendió que ella necesita hablar con alguien después de despertar de una pesadilla, sobre todo si está sola y la pesadilla ha sido particularmente espantosa. Para estos casos yo soy la persona ideal: tengo el sueño ligero; en un instante puedo ponerme a hablar como si la llamada fuera a las cinco de la tarde (cosa improbable pues a esa hora aún estoy trabajando); no me molesta que me llamen de noche; finalmente, cuando suena el teléfono a veces ni siquiera estoy dormido.

De más está decir que las llamadas me llenan de felicidad. Una felicidad serena que no me impide volver a dormirme con la misma presteza con que he despertado. Y con las palabras de despedida de Ingeborg resonando en mis oídos: «Que sueñes con lo que más quieras, querido Udo.»

Querida Ingeborg. A nadie he amado tanto. ¿Por qué, entonces, esas miradas de mutua desconfianza? ¿Por qué no amarnos sin más, como niños, aceptándonos del todo?

Cuando regrese le diré que la quiero, que la he extrañado, que me perdone.

Ésta es la primera vez que salimos juntos, que compartimos unas vacaciones, y como es natural nos cuesta amoldarnos el uno al otro. Debo evitar hablar de juegos, en especial de juegos de guerra, y estar más atento a ella. Si tengo tiempo, apenas termine de escribir estas líneas, bajaré a la tienda de souvenirs del hotel y le compraré algo, un detalle que la haga sonreír y perdonarme. No soporto pensar en perderla. No soporto pensar en hacerle daño.

He comprado un collar de plata con incrustaciones de ébano. Cuatro mil pesetas. Espero que le guste. También he adquirido una figura de barro, muy pequeña, de un campesino con un sombrero rojo, acuclillado, en el acto de defecar; según explicó la dependienta es una figura típica de la región o algo así. Estoy seguro de que a Ingeborg le parecerá divertida.

En la recepción he visto a Frau Else. Me acerqué con cuidado y, antes de darle las buenas tardes, pude observar por encima de su hombro un libro de contabilidad en donde los ceros abundaban. Algo debe inquietarla pues al darse cuenta de mi presencia se mostró más bien malhumorada. Quise enseñarle el collar pero no me dejó. Apoyada en el mostrador de la recepción, con el pelo iluminado por las últimas luces que entraban por el amplio ventanal del pasillo, preguntó por Ingeborg y por «mis amigos». Le mentí que no tenía idea de a qué amigos se refería. La pareja de jóvenes alemanes, dijo Frau Else. Contesté que no eran amigos sino conocidos, amistades de verano; además, dije, eran clientes de la competencia. Frau Else no pareció apreciar mi ironía. Como era evidente que no pensaba decir nada más y yo todavía no deseaba subir a la habitación, saqué apresuradamente la figurilla de barro y se la enseñé. Frau Else sonrió y dijo:

—Es usted un niño, Udo.

No sé por qué pero esa simple frase, pronunciada con un tono perfecto, bastó para ruborizarme. Luego me indicó que tenía trabajo y que la dejara sola. Antes de marcharme le pregunté a qué hora solía oscurecer. A las diez de la noche, dijo Frau Else.

Desde el balcón puedo ver los barquitos que hacen el recorrido turístico; salen cada hora del viejo puerto de los pescadores, enfilan hacia el este, luego tuercen hacia el norte y se pierden detrás de un gran peñasco que aquí llaman

Punta de la Virgen. Son las nueve y recién ahora comienza a insinuarse la noche de forma pausada y brillante.

La playa está casi vacía. Sólo se distinguen niños y perros transitando por la arena de color amarillo oscuro. Los perros, al principio solos, pronto se juntan en manada y corren hacia la zona de los pinares y de los campings, luego regresan y poco a poco la manada se disgrega. Los niños juegan sin moverse. Por el otro extremo del pueblo, por la parte de los barrios antiguos y de los peñascos, aparece un barquito blanco. Allí viene Ingeborg, estoy seguro. Pero el barquito da la sensación de apenas desplazarse. En la playa, entre el Del Mar y el Costa Brava, el encargado de los patines comienza a retirar éstos de la orilla. Aunque el trabajo debe ser pesado no lo ayuda nadie. Sin embargo, vista la facilidad con que transporta los enormes trastos, dejando una huella profunda en la arena, se hace evidente que se basta a sí mismo. Desde esta distancia nadie adivinaría que gran parte de su cuerpo está horriblemente quemado. Viste tan sólo unos pantalones cortos y el viento que corre por la playa le alborota el pelo, demasiado largo. No puede negarse que es un personaje original. Y no lo digo por las quemaduras sino por la singular manera de ordenar los patines. Lo que ya había descubierto la noche en que Charly se nos escapó por la playa ahora vuelvo a verlo, sólo que desde el principio, y la operación, tal como me lo figuré aquella noche, es lenta, complicada, carente de utilidad práctica, absurda. Consiste en agrupar los patines, encarados en distintas direcciones, trabándolos entre sí, hasta formar no la tradicional hilera o doble hilera sino un círculo, o mejor: una estrella de puntas imprecisas. Labor ardua que se traduce en que cuando él va por la mitad todos los demás encargados ya han terminado. A él, sin embargo, no parece importarle. Debe sentirse a gusto trabajando a esta hora del día, refrescado por la brisa del atardecer, con la playa vacía a excepción de unos pocos niños que juegan en la arena sin acercarse a los patines. Bueno, si yo fuera niño creo que tampoco me acercaría.

Es extraño: por un segundo he tenido la impresión de que con los patines estaba construyendo una fortaleza. Una fortaleza como las que construyen, precisamente, los niños. La diferencia estriba en que ese pobre desgraciado no es un niño. Ahora bien, construir una fortaleza, ¿para qué? Creo que es evidente: para pasar la noche allí dentro.

El barquito de Ingeborg ha atracado. Ella debe venir ahora en dirección al hotel; imagino su piel tersa, su pelo fresco y oloroso, sus pasos decididos atravesando el barrio antiguo. La oscuridad pronto será completa.

El encargado de los patines aún no termina de construir su estrella. Me pregunto cómo es que nadie le ha llamado la atención; esos patines, como una vulgar chabola, rompen todo el encanto de la playa; aunque supongo que el infeliz no tiene ninguna culpa y tal vez el mal efecto, la sensación profunda de que aquello se parece demasiado a una chabola o a una madriguera, sólo sea visible desde esta perspectiva. ¿Desde el Paseo Marítimo nadie percibe el desorden que esos patines infligen a la playa?

He cerrado el balcón. ¿Por qué Ingeborg tarda tanto en llegar?

24 de agosto

Mucho es lo que tengo que escribir. He conocido al Quemado. Intentaré resumir lo ocurrido en las últimas horas. Ingeborg llegó anoche radiante y de buen ánimo. El paseo había sido un éxito y no necesitamos decirnos nada para proceder a una reconciliación que, por natural, fue aún más hermosa. Cenamos en el hotel y luego nos reunimos con Hanna y Charly en un bar junto al Paseo Marítimo llamado el Rincón de los Andaluces. En el fondo hubiera preferido pasar el resto de la noche a solas con Ingeborg pero no pude negarme, so riesgo de enturbiar nuestra recién inaugurada paz.

Charly estaba feliz y nervioso, y no tardé en descubrir el motivo: aquella noche daban por televisión el partido de fútbol entre las selecciones de Alemania y España y pretendía que lo viéramos, los cuatro, en el interior del bar, mezclados con los numerosos españoles que aguardaban el inicio del encuentro. Cuando le hice notar que estaríamos más cómodos en el hotel arguyó que no era lo mismo; en el hotel, casi con toda seguridad, sólo habría alemanes; en el bar estaríamos rodeados de «enemigos», lo que duplicaba la emoción del partido. Sorprendentemente Hanna e Ingeborg se pusieron de su lado.

Aunque disconforme, no insistí, y al poco rato abandonamos la terraza y nos instalamos cerca del aparato de televisión.

Fue así como conocimos al Lobo y al Cordero.

No describiré el interior del Rincón de los Andaluces; sólo diré que era amplio, que olía mal, y que un solo vistazo bastó para confirmar mis temores: éramos los únicos extranjeros.

El público, distribuido de manera anárquica en una suerte de medialuna delante del televisor, estaba compuesto básicamente por jóvenes, la mayoría hombres, todos con pinta de trabajadores que acaban de finalizar la jornada y que aún no han tenido tiempo de ir a ducharse. En invierno, sin duda, la escena no sería rara; en verano resultaba chocante.

Para acentuar la diferencia entre ellos y nosotros, los allí presentes parecían conocerse desde la más tierna infancia y lo demostraban dándose palmadas, gritando de una esquina a otra, haciendo bromas que poco a poco subían de tono. El ruido era ensordecedor. Las mesas estaban colmadas de botellas de cerveza. Un grupo jugaba con un futbolín ruinoso y el sonido que producían, de metal aporreado, se sobreponía al bullicio general como los disparos de un francotirador en medio de una batalla campal de espadas y navajas. Era evidente que nuestra presencia causaba una expectación que poco o nada tenía que ver con el partido. Las miradas, con mayor o menor grado de disimulo, convergían en Ingeborg y Hanna, quienes, de más está decirlo, por contraste parecían dos princesas de cuento de hadas, sobre todo Ingeborg.

56

Charly estaba encantado. En realidad, aquél era su ambiente, le gustaban los gritos, las bromas de mal gusto, la atmósfera cargada de humo y olores nauseabundos; si encima podía ver jugar a nuestra selección, mejor. Pero nada es perfecto. Justo cuando nos servían la sangría para cuatro descubrimos que aquel equipo era el de Alemana Oriental. A Charly le sentó como una patada y su humor, a partir de entonces, se hizo cada vez más inestable. Por lo pronto quiso marcharse enseguida. Más tarde tuve ocasión de comprobar que sus miedos, sin exagerar, eran enormes y absurdos. Entre éstos destacaba el siguiente: que los españoles nos tomaran por alemanes orientales.

Finalmente decidimos irnos apenas diéramos cuenta de la sangría. Resta decir que no prestábamos la menor atención al partido, ocupados tan sólo en beber y reír. Fue entonces cuando el Lobo y el Cordero se sentaron a nuestra mesa.

De qué manera ocurrió, no lo sabría decir. Simplemente, sin ninguna excusa, se sentaron con nosotros y se pusieron a hablar. Sabían algunas palabras de inglés, insuficientes desde todo punto de vista, aunque suplían la carencia idiomática con una enorme capacidad mímica. Al principio la conversación discurrió sobre los lugares comunes de siempre (el trabajo, el clima, los sueldos, etcétera) y yo hice de traductor. Eran, creí entender, guías nativos vocacionales, seguramente una broma. Luego, más avanzada la noche y la familiaridad en el trato, mis conocimientos sólo fueron requeridos en los momentos difíciles. Ciertamente el alcohol obra milagros.

Del Rincón de los Andaluces marchamos todos, en el coche de Charly, a una discoteca en las afueras del pueblo, en un descampado cerca de la carretera de Barcelona. Los precios eran bastante más bajos que en la zona turística, la clientela estaba compuesta mayoritariamente por gente similar a nuestros nuevos amigos y el ambiente era festivo, propenso a la camaradería, aunque con un algo oscuro y turbio, como sólo se da en España y que, paradójicamente, no inspira desconfianza. Charly, como siempre, no tardó en emborracharse. En algún momento de la noche, ignoro de qué modo, supimos que la selección de Alemania Oriental había perdido por dos a cero. Lo recuerdo como algo extraño pues a mí no me interesa el fútbol y sentí el anuncio del resultado del partido como una inflexión en la noche, como si a partir de aquel momento toda la jarana de la discoteca pudiera transformarse en algo distinto, en un espectáculo de horror.

Regresamos a las cuatro de la madrugada. Conducía el coche uno de los españoles pues Charly, en el asiento trasero, con la cabeza fuera de la ventanilla, vomitó todo el viaje. La verdad es que su estado era lastimoso. Al llegar al hotel me llevó aparte y se puso a llorar. Ingeborg, Hanna y los dos españoles nos observaban con curiosidad pese a las señas que hice para que se alejaran. Entre hipos Charly confesó que tenía miedo de morir; su discurso, en general, resultó ininteligible aunque quedó claro que carecía de razón que justificara tales aprensiones. Luego, sin transición, se puso a reír y a boxear con el Cordero. Éste, bastante más bajo y delgado, se contentaba con esquivarlo, pero Charly estaba demasiado borracho y perdió el equilibrio o se dejó caer intencionadamente. Mientras lo levantábamos uno de los españoles sugirió que fuéramos a tomar café al Rincón de los Andaluces.

La terraza del bar, vista desde el Paseo Marítimo, tenía un halo de cueva de ladrones, un indeciso aire de taberna dormida en medio de la humedad y de la niebla de la mañana. El Lobo explicó que aunque pareciera cerrado, en el interior solía estar el dueño viendo películas en su nuevo vídeo hasta que clareaba. Decidimos probar. Al cabo de un momento abrió la puerta un hombre de cara sonrosada y barba de una semana.

Fue el propio Lobo quien preparó los cafés. En el sector de las mesas, de espaldas a nosotros, sólo había dos personas mirando la tele, el patrón y otro, sentados en mesas separadas. Tardé un instante en reconocer al otro. Era el encargado de los patines. Creo que lo que más me impresionó, cuando tuve la total certeza de que se trataba de él, fue la apariencia de persona normal que un espectador no prevenido obtenía tan sólo con la visión de su espalda.

Debió ser algo oscuro lo que me impulsó a sentarme junto a él. Puede que también yo estuviera algo borracho. El caso es que cogí mi café y me senté en su mesa. Sólo tuve tiempo de cruzar un par de frases convencionales (de pronto me sentí torpe y nervioso) hasta que los demás se nos unieron. El Lobo y el Cordero, por supuesto, lo conocían. Las presentaciones fueron hechas con toda formalidad.

—Aquí, Ingeborg, Hanna, Charly y Udo, unos amigos alemanes.

—Aquí, nuestro colega el Quemado o el Musculitos, como os sea más fácil de pronunciar.

Traduje para Ingeborg la presentación.

—¿Cómo pueden llamarle Quemado? —preguntó Ingeborg.

—Porque lo está. Además no sólo le llaman así. Puedes llamarle Musculitos; ambos apodos le van bien.

—Creo que es una falta atroz de delicadeza —dijo Ingeborg.

—O bien un exceso de franqueza. Simplemente no soslayan el problema. En la guerra era así, los camaradas se decían las cosas por su nombre y con sencillez, y eso no significaba ni menosprecio, ni falta de delicadeza, aunque, claro...

—Es horrible —cortó Ingeborg, mirándome con disgusto.

El Lobo y el Cordero apenas repararon en nuestro intercambio de palabras, ocupados en explicarle a Hanna que una copa de coñac difícilmente podía empeorar la borrachera de Charly. Hanna, entre ambos, por momentos parecía excitadísima y por momentos angustiada y con ganas de salir corriendo, aunque no creo que en el fondo tuviera demasiados deseos de volver al hotel. Al menos no con Charly, que había llegado al punto en que sólo podía balbucear incoherencias. El único sobrio era el Quemado y nos miró como si comprendiera el alemán. Ingeborg, al igual que yo, lo notó y se puso nerviosa. Es una reacción muy típica de ella, no soporta hacerle daño a nadie de forma involuntaria. Pero, en realidad, ¿qué daño podíamos haberle hecho con nuestras palabras?

Más tarde le pregunté si conocía nuestra lengua y dijo que no.

A las siete de la mañana, con el sol ya alto, nos metimos en la cama. La habitación estaba fría e hicimos el amor. Luego nos quedamos dormidos con las ventanas abiertas y las cortinas corridas. Pero antes... antes tuvimos que arrastrar a Charly al Costa Brava, empeñado en cantar canciones que el Lobo y el Cordero le tarareaban al oído (éstos se reían como locos y batían palmas); después, en el trayecto hacia su hotel, se obstinó en nadar un rato. En contra de la opinión de Hanna y mía, los españoles lo apoyaron y se metieron los tres en el agua. La pobre Hanna dudó un instante entre bañarse ella también o esperar en la orilla con nosotros; finalmente se decidió por esto último.

El Quemado, que se había marchado del bar sin que nos diésemos cuenta, apareció caminando por la playa y se detuvo a unos cincuenta metros de donde estábamos. Allí se quedó, de cuclillas, contemplando el mar.

Hanna explicó que tenía miedo de que a Charly le pasara algo malo. Ella era una estupenda nadadora y por tal motivo pensaba que su deber era acompañarlo, pero, dijo con una sonrisa torcida, no había querido desnudarse delante de nuestros nuevos amigos.

El mar estaba liso como una alfombra. Los tres nadadores cada vez se alejaban más. Pronto no pudimos reconocer quién era cada uno de ellos; el pelo rubio de Charly y el pelo oscuro de los españoles se hicieron indistinguibles.

—Charly es el que está más lejos —dijo Hanna.

Dos de las cabezas comenzaron a retroceder hacia la playa. La tercera siguió avanzando mar adentro.

—Ése es Charly —dijo Hanna.

Tuvimos que disuadirla para que no se desnudara y fuera tras él. Ingeborg me miró como si yo fuera el indicado para semejante empresa, pero no dijo nada. Se lo agradecí. La natación no es mi fuerte y ya estaba demasiado lejos para darle alcance. Los que regresaban lo hacían con extrema lentitud. Uno de ellos se volvía cada tantas brazadas como para comprobar si aparecía Charly detrás de él. Por un instante pensé en lo que éste me había dicho: temor a la muerte. Era ridículo. En ese momento miré hacia donde estaba el Quemado y ya no lo vi. A la izquierda de donde nos hallábamos, a mitad de camino entre el mar y el Paseo Marítimo, se erguían los patines bañados por una luz levemente azulada, y supe que él ahora estaba allí, en el interior de su fortaleza, tal vez durmiendo o tal vez observándonos, y la sola idea de saberlo oculto me pareció más emocionante que la exhibición de natación que nos estaba imponiendo el imbécil de Charly.

Por fin el Lobo y el Cordero alcanzaron la orilla, en donde se dejaron caer, agotados, uno al lado del otro, incapaces de levantarse. Hanna, sin preocuparse por la desnudez de *ellos*, corrió hacia allí y comenzó a interrogarlos en alemán. Los españoles se rieron, cansados, y le dijeron que no entendían nada. El Lobo intentó derribarla y luego le arrojó agua. Hanna dio un salto hacia atrás (un salto eléctrico) y se tapó la cara con las manos. Pensé que se pondría a llorar o que les pegaría, pero no hizo nada. Volvió junto a nosotros y se sentó en la arena, al lado del montoncito de ropa que Charly había dejado desparramada y que ella había juntado y doblado laboriosamente.

—Hijo de puta —oí que murmuraba.

Luego, tras un largo suspiro, se levantó y comenzó a otear el horizonte. Charly no se veía por ninguna parte. Ingeborg sugirió que llamásemos a la policía. Me acerqué a los españoles y les pregunté cómo podíamos ponernos en contacto con la policía o con algún equipo de salvamento del puerto.

—Policía no —dijo el Cordero.

—No pasa nada, ese tío es un guasón, ya vendrá. Seguro que nos quiere gastar una broma.

—Pero no llames a la policía —insistió el Cordero.

Informé a Ingeborg y Hanna que con los españoles no podíamos contar en caso de pedir ayuda, lo que por otra parte no dejaba de ser un poco exagerado. En realidad Charly podía aparecer en cualquier momento.

Los españoles se vistieron apresuradamente y se unieron a nosotros. La playa estaba pasando de un color azul a uno rojizo y por la vereda del Paseo Marítimo algunos turistas madrugadores se dedicaban a correr. Todos permanecíamos de pie menos Hanna, que se había vuelto a sentar al lado de la ropa de Charly y tenía los ojos empequeñecidos, como si la luz, cada vez más fuerte, le hiciera daño.

Fue el Cordero el primero en divisarlo. Sin levantar agua, con un estilo cadencioso y perfecto, Charly estaba arribando a la orilla a unos cien metros de donde nos encontrábamos. Con gritos de júbilo los españoles corrieron a recibirlo sin importarles mojarse los pantalones. Hanna, por el contrario, se puso a llorar abrazada a Ingeborg y dijo que se sentía mal. Charly salió del agua casi sobrio. Besó a Hanna y a Ingeborg y a los demás nos dio un apretón de manos. La escena tenía algo de irreal.

Nos despedimos delante del Costa Brava. Mientras nos dirigíamos, ya solos, hacia nuestro hotel, vi al Quemado que salía de debajo de los patines y luego comenzaba a desensamblar éstos, preparándose para un día más de trabajo.

Despertamos pasadas las tres de la tarde. Nos duchamos y comimos algo ligero en el restaurante del hotel. Sentados en la barra contemplamos el panorama del Paseo Marítimo a través de los ventanales ahumados. Era como una tarjeta postal. Viejos acomodados en el parapeto junto a la acera, la mitad de ellos con sombreritos blancos, y viejas con las faldas levantadas por encima de las rodillas para que el sol lamiera sus muslos. Eso era todo. Tomamos un refresco y subimos a la habitación a ponernos los trajes de baño. Charly y Hanna estaban en el sitio de costumbre, cerca de los patines. El incidente de aquella mañana dio tema de conversación para rato: Hanna dijo que cuando tenía doce años su mejor amigo murió de un paro cardíaco mientras se bañaba; Charly, totalmente repuesto de la borrachera, contó que durante un tiempo él y un tal Hans Krebs fueron los campeones de la piscina municipal de Oberhausen. Habían aprendido a nadar en un río y su opinión era que quien aprende en ese medio no puede ser derrotado jamás por el mar. En los ríos, dijo, hay que nadar con los músculos alerta y la boca cerrada, sobre todo si el río es radiactivo. Se sentía contento de haber demostrado a los españoles su capacidad de aguante. Contó que éstos, en determinado momento, le rogaron que regresara; al menos eso fue lo que Charly creyó; de todas maneras, aunque le dijeran otra cosa, por el tono de sus voces comprendió que tenían miedo. Tú no tuviste miedo porque estabas borracho, dijo Hanna mientras lo besaba. Charly sonrió mostrando dos hileras de dientes blancos y grandes. No, dijo, yo no tuve miedo porque sé nadar.

Inevitablemente vimos al Quemado. Se movía con lentitud y sólo llevaba encima unos pantalones vaqueros cortados como bermudas. Ingeborg y Hanna levantaron los brazos y lo saludaron. No se acercó a nosotros.

—¿Desde cuándo sois amigas de ese tipo? —dijo Charly.

El Quemado respondió de igual manera y volvió a la orilla arrastrando un patín. Hanna preguntó si era verdad que le llamaban Quemado. Dije que así era. Charly dijo que apenas se acordaba de él. ¿Por qué no se metió al mar conmigo? Por la misma razón que Udo, dijo Ingeborg, porque no es tonto. Charly se encogió de hombros. (Creo que le encanta que las mujeres lo regañen.) Probablemente es mejor nadador que tú, dijo Hanna. No lo creo, dijo Charly, apostaría cualquier cosa. Hanna observó entonces que la musculatura del Quemado era mayor que la de nosotros dos, en realidad que la de cualquiera que estuviera en ese momento tomando el sol. ¿Un culturista? Ingeborg y Hanna se echaron a reír. Después Charly nos confesó que no recordaba nada de la noche pasada. El viaje de regreso de la discoteca, los vómitos, las lágrimas se habían borrado de su memoria. Por el contrario, sabía más del Lobo y el Cordero que todos nosotros. Uno de ellos trabajaba en un supermercado de la zona de los campings y el otro era camarero en un bar del barrio antiguo. Estupendos muchachos.

A las siete abandonamos la playa y nos fuimos a beber cerveza en la terraza del Rincón de los Andaluces. El patrón estaba detrás de la barra conversando con un par de ancianos del pueblo, ambos de estatura muy reducida, y al vernos nos saludó con un ademán. Se estaba bien allí. Corría una brisa suave y fresca, y aunque las mesas estaban todas ocupadas, la gente aún no se dedicada en cuerpo y alma a hacer ruidos. Eran, como nosotros, personas que volvían de la playa y que estaban cansadas de nadar y tomar sol.

Nos separamos sin hacer planes para la noche.

Al llegar al hotel tomamos una ducha y después Ingeborg decidió instalarse en la tumbona del balcón a escribir postales y a terminar de leer la novela de Florian Linden. Yo estuve un momento mirando mi juego y luego bajé al restaurante a tomar una cerveza. Al cabo de un rato subí a buscar el cuaderno y encontré a Ingeborg dormida, envuelta en su bata negra, con las postales fuertemente sujetas entre la mano y la cadera. Le di un beso y sugerí que se metiera en la cama pero no quiso. Creo que tenía algo de fiebre. Decidí bajar otra vez al bar. En la playa el Quemado repetía el ritual de todas las tardes. Uno a uno los patines volvían a ensamblarse y la chabola iba tomando forma, elevándose, si es que una chabola puede elevarse. (Una chabola no; pero una fortaleza sí.) Inconscientemente levanté una mano y lo saludé. No me vio.

En el bar encontré a Frau Else. Me preguntó qué escribía. Nada importante, dije, el borrador de un ensayo. Ah, es usted escritor, dijo ella. No, no, dije, mientras los colores me subían a la cara. Para cambiar de tema pregunté por su marido, a quien aún no había tenido el gusto de saludar.

—Está enfermo.

Lo dijo con una sonrisa muy suave mientras me miraba y al mismo tiempo miraba a su alrededor como si no quisiera perderse nada de lo que ocurría en el bar.

—Cuánto lo siento.

—No es nada grave.

Comenté algo sobre las enfermedades de verano, alguna estupidez, sin duda. Luego me levanté y pregunté si aceptaría tomar una copa conmigo.

—No, gracias, estoy bien así, además tengo trabajo. ¡Siempre tengo trabajo!

Pero no se movió de donde estaba.

—¿Hace mucho que no visita Alemania? —dije por no quedarme callado.

—No, querido, en enero estuve unas semanas.

—¿Y cómo ha encontrado el país? —En el acto me di cuenta de que había dicho una tontería y volví a enrojecer.

—Como siempre.

—Sí, es verdad —murmuré.

Frau Else me miró por primera vez con simpatía y luego se marchó. Vi cómo la abordaba un camarero y luego una clienta y después un par de viejos, hasta que desapareció detrás de la escalera.

25 de agosto

La amistad de Charly y Hanna empieza a pesar como una losa. Ayer, después de finalizada la escritura del diario, cuando creía que pasaría una velada tranquila, a solas con Ingeborg, aparecieron ellos. Eran las diez de la noche; Ingeborg acababa de despertar. Le dije que yo prefería quedarme en el hotel pero ella, después de hablar por teléfono con Hanna (Charly y Hanna estaban en la recepción), decidió que lo mejor era salir. Estuvimos discutiendo en el cuarto todo el tiempo que ocupó en cambiarse de ropa. Cuando bajamos mi sorpresa fue mayúscula al ver al Lobo y al Cordero. Aquél, acodado en el mostrador, le contaba algo al oído de la recepcionista que hacía que ésta se riera sin ningún recato. Me desagradó profundamente: supuse que era la misma que había ido con el chisme a Frau Else cuando el malentendido de la mesa, aunque teniendo en cuenta la hora y la posibilidad de que existieran dos turnos de recepción, podía tratarse de otra. En cualquier caso era muy joven y tonta: al vernos nos hizo una mueca de aprecio como si compartiera con nosotros un secreto. Los demás aplaudieron. Era el colmo.

Salimos del pueblo en el coche de Charly, junto a él iba Hanna y el Lobo indicándole el camino. Durante el trayecto hasta la discoteca, si es que a aquel antro se le puede llamar así, vi enormes fábricas de cerámica instaladas de forma rudimentaria a orillas de la carretera. En realidad debían ser bodegas o almacenes de venta al por mayor. Toda la noche permanecían iluminados por reflectores como de campo de fútbol y el automovilista podía observar innumerables cacharros, vasijas, macetas de todos los tamaños y alguna que otra escultura detrás de las vallas. Burdas imitaciones griegas cubiertas de polvo. Falsas artesanías mediterráneas detenidas en una hora ni diurna ni nocturna. Por los patios sólo vi transitar perros guardianes.

La noche, en líneas generales, fue en casi todo igual a la precedente. La discoteca no tenía nombre aunque el Cordero dijo que se llamaba Discoteca Trapera; al igual que la otra, estaba concebida más para los trabajadores de los alrededores que para los turistas; la música y la iluminación eran lamentables; Charly se dedicó a beber y Hanna e Ingeborg a bailar con los españoles. Todo hubiera acabado de la misma manera si no llega a ser por un incidente, frecuentes en este lugar, según el Lobo, que nos aconsejó marcharnos a toda prisa. Intentaré reconstruir la historia: comienza con un tipo que fingía bailar entre las mesas y por el bordillo de la pista. Según parece no había pagado unas consumiciones y estaba drogado. Sobre esto último, por cierto, no hay ninguna certeza. Su rasgo más distintivo, y en el cual yo reparé mucho antes de que empezara la gresca, lo constituía una varilla de considerable grosor que blandía en una mano, aunque luego el Lobo asegurara que se trataba de un bastón de tripa de cerdo, cuyo golpe deja en las carnes una cicatriz de por vida. En cualquier caso la actitud del bailarín espurio resultaba desafiante y pronto se le acercaron dos camareros de la discoteca, camareros que por otra parte no van uniformados y en nada se distinguen del resto de los clientes, a no ser por sus modales y rostros, patibularios del todo. Entre ellos y el del bastón se intercambiaron palabras que poco a poco fueron subiendo de tono.

Pude escuchar que el del bastón decía:

—Mi estoque va conmigo a todas partes —refiriéndose de ese peculiar modo a su bastón y en respuesta a la prohibición de estar con él en la discoteca.

El camarero respondió:

—Tengo algo mucho más *duro* que tu estoque. —Acto seguido vino un aluvión de palabras soeces que no comprendí y por último el camarero dijo—: ¿Quieres verlo?

El del bastón se quedó mudo; me atrevería a afirmar que empalideció súbitamente.

Entonces el camarero levantó su antebrazo, musculoso y velludo como el de un gorila, y dijo:

—¿Ves? Esto es más duro.

El del bastón se rió en un tono no de desafío sino más bien de alivio, aunque dudo que los camareros captaran la diferencia, y levantó su varilla cogiéndola por ambas puntas hasta tensarla como un arco. Tenía una risa estúpida, risa de borracho y de desgraciado. En ese momento, como impulsado por un resorte, el brazo que el camarero había enseñado salió disparado hacia delante y se apoderó del bastón. Todo fue muy rápido. Enseguida, poniéndose colorado por el esfuerzo, lo rompió en dos. De una mesa surgieron aplausos.

Con la misma celeridad, el tipo del bastón se echó encima del camarero, le atenazó el brazo por la espalda sin que nadie pudiera impedirlo y, en un tris, se lo rompió. Creo que pese a la música, que no se había interrumpido durante todo el incidente, oí el sonido de los huesos rotos.

La gente comenzó a gritar. Primero fueron los alaridos del camarero al que acababan de romper el brazo, luego los gritos de los que se enzarzaron en una pelea en donde, al menos desde mi mesa, no se sabía quién era aliado de quién, y finalmente los chillidos generalizados de todos los presentes, incluidos aquellos que ni siquiera sabían de qué iba el asunto.

Decidimos emprender la retirada.

En el camino de regreso nos cruzamos con dos coches de la policía. El Lobo no vino con nosotros, fue imposible encontrarlo en la confusión de la salida, y el Cordero, que nos siguió sin protestar, ahora se lamentaba de haber dejado a su amigo y proponía volver. En esto Charly fue tajante: si quería volver que lo hiciera en autostop. Convinimos en esperar al Lobo en el Rincón de los Andaluces.

El bar aún estaba abierto cuando llegamos, quiero decir abierto a todos y con la terraza iluminada y llena de gente pese a lo avanzado de la hora; el patrón, a petición del Cordero, pues la cocina sí estaba cerrada, nos preparó un par de pollos que acompañamos con una botella de vino tinto; luego, como aún tuviéramos apetito, despachamos una fuente con trozos de embutidos y tacos de jamón, y pan con tomate y aceite. Cuando la terraza ya estaba cerrada y en el interior sólo quedábamos nosotros y el patrón, que a esas horas se entregaba a su afición favorita, ver videos de vaqueros y cenar sin prisas, apareció el Lobo.

Al vernos se puso de un humor de los demonios y sus recriminaciones, «me dejasteis abandonado», «me olvidasteis», «no puede uno confiar en los amigos», etcétera, iban dirigidas, sorprendentemente, a Charly. El Cordero, que en buena ley era el único amigo que allí tenía, asumió una actitud de vergüenza y mudo acatamiento ante las palabras dichas por su compañero. Y Charly, de una manera aún más sorprendente, asentía y se disculpaba, tomaba a broma pero explicaba, en una palabra, se sentía honrado del talento afrentado que el español exponía con generosidad de gestos y pésimo gusto. ¡Sí, a Charly eso le gustaba! ¡Tal vez intuía en aquella escena una amistad verdadera! ¡Era para reírse! He de puntualizar que el Lobo, a mí, no me dirigió el más mínimo reproche, y que con las chicas mantuvo su compostura de siempre, entre comedida y soez.

Creo que ya estaba dispuesto a marcharme cuando entró el Quemado. Nos saludó con un movimiento de cabeza y se sentó en la barra, de espaldas a nosotros. Dejé que el Lobo terminara de explicar los sucesos de la Discoteca Trapera, probablemente añadiéndole de su cosecha a los hechos de sangre y detenciones, y me acerqué a donde estaba el Quemado. La mitad de su labio superior era una costra amorfa pero al cabo de un rato uno se acostumbraba. Le pregunté si padecía de insomnio y sonrió. No, no tenía insomnio, le bastaban pocas horas de sueño para aguantar el trabajo; un trabajo liviano y entretenido. No era muy hablador aunque sí mucho menos silencioso que como lo había imaginado. Tenía los dientes pequeños, igual que limados, y en un estado desastroso que, en mi ignorancia, no supe si atribuir al fuego o simplemente a deficiencias en la higiene bucal. Supongo que alguien que tiene la cara quemada no se preocupa demasiado por el estado de su dentadura.

Me preguntó de dónde era. Hablaba con una voz oscura y bien timbrada, con plena certeza de ser entendido. Respondí que de Stuttgart y asintió con la cabeza como si conociera la ciudad aunque evidentemente nunca había estado allí. Iba vestido igual que durante el día, con pantaloncillos cortos, camiseta y alpargatas. Su contextura física es notable, el pecho y los brazos anchos, y unos bíceps demasiado desarrollados, aunque sentado en la barra, ¡tomando un té!, parecía más delgado que yo. O más tímido. Ciertamente, y pese a lo exiguo del ropaje, podía observarse que cuidaba de su aspecto siquiera de la forma más sencilla: iba peinado y no olía mal. Esto último era en cierto sentido una pequeña proeza, pues viviendo en la playa los únicos baños a su alcance eran los del mar. (Si uno aguzaba la nariz olía a agua salada.) Por un instante lo imaginé, día tras día, o noche tras noche, lavando su ropa (el pantalón corto, algunas camisetas) en el mar, lavando su cuerpo en el mar, haciendo sus necesidades en el mar, o en la playa, la misma playa en la que luego reposaban centenares de turistas, entre ellos Ingeborg... En medio de una profunda sensación de asco me imaginé denunciando su comportamiento gamberril a la policía... Pero no iba a ser yo, por supuesto. Sin embargo, ¿cómo explicar que una persona con un trabajo retribuido no sea capaz de proporcionarse un sitio digno para dormir? ¿Acaso *todos* los alquileres en este pueblo están por las nubes? ¿No existen pensiones baratas o campings, aunque no estén en primera línea de mar? ¿O bien nuestro amigo Quemado pretende, al no pagar alquiler, ahorrar unas cuentas pesetas para cuando termine el verano?

Algo del Buen Salvaje hay en él; pero también puedo ver al Buen Salvaje en el Lobo y el Cordero y ellos se las arreglan de otro modo. Tal vez esa casa gratis signifique al mismo tiempo una casa aislada, lejos de las miradas y de la gente. Si es así, de alguna manera lo entiendo. También están los beneficios de la vida al aire libre, aunque la suya, tal como la imagino, poco tiene de vida al aire libre, sinónimo de vida sana, reñida a muerte con la humedad de la playa y con los bocadillos que, estoy seguro, componen su menú diario. ¿Cómo vive el Quemado? Sólo sé que por el día semeja un zombi que arrastra patines desde la orilla hasta el pequeño espacio acotado y de allí otra vez a la orilla. Nada más. Si bien debe tener una hora para comer y debe reunirse en algún momento con su jefe para entregarle la recaudación. ¿Este jefe a quien nunca he visto sabe que el Quemado duerme en la playa? Sin ir más lejos, el patrón del Rincón de los Andaluces, ¿lo sabe? ¿Están el Cordero y el Lobo en el secreto o soy el único que ha descubierto su refugio? No me atrevo a preguntarlo.

Por la noche el Quemado hace lo que quiere, o al menos lo intenta. ¿Pero concretamente qué hace, aparte de dormir? Permanece hasta tarde en el Rincón de los Andaluces, pasea por la playa, tal vez tiene amigos con los que habla, bebe té, se sepulta debajo de sus armatostes... Sí, a veces veo la fortaleza de patines como una especie de mausoleo. Sin duda la impresión de chabola persiste cuando aún hay luz; de noche, a la luz de la luna, un espíritu exaltado podría confundirla con un túmulo bárbaro.

Ninguna otra cosa digna de mención ocurrió la noche del 24. Nos marchamos del Rincón de los Andaluces relativamente sobrios. El Quemado y el patrón siguieron allí; aquél enfrente de su taza de té vacía y éste mirando otra película de vaqueros.

Hoy, como era de esperar, lo vi en la playa. Ingeborg y Hanna estaban tendidas junto a los patines, y el Quemado, en el otro lado, apoyada la espalda sobre un flotador de plástico, contemplaba el horizonte por donde apenas se veían las siluetas de algunos de sus clientes. En ningún momento se volvió para contemplar a Ingeborg, que, con toda justicia, estaba como para comérsela con la vista. Ambas chicas estrenaban tangas nuevas, de color naranja, un color vivo y alegre. Pero el Quemado evitó mirarlas.

Yo no fui a la playa. Me quedé en la habitación –si bien a cada rato me asomaba al balcón o a la ventana– revisando mi abandonado juego. El amor, ya se sabe, es una pasión excluyente, aunque en mi caso espero poder conciliar la pasión por Ingeborg con mi dedicación a los juegos. Según los planes que hice en Stuttgart, para estas fechas ya debería tener la mitad de la variante estratégica concebida y escrita, y al menos el borrador de la ponencia que vamos a presentar en París. Sin embargo aún no he escrito ni una palabra. Si Conrad me viera sin duda se burlaría de mí. Pero Conrad tiene que comprender que no puedo, en mis *primeras* vacaciones con Ingeborg, ignorarla y dedicarme en cuerpo y alma a la variante. Pese a todo no desespero de tenerla terminada para cuando regresemos a Alemania.

Por la tarde ocurrió algo curioso. Estaba sentado en la habitación cuando de pronto sentí el sonido de un corno. No puedo asegurarlo al cien por cien pero, vaya, soy capaz de distinguir el sonido de un corno de otro sonido. Lo curioso es que estaba pensando, es verdad que de forma vaga, en Sepp Dietrich, que alguna vez habló del corno del peligro. De todas maneras estoy convencido de no haberlo imaginado. Sepp afirmó oírlo en dos ocasiones y en ambas esa música misteriosa tuvo la virtud de sobreimponerse a un tremendo cansancio físico, la primera vez en Rusia y la segunda en Normandía. El corno, según Sepp, que llegó a mandar un Ejército después de empezar como mozo de recados y chofer, es el aviso de los antepasados, la voz de la sangre que te pone en guardia. Yo, como digo, estaba sentado divagando cuando de repente creí escucharlo. Me levanté y salí al balcón. Afuera sólo retumbaba el fragor de todas las tardes; ni siquiera el ruido del mar se oía. En el pasillo, por el contrario, reinaba un silencio abotargado. ¿Sonó el corno, entonces, en mi mente? ¿Sonó porque pensaba en Sepp Dietrich o porque debía advertirme de un peligro? Si recapacito, también pensaba en Hausser y en Bittrich y en Meindl... ¿Sonó, entonces, para mí? Y si así fue, ¿contra qué peligro pretendía ponerme en guardia?

Cuando se lo conté a Ingeborg me recomendó que no permaneciera encerrado en la habitación tanto tiempo. Según ella deberíamos inscribirnos en unos cursos de jogging y gimnasia que organiza el hotel. Pobre Ingeborg, no entiende nada. Prometí que hablaría con Frau Else al respecto. Hace diez años aquí no había cursos de ninguna especie. Ingeborg dijo que se encargaría ella de inscribirnos, que no hacía falta que hablara con Frau Else por un asunto que se solucionaba con la recepcionista. Le dije que de acuerdo, que hiciera lo que creyera conveniente.

Antes de meterme en la cama he hecho dos cosas, a saber:

1. He dispuesto los cuerpos blindados para el ataque relámpago sobre Francia.

2. He salido al balcón y he buscado alguna luz en la playa que indicara la presencia del Quemado, pero todo estaba oscuro.

26 de agosto

Seguí las instrucciones de Ingeborg. Hoy he estado más tiempo del usual en la playa. El resultado es que tengo los hombros rojos de tanto sol y que por la tarde tuve que salir a comprar una crema que aliviara el ardor de mi piel. Por supuesto hemos estado al lado de los patines y como no era posible hacer otra cosa me he dedicado a hablar con el Quemado. De todas maneras el día nos ha deparado unas cuantas noticias. La principal es que ayer Charly tuvo una borrachera escandalosa en compañía del Lobo y el Cordero. Hanna, gemebunda, le dijo a Ingeborg que no sabía qué hacer, ¿lo deja o no lo deja? El deseo de marcharse sola a Alemania no la abandona en ningún momento; echa de menos a su hijo; está harta y cansada. Lo único que la consuela es su bronceado perfecto. Ingeborg asevera que todo reside en si su amor por Charly es verdadero o no. Hanna no sabe qué contestar. La otra noticia es que el gerente del Costa Brava les ha pedido que abandonen el hotel. Parece que anoche Charly y los españoles intentaron golpear al vigilante nocturno. Ingeborg, pese a las señas que le hice por lo bajo, sugirió que se trasladaran al Del Mar. Por suerte Hanna está decidida a que el gerente recapacite o en su defecto les devuelva el dinero que han pagado por adelantado. Supongo que todo quedará en unas cuantas explicaciones y disculpas. A la pregunta de Ingeborg acerca de dónde se encontraba ella en el momento del altercado Hanna responde que en su habitación, durmiendo. Charly no apareció por la playa hasta el mediodía, muy desmejorado y arrastrando su tabla de windsurf. Hanna, al verlo, murmura en el oído de Ingeborg:

—Se está matando.

La versión de Charly es en todo diferente. Por lo demás le trae sin cuidado el gerente y sus amenazas. Dice, con los párpados semicerrados y un aire de somnolencia como si acabara de saltar de la cama:

—Podemos mudarnos a la casa del Lobo. Más barato y más auténtico. Así conocerás la verdadera España. —Y me guiña un ojo.

Es una broma a medias, la madre del Lobo alquila habitaciones en verano, con o sin comida, a precios módicos. Por un instante tengo la impresión de que Hanna va a ponerse a llorar. Ingeborg interviene y la apacigua. Con el mismo tono de broma pregunta a Charly si el Lobo y el Cordero no estarán enamorándose de él. Pero la pregunta va en serio. Charly se ríe y dice que no. Después, ya repuesta, Hanna asegura que es a ella a quien el Lobo y el Cordero quieren llevarse a la cama.

—La otra noche no dejaron de tocarme —dice con una singular mezcla de coquetería y mujer humillada.

—Porque eres bonita —explica Charly con calma—. Yo también lo intentaría si no te conociera, ¿no?

La conversación se desplaza de golpe a lugares tan peregrinos como la Discoteca 33 de Oberhausen y la Com-

77

pañía de Teléfonos. Hanna y Charly comienzan a ponerse sentimentales y a recordar los sitios que para ellos tienen connotaciones románticas. Al cabo de un rato, sin embargo, Hanna insiste:

—Te estás matando.

Charly pone fin a las recriminaciones cogiendo la tabla e internándose en el mar.

Mi conversación con el Quemado giró al principio sobre temas tales como si alguna vez le habían robado un patín, si el trabajo era duro, si no le aburría pasar tantas horas en la playa bajo ese sol inmisericorde, si tenía tiempo para comer, si sabía cuáles eran, entre los extranjeros, sus mejores clientes, etcétera. Las respuestas, bastante escuetas, fueron las siguientes: dos veces le robaron un patín o, mejor dicho, lo dejaron abandonado en la otra punta de la playa; el trabajo no era duro; ocasionalmente se aburría, no mucho; comía, tal como sospechaba, bocadillos; no tenía idea de qué nacionalidad alquilaba más patines. Di por buenas las respuestas y aguanté los intervalos de silencio que se sucedieron. Indudablemente se trataba de una persona poco habituada al diálogo y, como pude apreciar por su mirada escurridiza, un tanto desconfiada. A unos cuantos pasos los cuerpos de Ingeborg y Hanna absorbían, brillantes, los rayos de sol. Le dije entonces de sopetón que yo hubiera preferido no salir del hotel. Me miró sin curiosidad y siguió contemplando el horizonte, en donde sus patines se confundían con los patines de otros puestos. A lo lejos observé a un windsurfista que perdía el equilibrio una y otra vez. Por el color de la vela me di cuenta de que no era Charly. Dije que lo mío era la montaña, no el mar. Me gustaba el mar, pero

más me gustaba la montaña. El Quemado no hizo ningún comentario.

Nos mantuvimos en silencio otro rato. Sentía que el sol
abrasaba mis hombros pero no me moví ni hice nada para
protegerme. De perfil, el Quemado parecía otro. No quiero
decir que de esta manera estuviera menos desfigurado (precisamente me ofrecía su perfil más desfigurado), sino que
simplemente parecía otro. Más lejano. Similar a un busto de
piedra pómez enmarcado por pelos gruesos y oscuros.

Ignoro qué impulso me hizo confesarle que pretendía
ser escritor. El Quemado se volvió y tras vacilar dijo que
era una profesión interesante. Se lo hice repetir pues al
principio creí malinterpretarlo.

—Pero no de novelas ni de obras de teatro —aclaré.

El Quemado entreabrió los labios y dijo algo que no
pude escuchar.

—¿Qué?

—¿Poeta?

Debajo de sus cicatrices creí ver una especie de sonrisa
monstruosa. Pensé que el sol me estaba atontando.

—No, no, por supuesto, poeta no.

Aclaré, ya que me había dado pie para ello, que yo no
despreciaba en modo alguno la poesía. Hubiera podido recitar de memoria versos de Klopstock o de Schiller; pero
escribir versos en estos tiempos, como no fueran para la
amada, resultaba un tanto inútil, ¿no lo veía él así?

—O grotesco —dijo el pobre infeliz, asintiendo con la
cabeza.

¿Cómo alguien tan deforme podía opinar que algo era
grotesco sin sentirse de inmediato aludido? Misterio. De
todas maneras la sensación de que el Quemado sonreía se-
cretamente fue en aumento. Tal vez eran sus ojos los que
concedían esa sombra de sonrisa. Raras veces me miraba,

pero cuando lo hacía descubría en ellos una chispa de júbilo y de fuerza.

—Escritor especializado —dije—. Ensayista creativo.

Acto seguido hice a grandes trazos un panorama del
mundo de los *wargames*, con las revistas, las competiciones, los clubes locales, etcétera. En Barcelona, expliqué,
funcionaban un par de asociaciones, por ejemplo, y aunque yo no tenía noticias de que existiera una federación los
jugadores españoles comenzaban a ser bastante activos en
el campo de las competiciones europeas. En París había conocido a un par.

—Es un deporte en alza —afirmé.

El Quemado rumió mis palabras, luego se levantó a recibir un patín que llegaba a la orilla; sin ninguna dificultad
lo subió hasta el sitio acotado.

—Una vez leí algo de gente que juega con soldaditos de
plomo —dijo—. Creo que fue hace poco, al principio del verano...

—Sí, más o menos es lo mismo. Como el rugby y el fútbol americano. Pero a mí los soldaditos de plomo no me
interesan demasiado, aunque están bien... son bonitos...
artísticos... —me reí—. Prefiero los juegos de tablero.

—Tú sobre qué escribes.

—Sobre cualquier cosa. Dame la guerra o la campaña
que quieras y yo te diré cómo se puede ganar o perder, qué
fallos tiene el juego, en dónde acertó y en dónde se equivocó el diseñador, cuáles son los fallos del desarrollo, qué
escala es la correcta, cuál era el orden de batalla original...

El Quemado mira el horizonte. Con el dedo gordo del
pie hace un hoyito en la arena. Detrás de nosotros Hanna
se ha quedado dormida e Ingeborg lee las últimas páginas
del libro de Florian Linden; al encontrarse nuestras miradas, me sonríe y envía un beso.

Por un instante pienso si el Quemado tiene novia. O si la tuvo.

¿Qué chica puede ser capaz de besar esa máscara horrible? Pero, ya lo sé, hay mujeres para todo.

Al cabo de un rato:

—Te debes divertir mucho —dijo.

Escuché su voz como si llegara de lejos. Sobre la superficie del mar la luz rebotaba formando una especie de muralla que crecía hasta tocar las nubes. Éstas, gordas, pesadas, de color de leche sucia, apenas se movían en dirección a los peñascos del norte. Bajo las nubes un paracaídas se acercaba a la playa arrastrado por una lancha. Dije que me sentía un poco mareado. Debe ser el trabajo pendiente, dije, los nervios me atenazan hasta que no pongo el punto final. Aclaré como pude que ser un escritor especializado requería el montaje de un aparato complicado y molesto. (Ésa era la principal virtud que los jugadores de *wargames* computerizados argüían a su favor: la economía de espacio y de tiempo.) Confesé que en mi habitación del hotel desde hacía días estaba desplegado un juego enorme y que en realidad debería estar trabajando.

—Prometí entregar el ensayo a principios de septiembre y ya ves, aquí estoy dándome la gran vida.

El Quemado no hizo ningún comentario. Añadí que era para una revista norteamericana.

—Es una variante inimaginable. A nadie se le ha ocurrido.

Tal vez el sol había conseguido exaltarme. En mi descargo debo decir que desde que dejé Stuttgart no había tenido oportunidad de hablar de *wargames* con nadie. Un jugador seguramente me entendería. Para nosotros es un placer hablar de juegos. Aunque, es evidente, escogí al interlocutor más singular de cuantos pude hallar.

El Quemado pareció entender que a medida que escribía debía ir jugando.

—Pero así ganarás siempre —dijo enseñando sus dientes maltrechos.

—De ninguna manera. Si juega uno solo no hay forma de engañar con estratagemas o fintas al enemigo. Todas las cartas están sobre la mesa; si mi variante funciona es porque matemáticamente no podía dejar de hacerlo. Entre paréntesis, ya la he ensayado un par de veces, y en ambas ocasiones gané, pero hay que pulirla y por eso juego solo.

—Debes escribir con mucha lentitud —dijo.

—No —me reí—, escribo como un relámpago. Juego muy lento pero escribo muy rápido. Dicen que soy nervioso y no es verdad; lo dicen por mi escritura. ¡Sin detenerme!

—Yo también escribo muy rápido —murmuró el Quemado.

—Sí, lo suponía —dije.

Mis propias palabras me sorprendieron. En realidad ni siquiera esperaba que el Quemado *supiera* escribir. Pero cuando lo dijo, o tal vez antes, al afirmarlo yo, intuí que él también debía tener una caligrafía veloz. Nos miramos sin decir nada durante unos segundos. Era difícil contemplar mucho rato su cara aunque poco a poco me iba acostumbrando. La sonrisa secreta del Quemado seguía allí, agazapada, acaso burlándose de mí y de nuestra recién descubierta cualidad. Cada vez me sentía peor. Estaba sudando. No entendía cómo podía el Quemado resistir tanto sol. Su carne rugosa, llena de pliegues chamuscados, por momentos adquiría tonalidades azules de cocina de gas o negro amarillentas, a punto de reventar. Sin embargo era capaz de permanecer sentado en la arena, con las manos sobre las rodillas y los ojos clavados en el mar sin dejar traslucir la más mínima molestia. Con un gesto inusual en él, de común muy reservado, me preguntó si quería ayudarlo a sacar un patín que acababa de llegar. Medio atontado, asentí. La pareja del patín, unos italianos, eran incapaces de maniobrar hasta la orilla. Nos metimos en el agua y lo empujamos suavemente. Sentados, los italianos hacían bromas y gestos de caerse. Saltaron antes de llegar a la orilla. Me sentí bien cuando los vi alejarse, sorteando cuerpos y tomados de la mano, hacia el Paseo Marítimo. Después de dejar el patín el Quemado dijo que debería nadar un rato.

—¿Por qué?

—El sol te está fundiendo los plomos —aseguró.

Me reí y lo invité a venir al mar conmigo.

Nadamos un tramo ocupados sólo en avanzar, hasta salir de la primera franja de bañistas. Entonces nos pusimos de cara a la playa: desde allí, junto al Quemado, la playa y la gente apiñada parecían distintas.

Cuando regresamos me aconsejó, con una voz extraña, que me pusiera crema de coco en la piel.

—Crema de coco y oscuridad —murmuró.

Con premeditada brusquedad desperté a Ingeborg y nos marchamos.

Esta tarde he tenido fiebre. Se lo dije a Ingeborg. No me creyó. Cuando le enseñé los hombros dijo que me pusiera encima una toalla mojada o que me diera una ducha de agua fría. Hanna la estaba esperando y parecía tener prisa por dejarme solo.

Durante un rato contemplé el juego sin ánimos para nada; la luz dañaba la vista y el zumbido del hotel me iba adormeciendo. No sin esfuerzo conseguí salir a la calle y buscar una farmacia. Bajo un sol espantoso vagué por las viejas calles del interior del pueblo. No recuerdo haber visto turistas. En realidad no recuerdo haber visto a nadie. Un par de perros dormidos; la muchacha que me atendió en la farmacia; un viejo sentado a la sombra de un portal. En el Paseo Marítimo, por el contrario, la gente se aglomeraba hasta el punto de que era imposible caminar sin propinar codazos y empujones. Cerca del puerto habían levantado un pequeño parque de atracciones y allí, hipnotizados, estaban todos. Parecía cosa de locos. Proliferaban minúsculos puestos de venta ambulante a los que el flujo humano amenazaba con aplastar en cualquier momento. Como pude volví a perderme por las calles del casco viejo y dando un rodeo regresé al hotel.

Me desnudé, cerré las persianas y embadurné mi cuerpo con crema. Estaba ardiendo.

Tirado en la cama, sin luz pero con los ojos abiertos, intenté pensar en los acontecimientos de los últimos días antes de quedarme dormido. Luego soñé que ya no tenía fiebre y que estaba con Ingeborg en esta misma habitación, en la cama, cada uno leyendo un libro, pero al mismo tiempo muy juntos, quiero decir: ambos con la certeza de que estábamos juntos aunque permaneciéramos absortos en nuestros respectivos libros, ambos sabiendo que nos queríamos. Entonces alguien *rascaba* la puerta y al cabo de un rato escuchábamos una voz al otro lado que decía: «Soy Florian Linden, salga pronto, su vida corre un gran peligro.» De inmediato Ingeborg soltaba su libro (el libro caía sobre la alfombra y se desencuadernaba) y clavaba los ojos en la puerta. Por mi parte apenas me movía. La verdad, me sentía tan cómodo allí, con la piel tan fresca, que pensaba que no valía la pena asustarse. «Su vida está en peligro», repetía la voz de Florian Linden, cada vez más lejana, como si hablara desde el final del pasillo. Y, en efecto, seguidamente escuchábamos el sonido del ascensor, las puertas

84

que se abrían con un chasquido metálico y luego se cerraban llevándose a Florian Linden hacia la planta baja. «Se ha ido a la playa o al parque de atracciones», decía Ingeborg vistiéndose aprisa, «debo encontrarlo, espérame aquí, tengo que hablar con él.» Por supuesto, yo no ponía ninguna objeción. Pero al quedarme solo no podía seguir leyendo. «¿Cómo alguien puede correr peligro encerrado en esta habitación?», preguntaba en voz alta. «¿Qué pretende ese detective de pacotilla?» Cada vez más excitado me acercaba a la ventana y contemplaba la playa esperando ver a Ingeborg y Florian Linden. Atardecía y sólo el Quemado estaba allí, ordenando sus patines, bajo unas nubes rojas y una luna del color de un plato de lentejas hirviendo, vestido tan sólo con los pantalones cortos y ajeno a todo cuanto le rodeaba, es decir ajeno al mar y a la playa, al contramuro del Paseo y a las sombras de los hoteles. Por un momento me dominó el miedo; supe que allí estaba el peligro y la muerte. Desperté sudando. La fiebre había desaparecido.

27 de agosto

Esta mañana, después de realizar y anotar los dos primeros turnos, en los cuales quedan destrozado los ensayos de Benjamin Clark *(Waterloo,* n.º 14) y de Jack Corso *(The General,* n.º 3, vol. 17), donde ambos desaconsejan la creación de más de un frente en el primer año, bajé al bar del hotel presa de un excelente estado de ánimo y con el cuerpo bullendo de deseos de leer, escribir, nadar, beber, reírme, en fin, todo aquello que es señal visible de salud y alegría vital. El bar por la mañana no suele estar muy lleno, por lo que llevé conmigo una novela y la carpeta con las fotocopias de los artículos que me son indispensables para el trabajo. La novela era *Wally, die Zweiflerin,* de K. G., pero, tal vez debido a mi excitación interior, a la felicidad de una mañana provechosa, no me fue posible concentrarme en la lectura ni en el estudio de los artículos que, todo hay que decirlo, pretendo refutar. Así pues, me dediqué a observar el ir y venir de la gente entre el restaurante y la terraza, y a disfrutar de mi cerveza. Cuando me disponía a volver a la habitación, donde con un poco de suerte podía dejar esbozado el borrador del tercer turno (primavera del 40, sin duda uno de los más importantes), apareció Frau Else. Al verme sonrió. Fue una sonrisa extraña. Luego se separó de unos clientes, diría que dejándolos con la palabra en la boca, y vino a sentarse a mi mesa.

Parecía cansada, aunque eso en nada desmerecía su rostro de líneas regulares, su mirada luminosa.

—Jamás lo he leído —dijo, examinando el libro—. Ni siquiera sé quién es. ¿Moderno?

Negué con una sonrisa; dije que era un autor del siglo pasado. Un muerto. Por un instante nos miramos con fijeza, sin apartar los ojos ni suavizarlos con palabras.

—¿Cuál es el argumento? Cuéntemelo. —Indicó la novela de G.

—Si quiere, se la puedo prestar.

—No tengo tiempo para leer. No en el verano. Pero usted puede contármela. —Su voz, sin dejar de ser muy suave, fue adquiriendo un tono imperativo.

—Es el diario de una chica. Wally. Al final se suicida.

—¿Eso es todo? Qué horror.

Me reí:

—Usted pidió un resumen. Tome, ya me lo devolverá.

Cogió el libro con expresión pensativa.

—A las niñas les gusta escribir en sus diarios... Odio estos dramas... No, no lo leeré. ¿No tiene nada un poco más alegre? —Abrió la carpeta y observó las fotocopias de los artículos.

—Eso es otra cosa —me apresuré a explicar—. ¡Sin importancia!

—Ya veo. ¿Lee usted el inglés?

—Sí.

Con la cabeza hizo un gesto como diciendo que eso estaba muy bien. Luego cerró la carpeta y durante un rato estuvimos sin decirnos nada. La situación, al menos para mí, era un tanto embarazosa. Lo más extraordinario fue que no parecía tener prisa por marcharse. Busqué mentalmente un tema para iniciar una conversación pero no se me ocurrió nada.

De golpe recordé una escena de hacía diez u once años: Frau Else se apartaba de la gente en medio de una fiesta en honor de no sé quién y tras cruzar el Paseo Marítimo se perdía en la playa. Entonces en el Paseo no estaban las farolas que hay ahora y bastaban dos pasos para penetrar en una zona de oscuridad total. Ignoro si alguien más se percató de su huida, creo que no, la fiesta era ruidosa y todos bebían y bailaban en la terraza, incluso transeúntes que sólo pasaban por allí y que nada tenían que ver con el hotel. Lo cierto es que, salvo yo, nadie la echó en falta. No sé cuánto tiempo transcurrió hasta que volvió a aparecer; supongo que bastante. Cuando lo hizo, no venía sola. Junto a ella, cogiéndola de la mano, se encontraba un hombre alto y muy delgado, con una camisa blanca que tremolaba con la brisa, como si en el interior sólo hubiera huesos, o mejor dicho, *un solo hueso,* largo como el mástil de una bandera. Cuando cruzaron el Paseo lo reconocí, era el dueño del hotel, el esposo de Frau Else. Ésta, al pasar junto a mí, me saludó con unas palabras en alemán. Nunca había visto una sonrisa tan triste.

Ahora, diez años después, estaba sonriendo de la misma manera.

Sin pensarlo dos veces le dije que me parecía una mujer muy hermosa.

Frau Else me miró como si no acabara de entender y luego se rió, pero muy bajito, de tal suerte que alguien en una mesa vecina con mucha dificultad la habría escuchado.

—Es verdad —dije; el miedo a hacer el ridículo que por lo común sentía cada vez que estaba con ella había desaparecido.

Repentinamente seria, tal vez comprendiendo que yo también hablaba en serio, dijo:

—No es usted el único que piensa así, Udo; seguramente debo serlo.

—Siempre lo ha sido —dije, ya lanzado—, aunque yo no me refería sólo a su belleza física, a todas luces obvia, sino a su... halo; la atmósfera que emana de sus actos más nimios... Sus silencios...

Frau Else se rió, esta vez de forma abierta, como si acabara de escuchar un chiste.

—Perdóneme —dijo—. No es de usted de quien me río.

—De mí no, de mis palabras —dije, riendo también, en manera alguna ofendido. (Aunque la verdad es que sí estaba un poco ofendido.)

Esta actitud pareció ser del agrado de Frau Else. Pensé que sin proponérmelo había tocado una herida oculta. Imaginé a Frau Else pretendida por un español, tal vez embarcada en una relación secreta. El marido, sin duda, lo sospechaba y sufría; ella, incapaz de abandonar al amante, tampoco encontraba fuerzas para decidirse a dejar al esposo. Atrapada entre dos fidelidades, culpaba de sus tribulaciones a su propia belleza. Vi a Frau Else como una llama, la llama que nos ilumina aunque en la empresa se consuma y muera, etcétera; o como un vino que al fundirse en nuestra sangre desaparece como tal. Hermosa y distante. Y *exiliada*... Esta última, su virtud más misteriosa.

Su voz me sacó de mis cavilaciones:

—Parece estar usted muy lejos de aquí.

—Pensaba en usted.

—Por Dios, Udo, terminaré sonrojándome.

—Pensaba en la persona que usted era hace diez años. No ha cambiado nada.

—¿Cómo era yo hace diez años?

—Igual que ahora. Magnética. Activa.

—Activa sí, qué remedio, ¿pero magnética? —Su risa de buena camarada volvió a resonar en el restaurante.

—Sí, magnética; ¿recuerda aquella fiesta en la terraza, cuando usted se marchó hacia la playa?... La playa estaba oscura como boca de lobo pese a que en la terraza había muchas luces. Sólo yo me di cuenta de su partida y esperé a que regresara. Allí, en esa escalera. Al cabo de un rato volvió usted, pero no sola sino acompañada de su esposo. Al pasar junto a mí me sonrió. Usted estaba muy hermosa. No recuerdo haber visto salir detrás de usted a su esposo, por lo que deduzco que él ya se encontraba en la playa. A ese tipo de magnetismo me refiero. Atrae usted a la gente.

—Querido Udo, no recuerdo en lo más mínimo esa fiesta; ha habido tantas y ha pasado tanto tiempo. De todas maneras en su historia la que parece atraída soy yo. Atraída por mi marido, ni más ni menos. Si usted afirma que a él no lo vio salir, eso indica que ya se encontraba en la playa, pero, si como usted dice, y en esto le doy toda la razón, la playa estaba oscura, yo no podía saber que él se hallaba allí, por lo tanto, al internarme en la playa lo hice atraída por *su* magnetismo, ¿no lo ve así?

No quise contestar. Entre ambos se había establecido una corriente de comprensión que, aunque Frau Else la intentaba destruir, nos dispensaba de las excusas.

—¿Qué edad tenía usted entonces? Es normal que un quinceañero se sienta atraído por una mujer un poco mayor. La verdad es que yo apenas lo recuerdo a usted, Udo. Mis... intereses estaban en otras direcciones. Creo que era una muchacha alocada; alocada, como todas, y bastante insegura. No me gustaba el hotel. Por supuesto, sufrí mucho. Bueno, al principio todas las extranjeras sufren mucho.

—Para mí fue algo... bonito.

—No ponga esa cara.

—¿Qué cara?

—La cara de morsa apaleada, Udo.

—Es lo que me dice Ingeborg.

—¿De verdad? No lo creo.

—No, emplea otras palabras. Pero se parece.

—Es una chica muy guapa.

—Sí que lo es.

De pronto volvimos a guardar silencio. Los dedos de su mano izquierda se pusieron a tamborilear en la superficie de plástico de la mesa. Hubiera deseado preguntar por su marido, a quien todavía no había visto ni siquiera de lejos y del cual intuía que jugaba un papel importante en aquello que, innombrable, emanaba de Frau Else, pero ya no tuve oportunidad.

—¿Por qué no cambiamos de tema? Hablemos de literatura. Mejor dicho, hable usted de literatura y yo escucharé. Soy una ignorante en lo que respecta a los libros pero me gusta leer, créame.

Tuve la sensación de que se burlaba de mí. Con la cabeza hice un movimiento de repulsa. Los ojos de Frau Else parecían escarbar en mi piel. Incluso aseguraría que sus ojos buscaban los míos como si en el examen de éstos pudiera leer mis más íntimos pensamientos. Aquel gesto, no obstante, se sustentaba en algo similar a la amabilidad.

—Hablemos entonces de cine. ¿Le gusta el cine? —Me encogí de hombros—. Esta noche dan en la tele una película de Judy Garland. Me encanta Judy Garland. ¿A usted le gusta?

—No lo sé. Jamás he visto nada de ella.

—¿No ha visto *el Mago de Oz?*

—Sí, pero eran dibujos animados, tal como lo recuerdo, eran dibujos animados.

Hizo una expresión de desaliento. De algún rincón del restaurante salía una música muy suave. Ambos estábamos transpirando.

—No hay punto de comparación —dijo Frau Else—. Aunque supongo que por las noches usted y su amiga deben tener cosas mejores que hacer que bajar a mirar la televisión en la sala del hotel.

—No mucho mejores. Salimos a las discotecas. Al final es aburrido.

—¿Baila usted bien? Sí, creo que debe ser un buen bailarín. De los serios e incansables.

—¿Cómo son ésos?

—Bailarines que no se inmutan por nada, dispuestos a llegar a donde sea.

—No, yo no soy de ésos.

—¿Cuál es su estilo, entonces?

—Más bien patoso.

Frau Else asintió con un gesto enigmático que indicaba que se hacía cargo. El restaurante, sin que nos percatáramos, estaba llenándose con la gente que volvía de la playa. En la sala contigua ya había huéspedes sentados a la mesa, dispuestos a comer. Pensé que Ingeborg no tardaría en llegar.

—Ya no lo hago tan a menudo; cuando llegué a España bailaba con mi marido casi todas las noches. Siempre en el mismo local, porque en aquellos años no había tantas discotecas y además porque aquélla era la mejor, la más moderna. No, no estaba aquí, sino en X... Era la única discoteca que le gustaba a mi marido. Tal vez precisamente porque se hallaba fuera del pueblo. Ya no existe. La cerraron hace años.

Aproveché para contarle los incidentes de nuestra última visita a una discoteca. Frau Else escuchó los detalles sin inmutarse siquiera cuando hice un pormenorizado relato de la disputa entre el camarero y el tipo del bastón que acabó en riña generalizada. Pareció interesarle más la parte de la historia que hacía referencia a nuestros acompañantes españoles, el Lobo y el Cordero. Pensé que los conocía o que había oído hablar de ellos y así se lo hice saber. No, no los conocía, pero podían no ser la compañía más adecuada para una joven pareja que pasaba sus primeras vacaciones juntos, como si dijéramos la luna de miel. ¿Pero de qué manera podían interferir? Por el semblante de Frau Else pasó un aire de preocupación. ¿Sabía ella, tal vez, algo que yo ignoraba? Le dije que el Lobo y el Cordero eran más amigos de Charly y Hanna que míos, y que en Stuttgart conocía personajes de catadura infinitamente peor. Por supuesto, mentía. Finalmente aseguré que los españoles me interesaban sólo en la medida en que podía practicar el idioma.

–Debe usted pensar en su amiga –dijo–. Debe usted ser gentil con ella.

En su rostro se dibujó algo similar al asco.

–Descuide, nada nos pasará. Soy una persona prudente y sé muy bien hasta dónde profundizar con según qué individuos. Por lo demás a Ingeborg estas relaciones le son simpáticas. Supongo que no trata a menudo con seres semejantes. Por descontado, ni ella ni yo los consideramos algo serio.

–Pero son reales.

A punto estuve de decirle que en ese momento todo me parecía irreal: el Lobo y el Cordero, el hotel y el verano, el Quemado, a quien no había mencionado, y los turistas; todo menos ella, Frau Else, magnética y solitaria; pero por suerte callé. Seguramente no le hubiera gustado.

Estuvimos un rato más sin decirnos nada, aunque en medio de ese silencio me sentí más cercano a ella que nunca. Luego, con esfuerzo visible, se levantó, me *dio la mano,* y se marchó.

Cuando subía a la habitación, en el ascensor, un desconocido comentó en inglés que el jefe estaba enfermo. «Es una lástima que el jefe esté enfermo, Lucy», fueron sus palabras. Supe, sin ningún género de duda, que se refería al esposo de Frau Else.

Al llegar a la habitación me sorprendí a mí mismo repitiendo: está enfermo, está enfermo, está enfermo... Así, era cierto. En el mapa las fichas parecían disolverse. El sol caía oblicuamente sobre la mesa y los contadores que representan unidades blindadas alemanas destellaban como si estuvieran vivos.

Hoy hemos comido pollo con patatas fritas y ensalada, helado de chocolate y café. Una comida más bien triste. (Ayer fueron milanesas y ensalada, helado de chocolate y café.) Ingeborg me contó que estuvo con Hanna en el Jardín Municipal que está detrás del puerto, entre dos riscos que caen directamente al mar. Tomaron muchas fotos, compraron postales y decidieron volver caminando al pueblo. Una mañana completa. Por mi parte apenas he hablado. El rumor del comedor se me subía a la cabeza y me producía un ligero pero persistente mareo. Poco antes de terminar de comer apareció Hanna, vestida tan sólo con el bikini y una camiseta amarilla. Al sentarse me dirigió una sonrisa un tanto forzada, como si se disculpara de algo, o como si se sintiera avergonzada. De qué, no alcanzo a comprenderlo. Se tomó un café con nosotros y casi no habló. La verdad es que su aparición no me agradó lo más mínimo aunque me cuidé de manifestarlo. Finalmente los tres subimos a la habitación, en donde Ingeborg se puso el traje de baño, y luego ellas se fueron a la playa.

Hanna preguntó: «¿Por qué Udo permanece tanto tiempo encerrado?» Y tras una pausa: «¿Qué es ese tablero lleno de fichas que hay encima de la mesa?» Ingeborg tardó en encontrar una respuesta; turbada, me miró como si yo fuera culpable de la estúpida curiosidad de su amiga. Hanna esperaba. Con una voz calmada y fría que incluso me desconcertó, le expliqué que tal como estaban mis hombros prefería por ahora la sombra y leer en el balcón. Es sedante, afirmé, deberías probarlo. Ayuda a pensar. Hanna se rió, no muy segura del sentido de mis palabras. Luego añadí:

—Ese tablero, como puedes apreciar, es el mapa de Europa. Es un juego. También es un desafío. Y es parte de mi trabajo.

Aturdida, Hanna balbuceó que había oído decir que yo trabajaba en la Compañía de Electricidad de Stuttgart, así que tuve que aclararle que si bien la casi totalidad de mis ingresos provenían de la Compañía de Electricidad, ni mi vocación ni una considerable parte de mis horas estaban consagradas a ésta; es más, una pequeña cantidad de dinero extra provenía de juegos como el que estaba sobre la mesa. No sé si fue la mención de dinero o el brillo del tablero y de las fichas, pero Hanna se acercó y con toda seriedad comenzó a hacerme preguntas relacionadas con el mapa. Era el momento ideal para introducirla en el asunto... Justo entonces Ingeborg dijo que debían marcharse. Desde el balcón las vi cruzar el Paseo Marítimo y extender sus esterillas a unos metros de los patines del Quemado.

Sus gestos, suaves, intensamente femeninos, me dolieron de un modo insólito. Durante unos instantes me sentí mal, incapaz de hacer otra cosa que estar tirado en la cama, boca abajo, sudando. Por mi cabeza pasaron imágenes absurdas que hacían daño. Pensé proponerle a Ingeborg que nos marcháramos hacia el sur, hasta Andalucía, o que nos fuésemos a Portugal, o que sin trazarnos ninguna ruta nos perdiéramos por las carreteras del interior de España, o saltar hacia Marruecos... Luego recordé que ella debía volver al trabajo el 3 de septiembre y que mis propias vacaciones terminaban el 5 de septiembre y que en realidad no teníamos tiempo... Por fin, me levanté, me di una ducha y me encontré en el juego.

(Aspectos generales del turno de primavera, 1940. Francia mantiene el frente clásico sobre la hilera de hexágonos 24 y una segunda línea de contención en la hilera 23. De los catorce cuerpos de infantería que para entonces deben estar en el teatro europeo, doce de ellos, por lo menos, deben cubrir los hexágonos Q24, P24, O24, N24, M24, L24, Q23, O23 y M23. Los dos restantes deberán colocarse en los hexágonos O22 y P22. De los tres cuerpos blindados, uno probablemente estará en el hexágono O22, otro en el hexágono T20 y el último en el hexágono O23. Las unidades de reemplazo estarán en los hexágonos Q22, T21, U20 y V20. Las unidades aéreas en los hexágonos P21 y Q20, sobre Bases Aéreas. La Fuerza Expedicionaria Británica, que en el *mejor* de los casos estará compuesta por tres cuerpos de infantería y un cuerpo blindado –por supuesto, si el inglés enviara más fuerza a Francia la variante a emplear sería la del golpe directo contra Gran Bretaña y para tal propósito el cuerpo aerotransportado alemán debe estar en el hexágono K28–, se desplegará en los hexágonos N23, dos cuerpos de infantería, y P23, un cuerpo de infantería y otro blindado. Como posible variante defensiva pueden cambiarse las fuerzas inglesas del hexágono P23 al hexágono O23, y las francesas, un cuerpo blindado y un cuerpo de infantería, del O23 al P23. En cualquier despliegue el hexágono más fuerte será aquel donde se encuentre el cuerpo blindado inglés, ya sea el P23 o el O23, y determinará el eje del ataque alemán. Éste será llevado a cabo con muy pocas unidades. Si el cuerpo blindado inglés está en P23, el ataque alemán se producirá en O24, si, por el contrario, el cuerpo blindado inglés está en O23, el ataque debe iniciarse en N24, por el sur de Bélgica. Para asegurar el *breakthrough* el cuerpo aerotransportado se deberá lanzar sobre el hexágono O23, si el cuerpo blindado inglés está en P23, o en N23 si está en O23. El golpe sobre la primera línea defensiva lo asestarán dos cuerpos blindados y la penetración estará a cargo de otros dos o tres cuerpos blindados que deberán llegar hasta el hexágono O23 o N22, según donde se halle el cuerpo blindado inglés, y proceder a un inmediato ataque de aprovechamiento contra el hexágono O22, París. Para impedir un contraataque con relaciones superiores a 1-2, deben dejarse algunos factores aéreos a la expectativa, etcétera.)

Por la tarde estuvimos tomando copas en la zona de los campings y después fuimos a jugar mini-golf. Charly estaba más calmado que en días anteriores, el rostro limpio y sosegado, como si una tranquilidad hasta entonces desconocida se hubiera instalado en él. Las apariencias engañan. Pronto se puso a hablar con la farragosidad de siempre y nos contó una historia. Ésta ilustra su estupidez o la estupidez que presume en nosotros, o ambas cosas. Resumiendo: durante todo el día había estado practicando el windsurf y en determinado momento se alejó tanto que perdió de vista la línea de la costa. La gracia de su historia residía en que al regresar a la playa confundió nuestro pueblo con el de al lado; los edificios, los hoteles, incluso la forma de la playa le hicieron sospechar algo, pero no le dio importancia. Desorientado, preguntó a un bañista alemán por el hotel Costa Brava; éste, sin dudar, lo envió a un hotel que en efecto se llamaba Costa Brava pero que en nada se asemejaba al Costa Brava donde se aloja Charly. No obstante Charly entró y pidió la llave de su habitación. Por supuesto, al no estar registrado, el recepcionista se la negó, inmune a las amenazas de Charly. Finalmente, y como en la recepción no había mucho trabajo, de los insultos pasaron al diálogo y a tomar cervezas en el bar del hotel en donde para sorpresa de cuantos escuchaban se aclaró todo y Charly ganó un amigo y la admiración general.

—¿Qué hiciste después? —dijo Hanna aunque estaba claro que ella ya sabía la respuesta.

—Cogí mi tabla y regresé. ¡Por el mar, naturalmente!

Charly es un fanfarrón de mucho cuidado o un imbécil de mucho cuidado.

¿Por qué a veces tengo tanto miedo? ¿Y por qué cuando más miedo tengo mi espíritu parece hincharse, elevarse y observar el planeta entero desde arriba? (Veo a Frau Else desde *arriba* y tengo miedo. Veo a Ingeborg desde *arriba* y sé que ella también me mira y tengo miedo y ganas de llorar.) ¿Ganas de llorar de amor? ¿En realidad deseo escapar con ella no ya sólo de este pueblo y del calor sino de lo que el futuro nos reserva, de la mediocridad y del absurdo?

Otros se calman con el sexo o con los años. A Charly le bastan las piernas y las tetas de Hanna. Se queda tranquilo. A mí, por el contrario, la belleza de Ingeborg me obliga a abrir los ojos y perder la serenidad. Soy un atado de nervios. Me dan ganas de llorar y de dar puñetazos cuando pienso en Conrad, que no tiene vacaciones o que ha pasado sus vacaciones en Stuttgart sin salir siquiera a bañarse en una piscina. Pero mi rostro no cambia por eso. Y mi pulso sigue igual. Ni tan sólo me muevo, aunque por dentro esté desgarrándome.

Ingeborg comentó, al acostarnos, lo bien que se veía Charly. Hemos estado en una discoteca llamada Adan's hasta las tres de la mañana. Ahora Ingeborg duerme y yo escribo con el balcón abierto y fumando un cigarrillo tras otro. También Hanna se veía muy bien. Incluso bailó conmigo un par de piezas lentas. La conversación, intrascendental como siempre. ¿De qué hablarán Hanna e Ingeborg? ¿Es posible que estén convirtiéndose realmente en amigas? Cenamos en el restaurante del Costa Brava invitados por Charly. Paella, ensalada, vino, helados y café. Luego marchamos en mi coche a la discoteca. Charly no tenía ganas de conducir, tampoco ganas de caminar; tal vez exagero pero me dio la impresión de que ni siquiera tenía ganas de *mostrarse*. Nunca lo había visto tan discreto y reservado. Hanna a cada rato se inclinaba sobre él y lo besaba. Supongo que de igual manera debe besar a su hijo en Oberhausen. Cuando volvíamos vi al Quemado en la terraza del Rincón de los Andaluces. La terraza estaba vacía y los camareros recogían las mesas. Un grupo de muchachos del pueblo conversaban apoyados en la baranda. El Quemado, unos metros aparte, parecía escucharlos. Al decirle a Charly, medio en broma, que allí estaba su amigo, contestó de mala manera: qué me importa, sigue. Creo que pensó que me refería al Lobo o al Cordero. En la oscuridad era difícil distinguirlos. Sigue, sigue, dijeron Ingeborg y Hanna.

28 de agosto

Hoy, por vez primera, amaneció nublado. La playa, desde nuestra ventana, se veía majestuosa y vacía. Algunos niños jugaban en la arena pero al poco rato comenzó a llover y fueron desapareciendo uno tras otro. En el restaurante, durante el desayuno, la atmósfera también era distinta; la gente, que no puede sentarse en la terraza por la lluvia, se acumula en las mesas del interior y el tiempo del desayuno se prolonga y da pie para hacer nuevas y rápidas amistades. Todos hablan. Los hombres comienzan a beber antes. Las mujeres viajan constantemente a sus habitaciones en busca de ropa de abrigo que en la mayoría de los casos no encuentran. Se hacen chistes. Al poco rato el ambiente general es de fastidio. No obstante, como tampoco pueden permanecer todo el día en el hotel se organizan incursiones al exterior: grupos de cinco, de seis personas, amparadas debajo de un par de paraguas se dedican a recorrer tiendas y luego se meten en una cafetería o en algún local de videojuegos. Las calles, barridas por la lluvia, se revelan ajenas al bullicio diario, inmersas en otro tipo de cotidianeidad.

Charly y Hanna llegaron en mitad del desayuno, han decidido ir a Barcelona e Ingeborg los acompaña. Declino ir con ellos. El día de hoy será totalmente para mí. Después que se han marchado me dedico a observar a la gente que sale y entra en el restaurante. Frau Else, contra lo previsto, no aparece. De todas maneras el lugar es tranquilo y cómodo. Hago trabajar mi cerebro. Recuerdo principios de partidas, movimientos preparatorios y de tanteo... Un sopor generalizado lo invade todo. De pronto los únicos auténticamente contentos son los camareros. Tienen el doble de trabajo que en un día normal pero gastan bromas entre ellos y se ríen. Un viejo, a mi lado, opinó que se reían de nosotros.

—Se equivoca usted —contesté—. Se ríen porque ya ven cerca el fin del verano y por lo tanto el fin de su trabajo.

—Pero entonces deberían estar tristes. ¡Se quedarán en el paro estos sinvergüenzas!

Salí del hotel al mediodía.

Cogí el coche y rodé lentamente hasta el Rincón de los Andaluces. Hubiera llegado más rápido caminando pero no tenía ganas de caminar.

Por fuera se hallaba como todos los bares con terraza: sillas ladeadas y gotas cayendo por los flecos de los parasoles. La animación estaba en el interior. Como si la lluvia hubiera hecho desaparecer las reservas, turistas y nativos, en un conglomerado que tenía algo catastrófico, intentaban un diálogo gestual, ininteligible e interminable. En el fondo, junto al televisor, vi al Cordero. Con señas indicó que me acercara. Esperé a que me sirvieran un café con leche y fui a sentarme a su mesa. La primeras palabras fueron meramente de cortesía. (El Cordero se lamentaba de que lloviera, pero no por *él* sino por *mí*, pues yo había venido en busca de días soleados y de playa, etcétera.) No me molesté en decirle que en realidad estaba encantado con la lluvia. Al cabo de un rato preguntó por Charly. Le dije que estaba en Barcelona. ¿Con quién?, inquirió. La pregunta no dejó de sorprenderme; de buen grado le hubiera dicho que eso a él no le incumbía. Tras vacilar, decidí que no valía la pena.

—Con Ingeborg y Hanna, por supuesto, ¿tú con quién creías?

El pobre muchacho pareció turbado. Con nadie, sonrió. En la ventana empañada alguien había dibujado un corazón atravesado por una hipodérmica. Más allá se veía el Paseo Marítimo y unas planchas grises. Las pocas mesas del fondo del bar estaban ocupadas por jóvenes y éstos eran los únicos que mantenían una cierta distancia de los turistas; un muro tácitamente aceptado tanto por la gente que se apiñaba a lo largo de la barra —familias y hombres mayores— como por los del fondo, separaba en mitad del bar a los dos grupos. De pronto el Cordero comenzó a explicarme una historia extraña y sin sentido. Hablaba rápido, en secreto, inclinado sobre la mesa. Apenas le entendí. La historia versaba sobre Charly y el Lobo, pero sus palabras fueron dichas como en un sueño: una discusión, una rubia (¿Hanna?), navajas, la amistad por encima de todo... «El Lobo es una buena persona, yo lo conozco, tiene el corazón de oro. Charly también. Pero cuando se emborrachan no hay dios que los soporte.» Asentí. Me daba lo mismo. Cerca de nosotros una muchacha miraba fijamente la chimenea apagada, convertida ahora en un enorme cenicero. Afuera la lluvia arreciaba. El Cordero me invitó un coñac. En ese momento apareció el patrón y puso un video. Para hacerlo tuvo que subirse a una silla. Desde allí anunció: «Os voy a poner un video, hijitos.» Nadie le hizo caso. «Sois una pandilla de vagos», dijo a modo de despedida. La película era de motociclistas posnucleares. «La vi», dijo el Cordero cuando volvió con dos copas de coñac. Un buen coñac. Junto a la chimenea, la muchacha se puso a llorar. No sé cómo explicarlo pero era la única en todo el bar que no parecía estar allí. Pregunté al Cordero por qué lloraba. ¿Cómo sabes que está llorando?, respondió, yo apenas le veo la cara. Me encogí de hombros; en el televisor una pareja de motociclistas avanzaban por el desierto; uno de ellos era tuerto; en el horizonte se desplegaban los restos de una ciudad: una gasolinera en ruinas, un supermercado, un banco, un cine, un hotel... «Mutantes», dijo el Cordero, poniéndose de perfil para así poder ver algo.

Junto a la muchacha de la chimenea había otra chica, y un chico que de la misma manera podía tener trece que dieciocho años. Ambos la miraban llorar y de vez en cuando le acariciaban la espalda. El chico tenía la cara llena de granos; en voz baja decía palabras al oído de la muchacha como si más que consolarla pretendiera convencerla de algo y con el rabillo del ojo no perdía de vista las escenas más violentas de la película que, por otra parte, se sucedían a cada instante. De hecho, los rostros de todos los jóvenes, excepto la que lloraba, se elevaban automáticamente hacia el televisor atraídos por el ruido de la lucha o por la música que antecedía los momentos climáticos de los combates. El resto de la película o no les interesaba o ya lo habían visto.

Afuera la lluvia no amainaba.

Pensé entonces en el Quemado. ¿En dónde estaba? ¿Era capaz de pasar el día en la playa, enterrado debajo de los patines? Por un segundo, como si me faltara el aire, tuve deseos de salir corriendo a comprobarlo.

Poco a poco la idea de hacerle una visita comenzó a tomar forma. Lo que más me atraía era ver con mis propios ojos lo que ya había imaginado: mitad refugio infantil, mitad chabola tercermundista, ¿qué esperaba hallar finalmente en el interior de los patines? En mi mente aparecía el Quemado sentado como un cavernícola junto a una lámpara de camping gas; al entrar, levantaba la vista y nos contemplábamos. ¿Pero entrar por dónde, por un agujero como en una madriguera de conejos? Era una posibilidad. Y al final del túnel, leyendo un periódico, el Quemado parecería un conejo. Un conejo enorme, mortalmente asustado. Claro, si no quería asustarlo, antes debería llamar. Hola, soy yo, Udo, ¿estás ahí, como sospechaba?... Y si nadie respondía, ¿qué hacer? Me imaginé alrededor de los patines buscando el agujero de entrada. Pequeñísimo. A duras penas, reptando, me introducía... En el interior todo estaba oscuro. ¿Por qué?

—¿Quieres que te cuente el final de la película? —dijo el Cordero.

La muchacha de la chimenea ya no lloraba. En el televisor una especie de verdugo cava un hoyo suficientemente grande como para enterrar el cuerpo de un hombre junto con su moto. Terminada la operación los muchachos se ríen aunque la escena tiene algo intangible, más trágico que cómico.

Asentí. ¿Cómo terminaba?

—Pues el héroe consigue salir de la zona radiactiva con el tesoro. No recuerdo si es una fórmula para hacer petróleo sintético o agua sintética o yo qué sé. Bueno, es una película como todas, ¿no?

—Sí —dije.

Quise pagar pero el Cordero se opuso con energía. «Esta noche pagas tú», sonrió. La idea no me hizo ninguna gracia. Pero, en fin, nadie podía obligarme a salir con ellos aunque temí que el imbécil de Charly ya se hubiera comprometido. Y si Charly salía con ellos, Hanna también; y si Hanna iba, probablemente Ingeborg también iría. Mientras me levantaba pregunté, como algo casual, por el Quemado.

—Ni idea —dijo el Cordero—. Ese tío está algo loco. ¿Quieres verlo? ¿Lo andas buscando? Si quieres te acompaño. Tal vez ahora esté en el bar de Pepe, con esta lluvia no creo que trabaje.

Se lo agradecí; dije que no era necesario. No lo estaba buscando.

—Es un tipo raro —dijo el Cordero.

—¿Por qué? ¿Por sus quemaduras? ¿Sabes cómo se las hizo?

—No, no por eso, allí no entro ni salgo. Lo digo porque me parece raro. No, raro no, rarillo, ya sabes lo que quiero decir.

—No, ¿qué quieres decir?

—Que tiene sus manías, como todo el mundo. Un poco amargado. No sé. Todos tienen sus manías, ¿no? Mira al Charly, sin ir más lejos, sólo le gusta chupar y el windsurf de las pelotas.

—Hombre, no exageres, también le gustan otras cosas.

—¿Las tías? —dijo el Cordero con una sonrisa maliciosa—. La Hanna está muy buena, hay que reconocerlo, ¿no?

—Sí —dije—. No está mal.

—Y tiene un hijo, ¿no?

—Eso creo —dije.

—Me mostró una foto. Es un niño muy guapo, rubio y todo, se le parece.

—No lo sé. Yo no he visto ninguna foto.

Antes de explicarle que a Hanna la conocía casi tanto como él, me marché. Probablemente él la conocía en algunas facetas mejor que yo y decirlo no serviría de nada.

106

Afuera seguía lloviendo aunque con menor intensidad. Por las anchas aceras del Paseo Marítimo se veían algunos turistas que paseaban envueltos en chubasqueros de colores. Me metí en el coche y encendí un cigarrillo. Desde allí podía ver la fortaleza de patines y la cortina de vapor y espuma que levantaba el viento. Desde una ventana del bar la muchacha de la chimenea también miraba hacia la playa. Puse en marcha el coche y me alejé. Durante media hora di vueltas por el pueblo. En la parte vieja la circulación era imposible. El agua salía a borbotones de las alcantarillas y un vaho tibio y pútrido se colaba en el coche junto con los humos de los tubos de escape, los claxons, los gritos de los niños. Por fin conseguí salir. Tenía hambre, un hambre feroz, pero en lugar de buscar un sitio donde comer me alejé del pueblo.

Conduje a la ventura, sin saber hacia dónde me dirigía. De vez en cuando adelantaba coches y remolques de turistas; el tiempo presagiaba el fin del verano. Las tierras, a uno y otro lado de la carretera, estaban cubiertas de plásticos y surcos oscuros; en el horizonte se recortaban unas colinas peladas y chatas hacia donde corrían las nubes. En el interior de una huerta, bajo las ramas de un árbol, vi un grupo de negros que se protegía de la lluvia.

De pronto apareció una fábrica de cerámica. Aquél, entonces, era el camino que conducía a la discoteca sin nombre en donde habíamos estado. Detuve el coche en el patio y me bajé. Desde una caseta un viejo me miró sin decir nada. Todo era distinto: no había reflectores, ni perros, ni un brillo irreal emanaba de las estatuas de yeso sobre las que repiqueteaba la lluvia.

Cogí un par de macetas y me acerqué al cubil del viejo.

—Ochocientas pesetas —dijo sin salir.

Busqué el dinero y se lo di.

—Mal tiempo —dije mientras esperaba el cambio y la lluvia me caía por la cara.

—Sí —dijo el viejo.

Metí las macetas en el maletero y me marché.

Comí en una ermita, en la cima del monte desde el que se domina todo el balneario. Hace siglos allí hubo una fortaleza de piedra como protección contra los piratas. Tal vez el pueblo todavía no existía cuando construyeron la fortaleza. No lo sé. En cualquier caso de la fortaleza sólo quedan unas cuantas piedras cubiertas de nombres, de corazones, de dibujos obscenos. Junto a esas ruinas se levanta la ermita, de construcción más reciente. La vista es formidable: el puerto, el club de yates, el viejo casco urbano, el centro residencial, los campings, los hoteles de la primera línea de mar; con buen tiempo se pueden divisar algunos pueblos costeros y, encaramándose al esqueleto de la fortaleza, una telaraña de carreteras secundarias e infinidad de pueblitos y villorrios del interior. En un anexo de la ermita hay una especie de restaurante. Ignoro si quienes lo regentan pertenecen a una comunidad religiosa o simplemente consiguieron la licencia del modo usual. Buenos cocineros, que es lo que importa. La gente del pueblo, en especial las parejas, suelen subir a la ermita aunque no precisamente para admirar el paisaje. Al llegar encontré varios coches detenidos bajo los árboles. Algunos conductores permanecían en el interior de sus vehículos. Otros estaban sentados en las mesas del restaurante. El silencio era casi total. Di una vuelta por una especie de mirador con rejas metálicas; en ambos extremos había telescopios, de aquellos que funcionan con monedas. Me aproximé a uno y metí cincuenta pesetas. No vi nada. La oscuridad era total. Le di un par de golpes y me alejé. En el restaurante pedí un plato de conejo y una botella de vino.

108

¿Qué más vi?

1. Un árbol suspendido sobre el precipicio. Sus raíces, como enloquecidas, se enroscaban entre las piedras y el aire. (Pero estas cosas no sólo se ven en España; también en Alemania he visto árboles así.)

2. Un adolescente vomitando en el bordillo del camino. Sus padres, en el interior de un coche con matrícula británica, aguardaban con la radio a todo volumen.

3. Una muchacha de ojos oscuros en la cocina del restaurante de la ermita. Apenas nos vimos un segundo pero algo en mí la hizo sonreír.

4. El busto de bronce de un hombre calvo en una pequeña plaza apartada. En el pedestal un poema escrito en lengua castellana del que sólo pude identificar las palabras: «tierra», «hombre», «muerte».

5. Un grupo de jóvenes mariscando entre los roqueríos al norte del pueblo. Sin motivo aparente cada cierto tiempo daban hurras y vivas. Sus gritos subían por las rocas con estruendo de tambores.

6. Una nube de color rojo oscuro, sangre sucia, repuntando por el este, y que entre las nubes oscuras que encapotaban el cielo era como una promesa del fin de la lluvia.

Después de comer regresé al hotel. Me di una ducha, me cambié de ropa y volví a salir. En la recepción había una carta para mí. Era de Conrad. Dudé un momento entre leerla inmediatamente o retrasar el placer de su lectura para más tarde. Decidí que lo haría después de ver al Quemado. Guardé, pues, la carta en un bolsillo y me dirigí hacia los patines.

La arena estaba mojada aunque ya no llovía; en algunos puntos de la playa podían apreciarse siluetas que caminaban bordeando las olas, con las cabezas inclinadas como si buscaran botellas con mensajes o joyas devueltas por el mar. En dos ocasiones estuve a punto de volver al hotel. La sensación de estar haciendo el ridículo, sin embargo, era menor que mi curiosidad.

Mucho antes de llegar escuché el ruido que producía la lona al chocar contra los flotadores. Debía haberse soltado algún cordel. Con pasos precavidos rodeé los patines. En efecto, había un cordel desamarrado que hacía que el viento moviera la lona cada vez con mayor violencia. Recuerdo que el cordel se agitaba como una culebra. Una culebra de río. La lona estaba húmeda y pesada por efecto de la lluvia. Sin pensarlo cogí el cordel y lo amarré como pude.

—¿Qué estás haciendo? —dijo el Quemado desde el interior de los patines.

Di un salto hacia atrás. El nudo, en el acto, se deshizo y la lona chasqueó como una planta arrancada de cuajo, como algo vivo y húmedo.

—Nada —dije.

Inmediatamente pensé que debía haber añadido: «¿Dónde estás?» Ahora el Quemado podía deducir que conocía su secreto y que por tal motivo no me sorprendía escuchar su voz que, obviamente, provenía del interior. Demasiado tarde.

—¿Cómo que nada?

—Nada —grité—. Daba un paseo y vi que el viento estaba a punto de arrancarte la lona. ¿No te habías dado cuenta?

Silencio.

Di un paso adelante y con movimientos decididos volví a atar el maldito cordel.

—Ya está —dije—. Ahora sí que están protegidos los patines. ¡Sólo falta que salga el sol!

Un gruñido ininteligible llegó desde el interior.

—¿Puedo pasar?

El Quemado no respondió. Por un instante temí que saliera y me espetara en medio de la playa qué demonios quería. No hubiera sabido qué contestarle. (¿Matar el tiempo? ¿Comprobar una sospecha? ¿Un pequeño estudio de costumbres?)

—¿Me escuchas? —grité—. ¿Puedo pasar, sí o no?

—Sí. —La voz del Quemado apenas era audible.

Busqué, solícito, la entrada; por supuesto no había ningún agujero excavado en la arena. Los patines, empotrados de forma inverosímil, no parecían dejar resquicio por donde pudiera pasar. Miré en la parte superior: entre la lona y un flotador había un espacio por donde un cuerpo podía deslizarse. Subí con cuidado.

—¿Por aquí? —dije.

El Quemado gruñó algo que tomé por una señal afirmativa. Ya arriba, el agujero era más grande. Cerré los ojos y me dejé caer.

Un olor a madera podrida y a sal me golpeó el olfato. Por fin estaba en el interior de la fortaleza.

El Quemado permanecía sentado sobre una lona similar a la que cubría los patines. Junto a él había un bolso casi tan grande como una maleta. Encima de una hoja de periódico tenía un pedazo de pan y una lata de atún. La luz, contra mis predicciones, era aceptable, sobre todo si tenía en cuenta que afuera estaba nublado. Junto con la luz, por entre los innumerables huecos, entraba el aire. La arena estaba seca, o eso creí; de todas maneras allí dentro hacía frío. Se lo dije: hace frío. El Quemado sacó del bolso una botella y me la tendió. Di un trago largo. Era vino.

—Gracias —dije.

El Quemado cogió la botella y bebió a su vez; luego cortó un trozo de pan, lo abrió por la mitad, metió entre ambas partes algunas migas de atún, lo empapó de aceite y procedió a comérselo. El hueco en el interior de los patines tenía una anchura de dos metros, por un metro y poco más de alto. Pronto descubrí otros objetos: una toalla de color impreciso, las alpargatas (el Quemado estaba descalzo), otra lata de atún, vacía, una bolsa de plástico con las siglas de un supermercado... En general el orden imperaba en la fortaleza.

—¿No te extraña que supiera dónde estabas?

—No —dijo el Quemado.

—A veces le doy una mano a Ingeborg deduciendo cosas... Cuando ella lee novelas de misterio... Puedo descubrir a los asesinos antes que Florian Linden... —Mi voz se había reducido hasta casi un murmullo.

Después de engullir el pan, con gestos parsimoniosos metió ambas latas en la bolsa de plástico. Sus manos, enormes, se movían veloces y silenciosas. Manos de criminal, pensé. En un segundo no quedó rastro de comida, sólo la botella de vino entre él y yo.

—La lluvia... ¿Te ha molestado?... Pero veo que aquí estás bien... Que llueva de vez en cuando debe ser una suerte para ti: hoy eres un turista más, como todos.

El Quemado me miró en silencio. En el amasijo de sus facciones creí ver una expresión de sarcasmo. ¿Tú también haces vacaciones?, dijo. Hoy estoy solo, expliqué, Ingeborg, Hanna y Charly se marcharon a Barcelona. ¿Qué pretendió insinuar con que yo también hacía vacaciones? ¿Que no escribiría mi artículo? ¿Que no estaba encerrado en el hotel?

—¿Cómo se te ocurrió vivir aquí?

El Quemado se encogió de hombros y suspiró.

—Sí, comprendo, debe ser muy hermoso dormir bajo las estrellas, al aire libre, aunque desde aquí no debes ver muchas estrellas —sonreí, y me palmeé la frente con la mano, un gesto inusual en mí–. De todas maneras te alojas más cerca del mar que cualquier turista. ¡Algunos pagarían por estar en tu lugar!

El Quemado buscó algo entre la arena. Los dedos de sus pies se enterraron y desenterraron con lentitud; eran grandes, desmesurados, y, sorprendentemente, aunque en realidad no tenían por qué ser distintos, sin una sola quemadura, lisos, con la piel intacta, incluso sin callosidades que el contacto diario con el mar debía encargarse de borrar.

–Me gustaría saber por qué decidiste instalarte aquí, cómo se te ocurrió que juntando los patines podías construir este refugio. Es una buena idea, pero por qué. ¿Fue por no pagar alquiler? ¿Tan caros están los alquileres? Perdona si no es de mi incumbencia. Es una curiosidad que tengo, ¿sabes? ¿Quieres que vayamos a tomar un café?

El Quemado cogió la botella y después de acercársela a sus labios me la alargó.

–Es barato. Es gratis –murmuró cuando volví a depositar la botella entre ambos.

–¿Es legal, también? ¿Aparte de mí, sabe alguien que duermes aquí? El propietario de los patines, por ejemplo, ¿sabe dónde pasas las noches?

–Yo soy el dueño de estos patines –dijo el Quemado.

Una línea de luz le caía justo en la frente: la carne chamuscada, tocada por la luz, parecía aclararse, moverse.

–No valen mucho –añadió–. Todos los patines del pueblo son más nuevos que los míos. Pero todavía flotan y a la gente le gustan.

–Los encuentro magníficos –dije en un arranque de entusiasmo–. Yo no me subiría jamás a un patín con forma de cisne o de nave vikinga. Son horrorosos. Los *tuyos,* en cambio, me parecen... no sé, más clásicos. Más de fiar.

Me sentí estúpido.

—No creas. Los patines nuevos son más rápidos.

Deshilvanadamente explicó que el tráfico de lanchas, barcos de excursiones y tablas de windsurf en las proximidades de la playa era, en ocasiones, tan abigarrado como el de una autopista. La velocidad que los patines pudieran emplear para esquivar a las otras embarcaciones, entonces, se convertía en algo importante. Por ahora no tenía que lamentar ningún accidente salvo golpes contra cabezas de bañistas; pero hasta en esto eran superiores los patines nuevos: un topetazo contra el flotador de uno de sus viejos patines podía abrirle la cabeza a cualquiera.

—Son pesados —dijo.

—Sí, sí, como tanques.

El Quemado sonrió por primera vez aquella tarde.

—Siempre piensas en eso —dijo.

—Sí, siempre, siempre.

Sin dejar de sonreír hizo un dibujo en la arena que inmediatamente borró. Sus contados gestos eran, por demás, enigmáticos.

—¿Cómo va tu juego?

—Perfecto. Viento en popa. Destrozaré todos los esquemas.

—¿Todos los esquemas?

—Sí, todas las viejas maneras de jugar. Con mi sistema el juego deberá replantearse.

Al salir el cielo era de un color gris metálico y anunciaba nuevos chaparrones. Le dije al Quemado que hacía unas horas había visto una nube roja por levante; pensé que era señal de buen tiempo. En el bar, leyendo un periódico deportivo en la misma mesa donde lo dejé, estaba el Cordero. Al vernos nos hace señas para que nos sentemos junto a él. La conversación discurre entonces por terrenos que a

114

Charly le hubieran encantado pero que a mí sólo consiguen aburrirme. Bayern Múnich, Schuster, Hamburgo, Rummenigge son los temas y los pretextos. Por descontado, el Cordero sabe más de estos clubes y de estas personalidades que yo. Para mi sorpresa, el Quemado participa en la conversación (que se da en mi honor, pues no se habla de deportistas españoles sino alemanes, cosa que sé apreciar en su justa medida y que al mismo tiempo me produce desconfianza) y demuestra tener un conocimiento aceptable del fútbol alemán. Por ejemplo, el Cordero pregunta: ¿cuál es tu jugador favorito?, y, tras mi respuesta (Schumacher, por decir algo) y la del Cordero (Klaus Allofs), el Quemado dice: «Uwe Seeler», a quien ni el Cordero ni yo conocemos. Ése y Tilkowski son los nombres que más prestigio guardan en el recuerdo del Quemado. El Cordero y yo no sabemos de qué habla. A nuestras preguntas responde que de niño los vio a ambos en un campo de fútbol. Cuando creo que el Quemado se pondrá a rememorar su infancia, éste de golpe enmudece. Las horas pasan y pese a que el día está nublado la noche tarda en llegar. A las ocho me despido y vuelvo al hotel. Sentado en un sillón, en la planta baja, junto a un ventanal desde el cual puedo ver el Paseo Marítimo y un sector del aparcamiento, me dispongo a leer la carta de Conrad. Dice así:

Querido Udo:
Recibí tu postal. Espero que la natación e Ingeborg te dejen tiempo para terminar el artículo en la fecha prevista. Ayer concluimos un Tercer Reich en casa de Wolfgang. Walter y Wolfgang (Eje) contra Franz (Aliados) y yo (Rusia). Jugamos a tres bandas y el resultado final fue: W y W, 4 objetivos; Franz, 18; yo, 19, entre ellos Berlín ¡y Estocolmo! (ya puedes imaginar el estado en que W y

W dejaron a la Kriegsmarine). Sorpresas en el módulo diplomático: en otoño 41 España pasa al Eje. Imposibilidad de convertir a Turquía en aliado menor gracias a los DP que Franz y yo derrochamos con prodigalidad. Alejandría y Suez, intocables; Malta machacada pero en pie. W y W *quisieron* comprobar algunos aspectos de tu Estrategia Mediterránea. Y de la Estrategia Mediterránea de Rex Douglas. Demasiado grande para ellos. Se hundieron. El Gambito Español de David Hablanian puede *funcionar* una vez de cada veinte. Franz perdió Francia en verano 40 y ¡soportó una invasión contra Inglaterra en primavera 41! Casi todos sus cuerpos de ejército se hallaban en el Mediterráneo y W y W no pudieron resistir la tentación. Aplicamos la variante Beyma. En el 41 me salvó la *nieve* y la insistencia de W y W en *abrir* frentes, con un gasto de BRP enorme; siempre llegaban en bancarrota al último turno anual. Acerca de tu Estrategia: Franz dice que no se distingue mucho de la de Anchors. Le dije que *tú* te *escribías* con Anchors y que su Estrategia no tiene nada en común con la tuya. W y W están dispuestos a montar un TR gigante apenas regreses. Primero sugirieron la serie Europa de GDW pero los disuadí. No *creo* que estés conforme con jugar *más* de un mes seguido. Hemos convenido que W y W, Franz y Otto Wolf jugarán con los aliados y los rusos, respectivamente, y que tú y yo llevaremos las riendas de Alemania, ¿qué te parece? Hablamos también del Encuentro en París, del 23 al 28 de diciembre. Está confirmado que acudirá Rex Douglas en persona. Sé que le gustará conocerte. En Waterloo apareció una foto tuya: es aquella donde estás jugando contra Randy Wilson, y una noticia sobre nuestro grupo de Stuttgart. Recibí carta de *Marte*, ¿los *recuerdas?* Quieren un artículo tuyo (aparecerá también uno de Mathias

Müller, ¡es increíble!) para un número extraordinario de jugadores especializados en la Segunda. La mayoría de los participantes son franceses y suizos. Y más noticias que prefiero darte cuando regreses de vacaciones. ¿Cuáles crees que fueron los hex. objetivos que retuvieron W y W? Leipzig, Oslo, *Génova* y *Milán*. Franz quería *pegarme*. De hecho estuvo persiguiéndome *alrededor* de la mesa. Hemos dejado montado un Case White. Empezaremos mañana por la noche. Los críos de Fuego y Acero han descubierto Boots & Saddles y Bundeswehr, de la serie Assault. Ahora piensan vender sus viejos Squad Leader y ya hablan de sacar un fanzine que se llamaría *Assault* o *Combates Radiactivos* o algo así. A mí me dan *risa*. Toma mucho sol. Saludos a Ingeborg. Un abrazo de tu amigo.

Conrad

La tarde en el Del Mar después de la lluvia se tiñe de un azul oscuro veteado de oro. Durante mucho rato permanezco en el restaurante sin hacer otra cosa que mirar a la gente que vuelve al hotel con rostro cansado y hambriento. Por ninguna parte vi a Frau Else. Descubro que tengo frío: estoy en mangas de camisa. Además la carta de Conrad me ha dejado un resabio de tristeza. Wolfgang es un imbécil: imagino su lentitud, sus indecisiones al mover cada contador, su falta de imaginación. Si no puedes controlar Turquía con DP, invádela, so tarado. Nicky Palmer lo ha dicho mil veces. Yo lo he dicho mil veces. De pronto, sin causa aparente, he pensado que estoy solo. Que sólo Conrad y Rex Douglas (a quien únicamente conozco de forma epistolar) son mis amigos. El resto es vacío y oscuridad. Llamadas que nadie contesta. Plantas. «Solo en un país devastado», recordé. En una Europa amnésica, sin épica y sin heroísmo. (No me extraña que los adolescentes se dediquen a Dungeons & Dragons y otros juegos de rol.)

¿Cómo compró el Quemado sus patines? Sí, me lo dijo. Con los ahorros obtenidos en la vendimia. ¿Pero cómo pudo comprar todo el lote, seis o siete, sólo con el dinero de una vendimia? Ése fue el primer pago. El resto lo abonaba de a poco. El anterior propietario era viejo y estaba cansado. No se gana lo suficiente en el verano y si encima hay que pagar un salario; entonces decidió venderlos y el Quemado los compró. ¿Había trabajado antes en el alquiler de patines? Nunca. No es difícil aprender, se burló el Cordero. ¿Podría hacerlo yo? (Pregunta necia.) Por supuesto, dijeron a dúo el Cordero y el Quemado. Cualquiera. En realidad era un oficio en el que sólo se necesitaba paciencia y buen ojo para no perder de vista los patines huidizos. Ni siquiera había que saber nadar.

El Quemado llegó al hotel. Subimos sin que nadie nos viera. Le mostré el juego. Las preguntas que hizo fueron inteligentes. De pronto la calle se llenó de ruidos de sirenas. El Quemado salió al balcón y dijo que el accidente era en la zona de los campings. Qué estupidez morir en vacaciones, observé. El Quemado se encogió de hombros. Llevaba una camiseta blanca y limpia. Desde donde estaba podía vigilar la masa informe de sus patines. Me acerqué y le pregunté qué miraba. La playa, dijo. Creo que podría aprender a jugar rápidamente.

Pasan las horas y no hay señales de Ingeborg. Hasta las nueve he esperado en la habitación, anotando movimientos.

La cena en el restaurante del hotel: crema de espárragos, canelones, café y helado. Durante la sobremesa tampoco vi a Frau Else. (Decididamente hoy ha desaparecido.) Compartí la mesa con un matrimonio holandés de unos cincuenta años. El tema de conversación tanto en mi mesa como en el resto del restaurante era el mal tiempo. Entre los comensales había opiniones diversas que los camareros –investidos de una supuesta sabiduría meteorológica y al fin y al cabo nativos– se encargaban de dirimir. Al final ganó la facción que vaticinaba buen tiempo para el día siguiente.

A las once di una vuelta por los diferentes salones de la planta baja. No encontré a Frau Else y me marché a pie hasta el Rincón de los Andaluces. El Cordero no estaba pero al cabo de media hora apareció. Le pregunté por el Lobo. No lo había visto en todo el día.

–Supongo que no estará en Barcelona –dije.

El Cordero me miró, espantado. Por supuesto que no, hoy trabajaba hasta tarde, qué cosas se me ocurrían. ¿Cómo iba a ir el pobre Lobo a Barcelona? Nos tomamos un coñac y vimos un rato un programa de concursos que daban en la televisión. El Cordero hablaba tartamudeando, por lo que deduje que estaba nervioso. No recuerdo por qué salió aquel tema pero en un momento y sin que se lo preguntara me confesó que el Quemado no era español. Puede que estuviéramos hablando de la dureza y de la vida y de los accidentes. (En el concurso ocurrían cientos de pequeños accidentes, en apariencia simulados e incruentos.) Puede que yo afirmara algo sobre el carácter español. Puede que seguidamente hablara del fuego y de las quema-

119

duras. No lo sé. Lo cierto es que el Cordero dijo que el Quemado no era español. ¿De dónde era, entonces? Sudamericano; de qué país en concreto, no lo sabía.

La revelación del Cordero me sentó como una bofetada. Así que el Quemado no era español. Y no lo había dicho. Este hecho, en sí mismo intrascendente, me pareció de lo más inquietante y significativo. ¿Qué motivos podía tener el Quemado para ocultarme su verdadera nacionalidad? No me sentí estafado. Me sentí observado. (No por el Quemado, en realidad por nadie en particular: observado por un hueco, por una carencia.) Al cabo de un rato pagué las copas y me marché. Tenía la esperanza de encontrar a Ingeborg en el hotel.

En la habitación no hay nadie. Volví a bajar: fantasmales, en la terraza distingo unas siluetas que apenas hablan: acodado en la barra, un viejo, el último cliente, bebe en silencio. En la recepción el vigilante del turno de noche me informa que nadie me ha telefoneado.

—¿Sabe dónde pudo encontrar a Frau Else?

Lo ignora. Al principio ni siquiera comprende de quién le hablo. Frau Else, grito, la dueño de este hotel. El empleado abre mucho los ojos y vuelve a negar con la cabeza. No la ha visto.

Di las gracias y me fui a tomar un coñac en la barra. A la una de la mañana decidí que lo mejor era subir y acostarme. Ya no quedaba nadie en la terraza aunque unos cuantos clientes recién llegados se habían instalado en la barra y bromeaban con los camareros.

No puedo dormir; no tengo sueño.

A las cuatro de la mañana, por fin, aparece Ingeborg. Una llamada telefónica del vigilante me informa que una señorita desea verme. Bajé corriendo. En la recepción encuentro a Ingeborg, Hanna y el vigilante enzarzados en algo que, desde las escaleras, se asemeja a un conciliábulo. Cuando llego junto a ellos lo primero que veo es el rostro de Hanna: un hematoma violeta y rosáceo cubre su pómulo izquierdo y parte del ojo; asimismo en la mejilla derecha y en el labio superior se pueden apreciar magulladuras, pero más leves. Por otra parte no cesa de llorar. Cuando inquiero por la causa de semejante estado, Ingeborg me obliga a callar de forma abrupta. Sus nervios están a flor de piel; constantemente repite que aquello sólo podía ocurrir en España. Cansado, el vigilante propone llamar a una ambulancia. Ingeborg y yo nos consultamos pero es Hanna quien se niega tajantemente. (Dice cosas como: «es mi cuerpo», «son mis heridas», etcétera.) La discusión prosigue y el llanto de Hanna arrecia. Hasta ese momento no he pensado en Charly, ¿dónde está? Al mencionarlo, Ingeborg, incapaz de contenerse, suelta un torrente de palabrotas. Por un instante tuve la sensación de que Charly se había *perdido para siempre*. Inesperadamente siento que una corriente de simpatía me une a él. Algo que no sé nombrar y que nos liga de un modo doloroso. Mientras el vigilante sale en busca de un botiquín de primeros auxilios –solución de compromiso a la que hemos llegado con Hanna–, Ingeborg me pone al tanto de los últimos acontecimientos que, por otra parte, ya he adivinado.

La excursión no pudo ser peor. Después de un día aparentemente normal y tranquilo, incluso demasiado tranquilo, ocupado en dar vueltas por el Barrio Gótico y por las Ramblas, tomando fotos y comprando souvenirs, la placidez inicial se trizó hasta quedar hecha añicos. Todo comenzó, según Ingeborg, después de los postres: Charly, sin que mediara provocación, experimentó un cambio notable, como si algo en la comida lo hubiera envenenado. Al principio todo se tradujo en una actitud hostil contra Hanna, y a bromas de mal gusto. Hubo un intercambio de insultos y el asunto no pasó de ahí. La explosión, el primer aviso, se produjo más tarde, después de que Hanna e Ingeborg accedieran, si bien a regañadientes, a entrar en un bar cercano al puerto; iban a beber una última cerveza antes de regresar. Según Ingeborg, Charly estaba nervioso e irritable, pero no agresivo. El incidente, tal vez, no habría trascendido si en el curso de la conversación Hanna no le hubiera reprochado un asunto de Oberhausen acerca del cual Ingeborg no tenía conocimiento. Las palabras de Hanna fueron oscuras y crípticas; Charly, al principio, escuchó las recriminaciones en silencio. «Tenía la cara blanca como el papel y parecía asustado», dijo Ingeborg. Luego se levantó, cogió a Hanna de un brazo y desapareció con ella en los servicios. Al cabo de unos minutos, nerviosa, Ingeborg decidió llamarlos, no muy segura de lo que ocurría. Los dos estaban encerrados en el servicio de mujeres y no ofrecieron resistencia al escuchar la voz de Ingeborg. Al salir, ambos lloraban. Hanna no dijo una palabra. Charly pagó la cuenta y marcharon de Barcelona. Al cabo de media hora de viaje se detuvieron en las afueras de uno de los tantos pueblos que jalonan la carretera de la costa. El bar al que entraron se llamaba Mar Salada. Esta vez Charly ni siquiera intentó convencerlas; simplemente se desentendió de ellas y se puso a beber. A la quinta o sexta cerveza estalló en lágrimas. Ingeborg, que pensaba cenar conmigo, pidió entonces la carta y persuadió a Charly para que comiera algo. Por un momento todo pareció volver a la normalidad. Los tres cenaron y, aunque con dificultades, mantuvieron un simulacro de charla civilizada. Llegada la hora de marcharse, la discusión volvió a saltar. Charly estaba decidido a seguir allí e Ingeborg y Hanna a que les entregara las llaves del coche para regresar. Según Ingeborg las palabras que se decían eran «un callejón sin salida», en el cual Charly se hallaba muy a gusto. Finalmente éste se levantó e hizo como que estaba dispuesto a darles las llaves o a llevarlas. Ingeborg y Hanna lo siguieron. Al cruzar la puerta Charly se volvió bruscamente y golpeó a Hanna en el rostro. La respuesta de Hanna fue echarse a correr hacia la playa. Charly salió disparado tras ella y a los pocos segundos Ingeborg escuchó los gritos de Hanna, apagados y sollozantes como los de una niña. Cuando llegó junto a ellos Charly ya no la golpeaba aunque de tanto en tanto le propinaba una patada o la escupía. Ingeborg, en el primer impulso, pensó interponerse entre ambos pero al ver a su amiga en el suelo y con la cara llena de sangre perdió la escasa serenidad que le quedaba y se puso a gritar pidiendo auxilio. Por supuesto, nadie acudió. El escándalo terminó con Charly marchándose en el coche; Hanna ensangrentada y con fuerzas sólo para negarse a cualquier intervención policiaca o médica; e Ingeborg abandonada en un lugar que no conocía y con la responsabilidad de sacar a su amiga de allí. Por suerte el dueño del bar donde habían estado atendió a Hanna, ayudó a limpiarla sin hacer preguntas y luego llamó un taxi que las trajo de regreso. Ahora el problema era qué debía hacer Hanna. ¿Dónde dormir? ¿En su hotel o en el nuestro? Si dormía en su hotel ¿qué posibilidades había de que Charly la golpeara otra vez? ¿Debía ir a un hospital? ¿Cabía la posibilidad de que el golpe en el pómulo fuera más grave de lo que pensábamos? El vigilante zanjó la cuestión: según él no había daño alguno en el hueso; se trataba de un golpe aparatoso y nada más. Con respecto a dormir en el hotel, mañana, con seguridad, habría plazas libres, pero esta noche, lamentablemente, no quedaba ninguna. Hanna puso cara de alivio cuando vio que no tenía opciones. «La culpa es mía», murmuró. «Charly es muy nervioso y yo lo provoqué, qué le vamos a hacer, el muy hijo de puta es así y no puedo cambiarlo.» Creo que Ingeborg y yo nos sentimos mejor al escucharla; era preferible de esa manera. Agradecimos al vigilante sus atenciones y la fuimos a dejar a su hotel. La noche era preciosa. La lluvia había lavado no sólo los edificios sino también el aire. Corría una brisa fresca y el silencio era total. La acompañamos hasta la puerta del Costa Brava y esperamos en medio de la calle. Al poco rato Hanna salió al balcón y nos comunicó que Charly aún no había regresado. «Duérmete y no pienses en nada», le gritó Ingeborg antes de volver al Del Mar. Ya en nuestra habitación hablamos de Charly y de Hanna (yo diría que los criticamos) e hicimos el amor. Luego Ingeborg cogió su novela de Florian Linden y al poco rato estaba dormida. Salí al balcón a fumar un cigarrillo y a ver si divisaba el coche de Charly.

29 de agosto

De madrugada la playa está llena de gaviotas. Junto a
las gaviotas hay palomas. Las gaviotas y las palomas están
en la orilla del mar, *mirando* el mar, inamovibles salvo alguna que levanta un corto vuelo. Las gaviotas son de dos
tipos: grandes y pequeñas. Desde lejos las palomas también
parecen gaviotas. Gaviotas de un tercer tipo aún más pequeño. Por la boca del puerto comienzan a salir los botes;
a su paso dejan un surco opaco sobre la superficie lisa del
mar. Hoy no he dormido. El cielo ostenta un color azul,
pálido y líquido. La franja del horizonte es blanca; la arena
de la playa, marrón, veteada de pequeños lunares de basura. Desde la terraza –aún no han llegado los camareros a
arreglar las mesas– se adivina un día apacible y transparente. Diríase que formadas en fila las gaviotas contemplan
impertérritas los botes que se alejan hasta casi perderse de
vista. A esta hora los pasillos del hotel son cálidos y desier-
tos. En el restaurante un camarero semidormido descorre
con brutalidad las cortinas; el brillo que inunda todo, no
obstante, es amable y frío; luz tenue, contenida. La cafete-

ra aún no funciona. Por el gesto del camarero intuyo que tardará bastante. En la habitación Ingeborg duerme con la novela de Florian Linden enredada entre las sábanas. Suavemente la deposito en el velador no sin que una frase me llame la atención. Florian Linden (supongo) dice: «Usted afirma haber repetido varias veces el mismo crimen. No, no está usted loco. En eso, precisamente, consiste el mal.» Con cuidado pongo el marcador entre las páginas y cierro el libro. Al salir tuve la curiosa idea de que nadie en el Del Mar planeaba levantarse. Pero las calles ya no están vacías del todo. Delante del quiosco, en la frontera entre la parte vieja y la zona turística, en la parada de autobuses, hay una camioneta de la que descargan paquetes de revistas y prensa diaria. Compro dos periódicos alemanes antes de internarme por calles estrechas, en dirección al puerto, en busca de un bar abierto.

En el marco de la puerta se recortaron las siluetas de Charly y el Lobo. Ninguno de los dos pareció sorprendido de verme. Charly se dirigió directamente hacia mi mesa mientras el Lobo encargaba en la barra dos desayunos. No atiné a decir nada; los gestos de Charly y el español estaban cubiertos por una máscara de sosiego aunque detrás de esa calma aparente permanecían alertas.

—Te hemos seguido —dijo Charly—; vimos que salías del hotel..., parecías muy cansado así que preferimos *dejarte* caminar un rato.

Noté que la mano izquierda me temblaba; sólo un poco —ellos no se percataron— pero la escondí de inmediato debajo de la mesa. En mi interior comencé a prepararme para lo peor.

—Creo que tú tampoco has dormido —dijo Charly.

126

Me encogí de hombros.

—Yo no he podido dormir —dijo Charly—, supongo que ya conocerás toda la historia. Me da igual; quiero decir que no me importa un día más o uno menos sin dormir. Me remuerde un poco la conciencia haber despertado al Lobo. Por mi culpa él tampoco ha dormido, ¿verdad, Lobo?

El Lobo sonrió sin entender una palabra. Por un instante tuve la loca idea de traducirle lo que Charly acababa de decir, pero me callé. Algo oscuro me advirtió que era mejor así.

—Los amigos están para sostener a sus amigos cuando éstos los necesitan —dijo Charly—. Al menos eso me parece a mí. ¿Sabías que el Lobo es un amigo de verdad, Udo? Para él la amistad es sagrada. Por ejemplo, ahora debería irse a trabajar, pero yo *sé* que no lo hará hasta dejarme instalado en el hotel o en cualquier otro lugar seguro. Puede perder su trabajo, pero no le importa. ¿Y por qué ocurre eso? Eso ocurre porque su sentido de la amistad es como debe ser: sagrado. ¡Con la amistad no se bromea!

Los ojos de Charly brillaban desmesuradamente; pensé que iba a llorar. Miró su croissant con una mueca de asco y lo apartó con la mano. El Lobo le indicó que si no lo quería se lo comería él. Sí, sí, dijo Charly.

—Fui a buscarlo a su casa a las cuatro de la mañana. ¿Crees que hubiera sido capaz de hacer eso con un desconocido? Todo el mundo es desconocido, por supuesto, todos en el fondo son asquerosos; sin embargo la madre del Lobo, que fue quien me abrió la puerta, creyó que había tenido un accidente y lo primero que hizo fue ofrecerme un coñac, que yo por supuesto acepté aunque estaba más borracho que una cuba. Qué estupenda persona. Cuando el Lobo se levantó me halló sentado en uno de sus sillones y tomándome un coñac. ¡Qué otra cosa podía hacer!

—No entiendo nada —dije—. Me parece que aún estás borracho.

—No, lo juro... Es sencillo: fui a buscar al Lobo a las cuatro de la mañana; fui recibido por su madre como un príncipe; luego el Lobo y yo intentamos hablar; luego salimos a dar vueltas en el coche; estuvimos en un par de bares; compramos dos botellas; luego nos fuimos a la playa, a beber con el Quemado...

—¿Con el Quemado? ¿En la playa?

—El tipo a veces duerme en la playa para que no le roben sus asquerosos patines. Así que decidimos compartir con él nuestro alcohol. Mira, Udo, qué curioso: desde allí se veía tu balcón y podría asegurar que no apagaste la luz en toda la noche. ¿Me equivoco o no me equivoco? No, no me equivoco, era tu balcón y tus ventanas y tu maldita luz. ¿Qué estuviste haciendo? ¿Jugabas a la guerra o hacías marranadas con Ingeborg? ¡Eh, eh! No me mires así, es una broma, a mí qué más me da. Era tu habitación, sí, me di cuenta enseguida, y también el Quemado se dio cuenta. En fin, una noche movida, parece que todos nos desvelamos un poco, ¿no?

Por encima de la vergüenza y el rencor que sentí al saber que Charly no ignoraba mi afición por los juegos y que sin duda era Ingeborg quien se lo había contado o mal contado (incluso pude imaginarlos a los tres en la playa celebrando con carcajadas las ocurrencias al respecto: «Udo está ganando, pero también Udo está perdiendo»; «así pasan las vacaciones los generales de Estado Mayor, encerrados»; «Udo está convencido de ser la reencarnación de Von Manstein»; «¿qué le regalarás para su cumpleaños, una pistola de agua?»), por encima, digo, de la vergüenza y el rencor contra Charly, contra Ingeborg y contra Hanna, se impuso un sentimiento de suave y progresivo terror al oír que el Quemado «también sabía cuál era mi balcón».

—Harías mejor preguntándome por Hanna —dije, intentando que la voz me saliera normal.

—¿Para qué? Seguramente está bien. Hanna siempre está bien.

—¿Qué vas a hacer ahora?

—¿Con Hanna? No sé, dentro de un rato creo que iré a dejar al Lobo a su trabajo y luego me iré al hotel. Espero que Hanna ya esté en la playa pues tengo ganas de dormir a pierna suelta... Ha sido una noche movida, Udo. ¡Incluso en la playa! No lo vas a creer, aquí nadie para un minuto, Udo, nadie. Desde los patines escuchábamos un ruido. Ya es raro escuchar un ruido en la playa, a esas horas. El Lobo y yo fuimos a investigar y qué crees que encontramos: una pareja follando. Una pareja de alemanes, supongo, porque cuando les dije que se lo pasaran bien me contestaron en alemán. No me fijé en el tipo pero ella era guapa, vestida con un traje de fiesta blanco como el de Inge, allí, tirada en la playa, con el traje arrugado y todas esas cosas poéticas...

—¿Inge? ¿Te refieres a Ingeborg? —La mano me volvió a temblar; literalmente pude oler la violencia que nos estaba rodeando.

—A ella no, hombre, a su traje blanco; tiene un traje blanco, ¿no? Pues a eso. ¿Sabes qué dijo entonces el Lobo? Que hiciéramos cola. Que nos pusiéramos en la cola para cuando el tipo terminara. ¡Dios mío, cómo me reí! ¡Pretendía que nos la tiráramos nosotros después de aquel pobre desgraciado! ¡Una violación en toda regla! Qué humor. Yo sólo tenía ganas de beber, ¡y de contemplar las estrellas! Ayer llovió, ¿lo recuerdas? De todas maneras en el cielo había un par de estrellas, tal vez tres. Y yo me sentía de maravilla, entonces. En otras condiciones, Udo, probablemente hubiera aceptado la proposición del Lobo. Tal vez a la chica le gustara. Tal vez no. Cuando regresamos a los patines creo que el Lobo intentó convencer al Quemado para que lo acompañara. El Quemado tampoco quiso ir. Pero no estoy seguro, ya sabes que el español no se me da muy bien.

—No se te da en absoluto —dije.

Charly soltó una carcajada sin mucha convicción.

—¿Quieres que se lo pregunte y así sales de la duda? —añadí.

—No. No es asunto mío... De todas maneras, créeme, me entiendo con mis amigos y el Lobo es mi amigo y nos entendemos.

—No lo dudo.

—Haces bien... Fue una bonita noche, Udo... Una noche tranquila, con malos pensamientos pero sin malas acciones... Una noche tranquila, cómo explicártelo, tranquila y sin parar ni un minuto, ni un minuto... Incluso cuando amaneció y podía pensarse que todo había acabado, saliste tú del hotel... En el primer momento creí que nos habías visto desde el balcón y venías a sumarte a la juerga; cuando te alejaste en dirección al puerto levanté al Lobo y te seguimos... Sin prisa, ya lo has visto. Como si estuviéramos dando un paseo.

—Hanna no está bien. Deberías verla.

—Inge tampoco está bien, Udo. Ni yo. Ni el Lobo, mi compadre. Ni tú, si permites que te lo diga. Sólo la madre del Lobo está bien. Y, en Oberhausen, el hijito de Hanna. Sólo ellos están... no, bien del todo no, pero en comparación con otros, bien. Sí, bien.

Resultaba obsceno oírle llamar Inge a Ingeborg. Lamentablemente los amigos de ella, algunos compañeros de trabajo, también la llamaban así. Era normal y sin embargo nunca lo había pensado; yo no conocía a ningún amigo de Ingeborg. Sentí que un escalofrío me recorría el cuerpo.

Pedí otro café con leche. El Lobo tomó un carajillo de ron (si tenía que ir a trabajar, ciertamente no mostraba la menor inquietud). Charly no quiso nada. Sólo tenía ganas de fumar y esto lo hacía con voracidad, un cigarrillo tras otro. Pero aseguró que él pagaría la cuenta.

—¿Qué pasó en Barcelona? —Iba a decir «estás cambiado» pero me pareció ridículo: apenas lo conocía.

—Nada. Paseamos. Compramos souvenirs. Es una bonita ciudad, con demasiada gente, eso sí. Durante un tiempo fui seguidor de Fútbol Club Barcelona, cuando Lattek era el entrenador y jugaban Schuster y Simonsen. Ahora ya no. No me interesa el Barcelona pero la ciudad me sigue gustando. ¿Has estado en la Sagrada Familia? ¿Te gustó? Sí, es bonita. También estuvimos bebiendo en un bar muy antiguo, lleno de carteles de toreros y gitanos. A Hanna y a Inge les pareció muy original. Y era barato, mucho más barato que los bares de aquí.

—Si hubieras visto la cara de Hanna no estarías tan tranquilo. Ingeborg pensaba denunciarte a la policía. Si esto llega a ocurrir en Alemania, seguro que lo hace.

—Exageras... En Alemania, en Alemania... —Hizo una mueca de impotencia—. No sé, tal vez allí también ahora las cosas no paren ni un minuto. Mierda. No me importa. Además, no te creo, no creo que a Inge se le pasara por la cabeza llamar a la policía.

Me encogí de hombros, ofendido; puede que Charly tuviera razón, puede que él conociera mejor el corazón de Ingeborg.

—¿Tú qué habrías hecho? —Los ojos de Charly brillaron llenos de malicia.

—¿En tu lugar?

—No, en el de Inge.

—No sé. Patearte. Romperte la espalda.

Charly cerró los ojos. Mi respuesta, sorprendentemente, le dolió.

–Yo no. –Manoteó en el aire como si algo muy importante se le escapara–. Yo, en el lugar de Inge, no lo hubiera hecho.

–Claro.

–Tampoco quise violar a la alemana de la playa. Hubiera podido hacerlo, pero no lo hice. ¿Entiendes? Pude romperle la cara a Hanna, rompérsela de verdad, y no lo hice. Pude tirar una piedra contra tu ventana o darte una paliza después de que compraste esos periódicos inmundos. No hice nada. Hablo y fumo, nada más.

–¿Para qué ibas a querer romperme los cristales o pegarme? Es idiota.

–No lo sé. Se me pasó por la cabeza. Rápido, rápido, con una piedra del tamaño de un puño. –La voz se le quebró como si de pronto recordara una pesadilla–. Fue el Quemado; mientras miraba la luz de tu ventana; ganas de llamar la atención, supongo...

–¿El Quemado te sugirió que apedrearas mi ventana?

–No, Udo, no. No entiendes nada, hombre. El Quemado estaba chupando con nosotros, más bien en silencio, más bien los tres en silencio, escuchando el mar, nada más, y chupando, pero con los ojos abiertos, ¿verdad?, y el Quemado y yo miramos tu ventana. Quiero decir: cuando yo miré tu ventana el Quemado ya tenía los ojos clavados en ella y yo me di cuenta y él se dio cuenta de que yo me quedaba con la jugada. Pero no dijo nada de tirar piedras. Fui yo quien tuvo esa idea. Pensé que debía *avisarte*... ¿Lo entiendes?

–No.

Charly hizo una mueca de hastío; cogió los periódicos y pasó las páginas a una velocidad inaudita, como si antes de mecánico hubiera sido cajero de un banco; estoy seguro de que no leyó ni una frase completa; luego, con un suspiro, los dejó a un lado; con ese gesto parecía decir que las noticias eran para mí, no para él. Durante unos segundos ambos permanecimos en silencio. Afuera la calle poco a poco recobraba su ritmo cotidiano; en el bar ya no estábamos solos.

—En el fondo, quiero a Hanna.

—Deberías ir a verla ahora mismo.

—Es una buena chica, sí. Y ha tenido mucha suerte en la vida aunque ella piense lo contrario.

—Deberías irte al hotel, Charly...

—Primero dejaremos al Lobo en su trabajo, ¿de acuerdo?

—Bien, vámonos ahora mismo.

Cuando se levantó de la mesa estaba blanco, como si ya no le quedara sangre en el cuerpo. Sin trastabillar ni una sola vez, por lo que deduje que no estaba tan borracho como creía, se acercó a la barra, pagó y nos marchamos. El coche de Charly estaba estacionado junto al mar. Sobre la baca vi la tabla de windsurf. ¿La había llevado consigo a Barcelona? No, debió ponerla allí al regresar, lo que quería decir que ya había estado en el hotel. Recorrimos despacio la distancia que nos separaba del supermercado donde trabajaba el Lobo. Antes de que éste se bajara Charly le dijo que si lo despedían fuera a verlo al hotel, que él ya vería la manera de solucionar el problema. Traduje. El Lobo sonrió y dijo que con él no se atrevían. Charly asintió gravemente y cuando ya habíamos dejado atrás el supermercado dijo que era verdad, que con el Lobo cualquier desacuerdo podía resultar complicado, por no decir peligroso. Luego habló de los perros. En el verano era común ver perros abandonados muriéndose de hambre en las calles. «Especialmente aquí», dijo.

—Ayer, cuando buscaba la casa del Lobo, atropellé a uno.

Esperó a que yo hiciera algún comentario y prosiguió:

—Un perro pequeño y negro, al que ya había visto en el Paseo Marítimo... Buscando a sus cochinos amos o un poco de comida... No sé... ¿Conoces la historia del perro que murió de hambre junto al cadáver de su dueño?

—Sí.

—Pensé en eso. Al principio las pobres bestias no saben adónde ir, se limitan a esperar. Eso sí que es fidelidad, eh, Udo. Si traspasan esa etapa se dedican a vagabundear y a buscar en los tarros de basura. El pequeño perro negro de ayer me dio la impresión de que aún esperaba. ¿Cómo se puede entender eso, Udo?

—¿Cómo estás tan seguro de que lo habías visto antes o que era un perro vagabundo?

—Porque me bajé del coche y lo observé con cuidado. Era el mismo.

La luz dentro del coche comenzaba a adormilarme. Por un instante creí ver los ojos de Charly llenos de lágrimas. «Los dos estamos cansados», pensé.

En la puerta de su hotel le aconsejé que se diera una ducha, que se metiera en la cama y que dejara las explicaciones con Hanna para después de levantarse. Algunos huéspedes comenzaban a desfilar hacia la playa. Charly sonrió y se perdió pasillo adentro. Regresé al Del Mar con el espíritu intranquilo.

Encontré a Frau Else en la azotea, tras ignorar soberanamente las señales que indican qué zonas son accesibles para los turistas y qué zonas están reservadas sólo para el personal del hotel. Debo confesar, por otra parte, que no la estaba buscando. Sucedió que Ingeborg aún dormía, que en el bar me asfixiaba, que no tenía ganas de volver a salir y que tampoco tenía sueño. Frau Else leía, estirada sobre una tumbona celeste con un zumo de frutas al lado. No se sorprendió al verme aparecer, al contrario, con su voz serena de siempre me felicitó por descubrir la entrada de la azotea. «Privilegios de sonámbulos», respondí, ladeando la cabeza para fijarme en el libro que tenía entre las manos. Era una guía turística del sur de España. Luego me preguntó si deseaba beber algo. Ante mi mirada de interrogación explicó que incluso en la azotea disponía de un timbre para avisar al servicio. Por curiosidad, acepté. Al cabo de un rato le pregunté por sus actividades del día anterior. Añadí que había estado buscándola infructuosamente por todo el hotel. «Con la lluvia, usted desaparece», dije.

El rostro de Frau Else se ensombreció. Con gestos en apariencia estudiados (pero yo sé que ella es así, que eso también es parte de su espontaneidad y de su energía) se sacó las gafas de sol y me observó con fijeza antes de contestar: ayer pasó todo el día encerrada en la habitación, con su esposo. ¿Acaso está enfermo? El mal tiempo, las nubes cargadas de electricidad, lo perjudican; tiene dolores de cabeza terribles que le afectan a la vista y los nervios; en alguna ocasión ha llegado a padecer ceguera transitoria. Fiebre cerebral, dicen los labios perfectos de Frau Else. (Hasta donde sé, no existe tal enfermedad.) Acto seguido, con un asomo de sonrisa, me hace prometerle que nunca más la buscaré. Nos veremos sólo cuando el azar así lo disponga. ¿Y si me niego? Lo obligaré a prometérmelo, susurra Frau Else. En ese instante aparece una criada con un vaso de zumo de frutas en todo idéntico al que Frau Else tiene en la mano; por unos segundos la pobre muchacha, deslumbrada por el sol, parpadea y no sabe hacia dónde ir; luego deposita el vaso sobre la mesa y se marcha.

—Se lo prometo —dije, dándole la espalda y yendo hasta el borde de la azotea.

El día era amarillo y por todas partes reverberaba un color de carne humana que me produjo náuseas.

Me volví hacia ella y le confesé que no había pegado ojo en toda la noche. «No necesita jurarlo», contestó sin apartar la vista del libro que otra vez tenía entre las manos. Le conté que Charly había golpeado a Hanna. «Algunos hombres suelen hacerlo», fue su contestación. Me reí. «¡Sin duda no es usted una feminista!» Frau Else dio vuelta la página sin contestarme. Le dije entonces lo que Charly me explicó acerca de los perros, los perros que la gente abandona antes o durante las vacaciones. Noté que Frau Else escuchaba con interés. Al terminar mi historia vi en sus ojos una señal de alarma; temí que se levantara y avanzara hacia mí. Temí que pronunciara las palabras que entonces menos deseaba escuchar. Pero ella no hizo ningún comentario y poco después consideré más prudente retirarme.

Esta noche todo ha vuelto a la normalidad. En una discoteca de la zona de los campings, Hanna, Charly, Ingeborg, el Lobo, el Cordero y yo hemos brindado por la amistad, por el vino, por la cerveza, por España, por Alemania, por el Real Madrid (el Lobo y el Cordero no son hinchas del Barcelona, como creía Charly, sino del Real Madrid), por las mujeres bonitas, por las vacaciones, etcétera. Una paz completa. Hanna y Charly, por supuesto, se han reconciliado. Charly vuelve a ser el mismo patán más o menos corriente que conocimos el 21 de agosto y Hanna se puso el vestido más brillante y escotado de cuantos

136

tiene para celebrarlo. Incluso su pómulo amoratado le confiere cierto encanto entre erótico y canalla. (Su pómulo amoratado que mientras aún estaba sobria escondió bajo unas gafas de sol, pero que en el fragor de la discoteca exhibió sin disimulo, feliz, como si se hubiera reencontrado a sí misma y su razón de vivir.) Ingeborg perdonó oficialmente a Charly, quien, en presencia de todos, se arrodilló a sus pies y alabó sus virtudes para regocijo de cuantos lo pudieron oír y entendían alemán. En el despliegue de atenciones el Lobo y el Cordero no quedaron a la zaga; debimos a ellos el hallazgo del restaurante más auténticamente español hasta hoy visto. Restaurante en donde, además de comer bien y barato, y de beber en abundancia y más barato aún, tuvimos oportunidad de escuchar a una cantante de flamenco (o de canciones típicas) que resultó ser un travestí llamado Andrómeda, bien conocido por nuestros amigos españoles. La sobremesa: larga y amena en anécdotas, canciones y bailes. Andrómeda, sentada junto a nosotros, enseñó a las mujeres a batir palmas y luego bailó con Charly una danza llamada «sevillana»; al poco rato todo el mundo se puso a imitarlos, incluida gente de otras mesas, salvo yo, que me negué de manera rotunda y un tanto brusca. Hubiera hecho el ridículo. Mi brusquedad, no obstante, pareció agradar al travestí, que acabado el baile me leyó la fortuna en la palma de la mano. Tendré dinero, poder y amor; una vida llena de emociones; un hijo (o un nieto) marica... Andrómeda lee el futuro e interpreta; al principio su voz es casi inaudible, un susurro, luego va subiendo de volumen y finalmente recita de tal modo que todos pueden escucharla y celebrar sus ocurrencias. Quien se presta a tales juegos es el blanco de las bromas de los parroquianos, pero en líneas generales no me dijo nada desagradable y antes de marcharnos nos regaló a cada uno un cla-

vel y nos invitó a volver. Charly le dejó mil pesetas de propina y juró por sus padres que así lo haría. Todos compartimos la opinión de que es un sitio que «vale la pena»;
lluven felicitaciones sobre el Lobo y el Cordero. En la
discoteca el ambiente es distinto, hay más jóvenes y el entorno es artificial, pero no tardamos en coger la onda. Resignación. Allí sí que bailo; y beso a Ingeborg y a Hanna y
busco los lavabos y vomito y me peino y salgo nuevamente a la pista. En un aparte cojo a Charly de las solapas y le
pregunto: ¿todo bien? Todo magníficamente bien, responde. Hanna, por detrás, lo abraza y lo aleja de mí. Charly
quiere decirme algo más pero sólo veo sus labios que se
mueven y, cuando ya no hay remedio, su sonrisa. Ingeborg
también ha vuelto a ser la Ingeborg de la noche del 21 de
agosto; la Ingeborg de siempre. Me besa, me abraza, me
pide que hagamos el amor. Al volver a nuestra habitación,
a las cinco de la mañana, consecuentemente hacemos el
amor; Ingeborg tiene un orgasmo rápido; yo me contengo
y la poseo aún muchos minutos. Ambos tenemos sueño.
Desnuda sobre las sábanas, Ingeborg asegura que todo es
simple. «Incluso tus miniaturas.» Insiste sobre este término
antes de caer dormida. «Miniaturas.» «Todo es simple.»
Durante un buen rato he estado contemplando mi juego y
pensando.

30 de agosto

Los acontecimientos de hoy son aún confusos, no obstante intentaré consignarlos de forma ordenada, así tal vez yo mismo pueda descubrir en ellos algo que hasta ahora me hubiera pasado desapercibido, empresa difícil y posiblemente inútil, pues lo que ha ocurrido ya no tiene remedio y de poco sirve alimentar falsas esperanzas. Pero algo tengo que hacer para matar las horas.

Empezaré por el desayuno en la terraza del hotel, con los trajes de baño puestos, bajo una mañana sin nubes, atemperada por una agradable brisa que soplaba del mar. Mi plan inicial era volver a la habitación, cuando ya estuviera arreglada, y pasar aquellas horas inmerso en el juego, pero Ingeborg se encargó de disuadirme: la mañana era demasiado espléndida como para no salir del hotel. En la playa encontramos a Hanna y Charly tumbados sobre una esterilla enorme; dormían. La esterilla, recién comprada, todavía conservaba en una esquina la etiqueta con el precio. Lo recuerdo con la claridad de un tatuaje: 700 pesetas. Pensé entonces, o tal vez lo piense sólo ahora, que esa escena me era familiar. Es lo que suele pasar cuando trasnocho, los detalles intrascendentes se magnifican y perduran. Quiero decir: nada fuera de lo normal. Sin embargo me pareció inquietante. O ahora, cuando el sol ya se ha ocultado, así me lo parece.

La mañana transcurrió envuelta en los vanos gestos de siempre: nadar, hablar, leer revistas, embadurnarnos el cuerpo con cremas y bronceadores. Comimos temprano, en un restaurante atiborrado de turistas que, igual que nosotros, vestían trajes de baño y olían a aceites (no es un olor agradable a la hora de comer); después conseguí escaparme; Ingeborg, Hanna y Charly regresaron a la playa y yo volví al hotel. ¿Qué hice? Poca cosa. Miré mi juego, incapaz de concentrarme, luego dormí una siesta poblada de pesadillas hasta las seis de la tarde. Cuando desde el balcón observé que la gran masa de los bañistas emprendían la retirada hacia los hoteles y los campings, bajé a la playa. Es triste esa hora y son tristes los bañistas: cansados, ahítos de sol, vuelven la vista hacia la línea de edificios como soldados de antemano convencidos de sucumbir; sus pasos cansinos que atraviesan la playa y el Paseo Marítimo, prudentes pero con un deje de desprecio, de fanfarronería ante un peligro remoto, su peculiar manera de meterse por calles laterales en donde de inmediato buscan la sombra, los conducen directamente –son un homenaje– al vacío.

El día, visto retrospectivamente, aparece carente de figuras y de sospechas. Ni Frau Else, ni el Lobo, ni el Cordero, ni una carta de Alemania, ni una llamada telefónica, ni nada que resulte significativo. Sólo Hanna y Charly, Ingeborg y yo, los cuatro en paz; y el Quemado, pero lejos, ocupado con sus patines (no quedaban demasiados clientes), aunque Hanna, no sé por qué, se acercó a hablarle; poco, menos de un minuto, un acto de cortesía, dijo luego. En resumidas cuentas un día tranquilo, para tomar el sol y nada más.

Recuerdo que cuando bajé a la playa por segunda vez el cielo se pobló de pronto de infinidad de nubes, nubes diminutas que comenzaron a correr hacia el este o hacia el noroeste, y que Ingeborg y Hanna estaban nadando y al verme salieron, primero Ingeborg, que me besó, y después Hanna. Charly estaba tendido de cara a los ya débiles rayos del sol y parecía dormido. A nuestra izquierda el Quemado armaba, con paciencia, la fortaleza de cada noche, ajeno a todo, en la hora en que sin duda su apariencia monstruosa se le autorrevelaba sin tapujos. Recuerdo el color amarillo ceniza de la tarde, nuestra conversación insustancial (no podría especificar los temas), las cabelleras mojadas de las chicas, la voz de Charly que contaba la historia absurda de un niño que aprendía a andar en bicicleta. Todo indicaba que aquélla sería una tarde placentera como cualquier otra y que pronto volveríamos a nuestros hoteles a ducharnos para rematar la noche en alguna discoteca.

Entonces Charly dio un salto, cogió su tabla de windsurf y se metió en el mar. Hasta ese momento no me percaté de que la tabla estaba allí, de que todo el tiempo había estado allí.

—Vuelve pronto —gritó Hanna.

No creo que la oyera.

Los primeros metros nadó arrastrando la tabla; luego se montó, levantó la vela, nos hizo un gesto de despedida con la mano y enfiló mar adentro aprovechando un golpe de viento favorable. Debían ser las siete de la tarde, no mucho más. No era el único windsurfista. De eso estoy seguro.

Al cabo de una hora, cansados de esperar, nos fuimos a beber a la terraza del Costa Brava, desde donde se domina perfectamente la playa y el sitio por donde con toda lógica debía aparecer Charly. Nos sentíamos sucios y sedientos. Recuerdo que el Quemado, a quien veía cada vez que me volteaba intentando localizar la vela de Charly, en ningún momento dejó de moverse alrededor de sus patines, una especie de Golem atareado, hasta que de pronto simplemente desapareció (en el interior de su chabola, infiero), pero de manera tan intempestiva, tan seca, que en la playa quedó un doble vacío: faltaba Charly y ahora faltaba el Quemado. Creo que ya entonces temí una desgracia.

A las nueve de la noche, aunque aún no oscurecía, decidimos pedir consejo al recepcionista del Costa Brava. Éste nos envió a la Cruz Roja del Mar, cuyas oficinas están en el Paseo Marítimo, poco antes de llegar a la parte vieja del pueblo. Allí, después de una intrincada explicación, se comunicaron por radio con una Zodiac de salvamento. Al cabo de media hora la Zodiac llamó a su vez aconsejando que pasaran el problema a las autoridades policiales y marítimas del puerto. Estaba anocheciendo aprisa; recuerdo que miré a través de la ventana y que vi por un segundo la Zodiac con la que habíamos hablado. El oficinista nos explicó que lo mejor era volver al hotel y desde allí llamar a la Comandancia de Marina, a la policía y a Protección Civil; el gerente del hotel debía asesorarnos en todo. Dijimos que eso haríamos y nos marchamos. La mitad del camino de regreso lo realizamos en silencio y la otra mitad discutiendo. Según Ingeborg todos eran unos incompetentes. Hanna no estaba muy convencida, pero argüía por otra parte que el gerente del Costa Brava odiaba a Charly; también cabía la posibilidad de que éste estuviera en un pueblo vecino, como hizo una vez, ¿lo recordábamos? Le expresé mi opinión: que hiciera exactamente lo que nos habían indicado. Entonces Hanna dijo que sí, que yo tenía razón, y se derrumbó.

En el hotel, el recepcionista, y posteriormente el gerente, explicaron a Hanna que los náufragos del windsurfing eran una especie abundante por estas fechas y que, por lo común, nada malo les ocurría. En el peor de los casos pasaban 48 horas a la deriva, pero el rescate era seguro, etcétera. Después de estas palabras Hanna dejó de llorar y pareció más calmada. El gerente se ofreció a llevarnos en su coche a la Comandancia de Marina. Allí tomaron declaración a Hanna, se comunicaron con el puerto y otra vez con la Cruz Roja del Mar. Poco después llegaron dos policías. Necesitaban una descripción detallada de la tabla; se iniciaría un rastreo en helicóptero. A la pregunta de si la tabla llevaba equipo de sobrevivencia, todos nos declaramos absolutamente ignorantes sobre la existencia de tal equipo. Uno de los policías dijo: «Es que es un invento español.» El otro policía añadió: «Entonces todo dependerá del sueño que tenga; si se duerme lo va a pasar mal.» Me molestó que hablaran de esa manera delante de nosotros, pese a que no ignoraban que yo comprendía su idioma. Por supuesto, no traduje a Hanna lo que dijeron. El gerente, por el contrario, no manifestaba el más mínimo síntoma de nerviosismo e incluso cuando volvimos al hotel se permitió bromear sobre el asunto. «¿Está usted contento?», dije. «Sí, todo va bien», respondió. «Su amigo no tardará en aparecer. Sabe, todos estamos en ello. No podemos fracasar.»

Cenamos en el Costa Brava. Como era presumible la cena no resultó animada. Pollo con puré de patatas y huevos fritos, ensalada, café y helados, que los camareros, al tanto de lo que ocurría (en realidad éramos el blanco de todas las miradas), nos sirvieron con una afabilidad fuera de lo común. Nuestro apetito no sufrió merma. Estábamos precisamente en los postres cuando vi la cara del Lobo pegada a los cristales que separaban el comedor de la terraza. Me hacía señas. Al anunciar su presencia Hanna enrojeció de golpe y bajó la vista. Con un hilo de voz me pidió que me deshiciera de ellos, que vinieran mañana, lo que yo estimara conveniente. Me encogí de hombros y salí; en la terraza esperaban el Lobo y el Cordero. En pocas palabras conté lo ocurrido. Ambos quedaron afectados por la noticia (creo que vi lágrimas en los ojos del Lobo pero no podría jurarlo); después expliqué que Hanna se hallaba muy nerviosa y que esperábamos de un momento a otro novedades de la policía. No tuve argumentos que oponer cuando propusieron volver dentro de una hora. Esperé en la terraza hasta que se marcharon; uno de ellos olía a perfume y dentro de su estilo descuidado iban vestidos con esmero; cuando estuvieron en la acera se pusieron a discutir; al doblar la esquina aún gesticulaban.

Los acontecimientos que a continuación se sucedieron supongo que forman parte de la rutina en casos semejantes, aunque suelen ser molestos e innecesarios. Primero apareció un policía; luego otro, pero con distinto uniforme, acompañado de un civil que hablaba alemán y de un marino ¡con uniforme completo de marino!; por suerte no estuvieron mucho rato (el marino, según nos informó el gerente, estaba a punto de sumarse a la búsqueda en una lancha dotada de reflectores). Al irse prometieron avisarnos a cualquier hora de los resultados que obtuvieran. En sus rostros podía verse que las posibilidades de encontrar a Charly eran cada vez más escasas. Por último apareció un miembro –el secretario, creí entender– del Club de Windsurf del pueblo para asegurarnos el apoyo material y moral de sus socios; ellos también habían puesto en servicio un bote de rescate, amén de cooperar con la Comandancia de

144

Marina y Protección Civil desde el momento en que tuvieron noticia del naufragio. Así lo llamó: naufragio. Hanna, que durante la cena había hecho gala de serenidad y fortaleza, ante esta última muestra de solidaridad volvió a recaer en un llanto que progresivamente se convirtió en un ataque de histeria.

Auxiliados por un camarero la subimos a su habitación y la acostamos. Ingeborg preguntó si tenía algún calmante. Sollozando, Hanna dijo que no, que el médico se los había prohibido. Finalmente decidimos que lo mejor era que Ingeborg se quedase a pasar la noche allí.

Antes de volver al Del Mar me asomé por el Rincón de los Andaluces. Esperaba encontrar al Lobo y al Cordero, o al Quemado, pero no vi a nadie. El dueño en la primera mesa junto al televisor miraba como siempre una película de vaqueros. Me marché de inmediato. Él ni siquiera se volvió. Desde el Del Mar llamé por teléfono a Ingeborg. Sin novedades. Estaban acostadas aunque ninguna de las dos podía dormir. Estúpidamente dije: «Consuélala.» Ingeborg no me respondió. Por un momento creí que la comunicación se había cortado.

–Estoy aquí –dijo Ingeborg–, estoy pensando.

–Sí, yo también estoy pensando –dije.

Luego nos deseamos buenas noches y colgamos.

Durante un rato estuve tirado en la cama, con la luz apagada, cavilando sobre lo que pudo ocurrirle a Charly. En mi cabeza sólo se formaban imágenes inconexas: la esterilla nueva con el precio sin sacar, la comida del mediodía impregnada de olores repulsivos, el agua, las nubes, la voz de Charly... Pensé que era raro que nadie le hubiera preguntado a Hanna por su mejilla amoratada; pensé en el aspecto de los ahogados; pensé que nuestras vacaciones, de alguna manera, se habían ido al diablo. Esto último hizo que me levantara de un salto y que me pusiera a trabajar con una energía inusitada.

A las cuatro de la mañana terminé el turno de primavera del 41. Los ojos se me cerraban de sueño pero me sentía satisfecho.

31 de agosto

A las diez de la mañana me telefoneó Ingeborg informándome que estábamos citados en la Comandancia de Marina. Las esperé en el coche delante del Costa Brava y partimos. Hanna se hallaba más animada que la noche anterior, tenía los ojos y los labios pintados y al verme me dedicó una sonrisa. Por el contrario, el semblante de Ingeborg no hacía presagiar nada bueno. La Comandancia de Marina está a pocos metros del puerto deportivo, en una calle estrecha de la zona antigua; para llegar a las oficinas hay que atravesar un patio interior cubierto de baldosas sucias, con una fuente seca en el centro. Allí, apoyada contra la fuente, descubrimos la tabla de Charly. Lo supimos sin que nadie nos lo dijera y por un instante fuimos incapaces de hablar o de seguir caminando. «Suban, por favor, suban», dijo un joven que luego reconocí como de la Cruz Roja, desde una ventana en el segundo piso. Tras el inicial desconcierto subimos; en el rellano aguardaban el jefe de Protección Civil y el secretario del Club de Windsurf, que se dirigieron a nosotros con gestos de simpatía y cordialidad. Nos pidieron que pasáramos: en la oficina se encontraban otros dos civiles, el chico de la Cruz Roja y dos policías. Uno de los civiles preguntó si reconocíamos la tabla que se hallaba en el patio. Hanna, cuya piel bronceada empalideció, se encogió de hombros. Me preguntaron a mí. Dije que no podría asegurarlo; lo mismo respondió Ingeborg. El secretario del Club de Windsurf se puso a mirar por la ventana. Los policías parecían hastiados. Tuve la impresión de que nadie se atrevía a hablar. Hacía calor. Fue Hanna la que rompió el silencio. «¿Lo han encontrado?», dijo con una voz tan aguda que todos dimos un salto. El que hablaba alemán se apresuró a responder que no, sólo hallamos la tabla y la botavara, algo que, como comprenderá, es bastante significativo... Hanna volvió a encogerse de hombros. «Seguramente supo que se dormiría y decidió atarse»... «O previó que sus fuerzas no iban a resistir, el mar, la angustia, la oscuridad, ya me entiende»... «En todo caso hizo lo más adecuado: soltó los cabos que sujetan la vela y se ató a la tabla»... «Bueno, son suposiciones, claro está»... «No hemos escatimado medios: la búsqueda ha sido carísima y arriesgada»... «Esta madrugada un bote de la Cofradía de Pescadores encontró la tabla y la botavara»... «Ahora es necesario ponerse en contacto con el consulado alemán»... «Naturalmente proseguiremos rastreando la zona»... Hanna tenía los ojos cerrados. Luego me di cuenta de que estaba llorando. Todos nos miramos compungidos. El chico de la Cruz Roja presumió: «No he dormido en toda la noche.» Parecía excitado. Acto seguido sacaron unos papeles para que Hanna los firmara; ignoro de qué se trataba. Al salir nos dirigimos a tomar un refresco en un bar del centro. Hablamos del tiempo y de los funcionarios españoles, gente con voluntad pero con pocos medios. El lugar estaba abarrotado de una clase de turistas de paso, más bien sucios, y olía fuertemente a sudor y tabaco. Nos marchamos pasado el mediodía. Ingeborg decidió quedarse con Hanna y yo subí a la habitación; los ojos se me cerraban y no tardé en dormirme.

Soñé que alguien golpeaba la puerta. Era de noche y al abrir veía una figura que se escabullía por el fondo del pasillo. La seguía; inesperadamente llegábamos a una habitación enorme, en penumbra, en la cual se recortaban las siluetas de pesados muebles antiguos. Imperaba el olor a moho y humedad. Sobre una cama se retorcía una sombra. Al principio pensé que era un animal. Luego reconocí al esposo de Frau Else. ¡Por fin!

Cuando Ingeborg me despertó la habitación estaba llena de luz y yo sudaba. Lo primero que percibí, definitivamente cambiado, fue su rostro; el malhumor se le marcaba en la frente y los párpados, y durante unos instantes nos miramos sin reconocernos, como si ambos acabáramos de despertar. Luego me dio la espalda y se puso a mirar los armarios y el techo; había perdido, según afirmó, media hora intentando telefonearme desde el Costa Brava y nadie respondió. En su voz advierto rencor y tristeza; mi explicación, conciliadora, sólo le causa desprecio. Finalmente, tras un largo silencio que empleo en ducharme, admite: «Estabas dormido pero yo creí que te habías marchado.»

—¿Por qué no subiste a comprobarlo con tus propios ojos?

Ingeborg enrojece:

—No era necesario... Además, este hotel me da miedo. Todo el pueblo me da miedo.

149

Pensé, ignoro por qué oscuros motivos, que tenía razón; no se lo dije.

—Vaya tontería...

—Hanna me ha prestado ropa, me queda muy bien, casi tenemos la misma talla. —Ingeborg habla deprisa y por primera vez me mira a los ojos.

En efecto, la ropa que lleva no es suya. De golpe noto el gusto de Hanna, las ilusiones de Hanna, la férrea voluntad veraniega de Hanna, y el resultado es turbador.

—¿Se sabe algo de Charly?

—Nada. Unos periodistas estuvieron en el hotel.

—Entonces está muerto.

—Es posible. Mejor no lo comentes con Hanna.

—No, claro, sería absurdo.

Al salir de la ducha la imagen de Ingeborg, sentada junto a mi juego en actitud ensimismada, me pareció perfecta. Le propuse que hiciéramos el amor. Sin volverse me rechazó con un leve movimiento de cabeza.

—No sé qué te atrae de esto —dijo indicando el mapa.

—Su claridad —respondí mientras me vestía.

—Creo que yo lo detesto.

—Porque no sabes jugar. Si supieras, te gustaría.

—¿Hay mujeres a las que interese esta clase de juegos? ¿Tú has jugado con alguna?

—No, yo no. Pero existen. Eso sí, pocas; no es un juego que atraiga especialmente a las chicas.

Ingeborg me miró con ojos desolados.

—Todo el mundo ha tocado a Hanna —dijo de repente.

—¿Qué?

—Todos la han tocado. —Hizo una mueca horrible—. Porque sí. Yo no lo entiendo, Udo.

—¿Qué quieres decir? ¿Que todos se han acostado con ella? ¿Y quiénes son todos? ¿El Lobo y el Cordero? —No consigo explicarme cómo, y por qué, me puse a temblar. Primero las rodillas y después las manos. Era imposible disimularlo.

Tras vacilar un momento Ingeborg se levantó de un salto, metió en un bolso de paja el bikini y la toalla y salió de la habitación literalmente huyendo. Desde la puerta, que no se molestó en cerrar, dijo:

—Todos la han tocado pero tú estabas encerrado en la habitación con tu guerra.

—¿Y eso qué? —grité—. ¿Tengo algo que ver en ese asunto? ¿Es culpa mía?

Lo que quedaba de la tarde lo empleé en escribir postales y beber cerveza. La desaparición de Charly no me ha afectado como se supone que deben afectar estos incidentes; cada vez que pensaba en él —admito que a menudo— sentía una especie de hueco, y nada más. A las siete pasé por el Costa Brava a echar un vistazo. Encontré a Ingeborg y Hanna en la sala de televisión, un cuarto estrecho y alargado, con paredes verdes y una ventana que da a un patio interior lleno de plantas moribundas. El lugar era deprimente y así lo manifesté. La pobre Hanna me miró con simpatía, se había puesto gafas negras y sonrió cuando dijo que ésa era la razón por la que nunca iba nadie a aquel cuarto, los huéspedes solían ver la tele en el bar del hotel; el gerente aseguraba que era un sitio tranquilo. ¿Y estáis bien, aquí?, dije estúpidamente, incluso tartamudeando. Sí, estamos bien, respondió Hanna por ambas. Ingeborg ni siquiera me miró: mantuvo los ojos fijos en la pantalla del aparato fingiendo un interés que no podía sentir pues se trataba de una serie americana doblada en español y obviamente no entendía una palabra. Junto a ellas, en un sillón como de juguete, dormitaba una anciana. Pregunté con un gesto quién era. La madre de alguien, dijo Hanna, y se rió. No pusieron reparos cuando las invité a tomar una copa, pero se negaron a salir del hotel; según Hanna podían arribar nuevas noticias en el momento más inesperado. Así estuvimos hasta las once de la noche, hablando entre nosotros y con los camareros. Hanna, sin duda, se ha convertido en la celebridad del hotel; todos están al corriente de su desgracia y al menos exteriormente es objeto de admiración. Su pómulo magullado contribuye a realzar una incierta historia trágica. Es como si ella también hubiera escapado de algún naufragio.

La vida en Oberhausen, cómo no, es evocada. Hanna, en un murmullo ininterrumpido, rememora los gestos elementales de un hombre y una niña, de una mujer y una anciana, de dos ancianas, de un niño y una mujer; parejas, todas, desastrosas, y cuyo vínculo con Charly apenas queda explicado. La verdad es que Hanna a la mitad de ellos sólo los conoce de oídas. Junto a todas esas máscaras el rostro de Charly resplandece virtuoso: tenía un corazón de oro, buscaba constantemente la verdad y la aventura (qué *verdad* y qué *aventura* preferí no indagar), sabía hacer reír a una mujer, no tenía prejuicios estúpidos, era razonablemente valiente y quería a los niños. Al preguntarle a qué se refería cuando decía que no tenía prejuicios estúpidos, Hanna respondió: «Sabía hacerse perdonar.»

—¿Te das cuenta de que has empezado a hablar de él en pretérito?

Durante un instante Hanna pareció meditar mis palabras; luego, con la frente inclinada, se puso a llorar. Afortunadamente esta vez no hubo escenas de histerismo.

—No creo que Charly esté muerto —dijo al fin—, aunque estoy segura de que no le volveré a ver.

Ante nuestra incredulidad Hanna afirmó que creía que todo era una broma de Charly. No podía concebirlo ahogado por la sencilla razón de que nadaba muy bien. ¿Entonces por qué no aparecía? ¿Qué le impulsaba a mantenerse oculto? La respuesta de Hanna se sustenta en la locura y el desamor. En una novela americana leyó una historia similar, sólo que allí el motivo era el odio. Charly no odia a nadie. Charly está loco. Además: ha dejado de amarla (esta última certeza parece fortalecer el carácter de Hanna).

Después de comer salimos a hablar a la terraza del Costa Brava. En realidad es Hanna quien habla y nosotros seguimos el camino errático de su conversación como si nos releváramos en el cuidado de una enferma. La voz de Hanna es suave y pese a las tonterías que hilvana una tras otra resulta sedante escucharla. Cuenta el diálogo telefónico que mantuvo con un funcionario del consulado alemán como si se tratara de un encuentro amoroso; diserta sobre la «voz del corazón» y la «voz de la naturaleza»; relata anécdotas de su hijo y se pregunta a quién se parecerá cuando crezca: ahora es idéntico a ella. En una palabra, se ha resignado ante el horror, o tal vez, más astutamente, ha trastocado el horror en ruptura. Al darnos las buenas noches ya no hay nadie en la terraza y las luces del restaurante del hotel se han apagado.

Hanna, según Ingeborg, apenas sabe nada de Charly:

—Cuando hablaba con el funcionario del consulado no supo dar ni una sola dirección de parientes cercanos o lejanos a quienes comunicar la desaparición. Sólo pudo proporcionar el nombre de la empresa donde ambos trabajan. La verdad es que desconoce por completo la vida pasada de

Charly. En su habitación, en la mesa de cama, tenía la tarjeta de identidad de Charly, abierta, con la foto de él presidiéndolo todo; junto a la tarjeta había un montoncito de dinero y Hanna fue muy explícita: es *su dinero*.

Ingeborg no se atrevió a mirar la maleta donde Hanna metió las cosas que Charly trajo a España.

Fecha de partida: el hotel está pagado hasta el 1 de septiembre; es decir, mañana, antes de las doce, deberá decidir entre marcharse o quedarse. Supongo que se quedará, aunque comienza a trabajar el 3 de septiembre. Charly también comenzaba a trabajar el 3 de septiembre. Esto me recuerda que Ingeborg y yo empezamos el 5.

1 de septiembre

A las doce del mediodía Hanna se marchó a Alemania
en el coche de Charly. El gerente del Costa Brava, nada
más saberlo, dijo que era una torpeza imperdonable. La
única razón de Hanna era que ya no podía soportar la ten-
sión. Ahora, de una manera oscura e insoslayable, estamos
solos, algo que hasta hace poco deseaba pero ciertamente
no del modo en que se ha producido; todo parece igual
que ayer aunque la tristeza ya ha comenzado a rematar el
paisaje. Antes de partir Hanna me rogó que cuidara de Ingeborg. Claro que sí, la tranquilicé, ¿pero quién cuidará de
mí? Tú eres más fuerte que ella, dijo desde el interior del
coche. Esto me sorprendió pues la mayoría de la gente que
nos conoce a ambos piensa que Ingeborg es más fuerte que
yo. Detrás de sus lentes negros pude ver una mirada in-
quieta. Nada malo le ocurrirá a Ingeborg, prometí. Junto a
nosotros Ingeborg soltó un bufido sarcástico. Te creo, dijo
Hanna, apretándome la mano. Más tarde el gerente del
Costa Brava comenzó a hostigarnos telefónicamente como
si nos culpara a nosotros de la marcha de Hanna. La pri-

mera llamada llegó cuando estábamos comiendo; un camarero fue a buscarme a la mesa y yo pensé, contra toda lógica, que era Hanna que telefoneaba desde Oberhausen para avisarnos que había llegado sana y salva. Es el gerente; la indignación le impide hablar con fluidez; llama para confirmar si es cierto que Hanna se ha marchado. Dije que sí y entonces él me informó que con esa «fuga» Hanna acababa de saltarse con alevosía toda la legalidad española. Su situación, ahora, era muy delicada. Aventuré que posiblemente Hanna no sabía que estaba infringiendo una ley. No una, ¡varias!, dijo el gerente. Y la ignorancia, joven, no exime a nadie. No, la cuenta con el hotel estaba saldada. El problema radicaba en Charly, cuando su cuerpo apareciera, cosa que él no dudaba, debía haber alguien que pudiera identificarlo. Por supuesto, la policía española podía telegrafiar a la policía alemana los datos que Charly entregó en el registro del hotel; el resto lo harían los alemanes con sus computadoras. Es un acto de irresponsabilidad suprema, dijo antes de colgar. La segunda llamada, pocos minutos después, fue para notificarnos, estupefacto, que el coche de Charly lo tenía Hanna, acción que podía ser considerada delictiva. Esta vez fue Ingeborg quien habló para decir que Hanna no era una ladrona y que el coche lo necesitaba para volver a Alemania, ¿para qué otra cosa si no? Lo que hiciera después con el maldito cacharro era exclusivamente asunto suyo. El gerente insistió en que se trataba de un robo y la conversación terminó de una manera un tanto brusca. La tercera llamada, apaciguadora, fue para preguntarnos si podíamos, en calidad de amigos, representar a la parte «afectada» (con esto supongo que se refería al pobre Charly) en las labores que rodeaban la búsqueda. Aceptamos. Representar a la parte afectada, contra lo que pensaba, quería decir bien poco. El rescate, cierto, continuaba, aunque ya nadie tenía esperanzas de encontrar a Charly con vida. De pronto comprendimos la decisión de Hanna, aquello era inaguantable.

Nada ha cambiado. Esto es lo que me extraña. Por la mañana no se podía transitar por los pasillos del hotel debido a la gente que se marchaba, pero esta tarde, en la terraza, ya he visto caras nuevas, blancas, entusiasmadas, de una remesa reciente. La temperatura ha experimentado una subida, como si estuviéramos en julio, y la brisa que al atardecer refrescaba las caldeadas calles del pueblo ha desaparecido. Un sudor pegajoso hace que la ropa se pegue al cuerpo y salir a caminar es un martirio. También he divisado al Lobo y al Cordero, unas tres horas después de la partida de Hanna, en el Rincón de los Andaluces; al principio fingieron no verme; luego se acercaron con rostros afligidos y procedieron a hacerme las preguntas que se infieren de rigor. Contesté que no sabía nada nuevo y que Hanna ya estaba en camino hacia Alemania. Sus rostros y actitudes experimentaron con esta última noticia un cambio notable. Los gestos se relajaron y se hicieron más amistosos; hacía calor; al cabo de unos minutos comprendí que el par de cerdos no estaban dispuestos a despegarse de mí: la charla discurre por los mismos cauces, dominada por los mismos símbolos que las que acostumbraban a mantener con Charly, sólo que en lugar de Charly estaba yo, ¡y en lugar de Hanna, Ingeborg!

Posteriormente le pregunté a Ingeborg qué había querido decir cuando dijo que todo el mundo tocaba a Hanna. La respuesta borra, al menos en parte, mis suposiciones. Se trataba de una generalización, Hanna como víctima de los hombres, mujer poco afortunada, en perpetua búsqueda del equilibrio y la felicidad, etcétera... La posibilidad de una Hanna violada por los españoles es impensable; en realidad, Ingeborg apenas concede importancia a éstos: habla de ellos como si fueran invisibles. Dos muchachos comunes y corrientes, no muy trabajadores a juzgar por sus horarios, a quienes les gusta divertirse; a ella, afirma, también le gusta ir de discotecas y de vez en cuando hacer alguna locura. ¿Qué tipo de locura?, me intereso. No dormir, beber más de la cuenta, cantar de madrugada por las calles. Locura, la de Ingeborg, más bien exigua. Locura sana, puntualiza ella. Así pues contra los españoles no hay beligerancias ni reservas, salvo las naturales. En este estado, a las diez de la noche, el Lobo y el Cordero vuelven a aparecer en escena: la conversación, en realidad una invitación a salir que no aceptamos, se desarrolla de manera harto vulgar, con nosotros sentados en la terraza del hotel (toda las mesas llenas y profusión de copas de helados y bebidas) y ellos de pie en la acera, separados por la baranda de hierro, frontera entre la terraza y la multitud de paseantes que a esa hora, ahogados por el bochorno, recorren el Paseo Marítimo. Al principio las palabras de unos y otros no pasan de la insulsez; quien más habla (y gesticula) es el Cordero; sus observaciones consiguen arrancar alguna sonrisa de Ingeborg incluso antes de que yo las traduzca. Por el contrario, las intervenciones del Lobo son medidas y prudentes, diríase que tantea el terreno mientras se expresa en un inglés superior a su educación, pero ajustado a una cierta voluntad de hierro, a un deseo de meter la cabeza en un mundo que sólo intuye. Nunca como entonces, en esas rachas, el Lobo se asemejó más a su nombre; el rostro de Ingeborg, brillante, fresco, bronceado, atraía su mirada como la luna a los licántropos en las viejas películas de terror. Ante nuestra reticencia a salir, insiste y la voz se le enronquece; promete discotecas dignas de pisar, asegura que el cansancio se nos evaporará apenas entremos en uno de esos tugurios... Todo inútil. Nuestra negativa es irrevocable y expresada dos palmos por encima de sus cabezas, pues el nivel de la acera es inferior al de la terraza. Los españoles no insisten. Imperceptiblemente, como preludio a la despedida, comienzan a rememorar la figura de Charly. El amigo con letras mayúsculas. Cualquiera podría pensar que de verdad lo echan de menos. Luego nos tienden la mano y se marchan caminando hacia la parte vieja. Sus siluetas, pronto confundidas entre los viandantes, me parecen tristísimas y así se lo hago saber a Ingeborg. Ésta me mira durante unos segundos y dice que no me entiende:

—Hace un rato pensabas que habían violado a Hanna. Ahora te causan lástima. En realidad ese par de cretinos son sólo dos *latin lovers* de pacotilla.

Ambos nos reímos sin freno hasta que Ingeborg sugirió que por una vez nos acostáramos temprano. Estuve de acuerdo.

Después de hacer el amor me puse a escribir en la habitación mientras Ingeborg volvía a enfrascarse con la novela de Florian Linden. Aún no ha descubierto al asesino y por su manera de leer uno diría que eso es algo que la trae sin cuidado. Parece cansada; estos últimos días no han sido agradables. No sé por qué pienso en Hanna, en el interior del coche, antes de partir, dándome consejos con su voz quebrada...

—¿Habrá llegado Hanna a Obershausen?

—No sé. Mañana telefoneará —dice Ingeborg.

—¿Y si no lo hace?

—¿Quieres decir si se olvida de nosotros?

No, por supuesto, de Ingeborg no se olvidará. Tampoco de mí. De pronto sentí miedo. Una mezcla de miedo y exaltación. ¿Pero miedo de qué? Recuerdo las palabras de Conrad: «Juega en tu campo y ganarás siempre.» ¿Pero cuál es mi campo?, pregunté. Conrad se rió de un modo inusual en él, sin desviar la mirada, los ojos brillantes y fijos en mí. El bando que tu sangre elija. Respondí que así no podía ganar siempre; por ejemplo si en la Destrucción del Grupo de Ejércitos del Centro yo escogía a los alemanes, lo máximo que podía intentar era ganar una vez de cada tres, en el mejor de los casos. A menos que jugara con un imbécil. No me entiendes, dijo Conrad. Debes utilizar la Gran Estrategia. Debes ser más astuto que un conejo. ¿Eso fue un sueño? ¡La verdad es que no conozco ningún juego que se llame Destrucción del Grupo de Ejércitos del Centro!

Por lo demás, ha sido un día aburrido e improductivo. Durante un rato estuve en la playa recibiendo con paciencia los rayos solares e intentando sin mucho éxito pensar clara y racionalmente. En mi cabeza sólo se formaban viejas imágenes de hace una década: mis padres jugando a las cartas en el balcón del hotel, mi hermano flotando a veinte metros de la orilla con los brazos en cruz, muchachos españoles (¿gitanos?) recorriendo la playa armados con palos, la habitación de los empleados, maloliente y plena de literas, una avenida poblada de discotecas, una detrás de otra, hasta confundirse con la playa, una playa de arena negra frente a un mar de aguas negras en donde la única nota de color, de improviso, es la fortaleza de patines del Quemado... Mi artículo espera. Los libros que me prometí leer esperan. Las horas y los días, en cambio, transcurren aprisa, como si el tiempo fuera cuesta abajo. Pero eso es imposible.

2 de septiembre

La policía... Le dije a Frau Else que nos íbamos mañana. Contra lo que esperaba, la noticia la sorprendió; en su rostro noté una leve señal de pesadumbre que se apresuró a ocultar con eficiente jovialidad de empresaria. De todas maneras el día empezó mal; me dolía la cabeza y transpiraba abundantemente pese a tres aspirinas y una ducha de agua fría. Frau Else me preguntó si la conclusión era satisfactoria. ¿Qué conclusión? La de las vacaciones. Me encogí de hombros y ella tomó mi brazo y me condujo hasta una pequeña oficina disimulada detrás de la recepción. Quería saber todo lo relacionado con la desaparición de Charly. Con voz monocorde hice un resumen de lo ocurrido. Me salió bastante bien. Ordenado cronológicamente.

—Hoy he hablado con el señor Pere, el gerente del Costa Brava; piensa que usted es un imbécil.

—¿Yo? ¿Qué tengo que ver en este asunto?

—Nada, supongo. Pero sería conveniente que se preparara... La policía quiere interrogarle.

161

Me puse blanco. ¡A mí! La mano de Frau Else dio unos golpecitos sobre mi rodilla.

—No hay nada de que preocuparse. Sólo quieren saber por qué la chica se fue a Alemania. Es una reacción algo incongruente, ¿no le parece?

—¿Qué chica?

—La amiga del muerto.

—Se lo acabo de decir; estaba harta de tanta desorganización; tiene problemas personales; miles de cosas.

—Bien, pero se trataba de su novio. Lo menos que podía hacer era esperar a que concluyera el rescate.

—Eso no me lo diga a mí... ¿Así que debo permanecer aquí hasta que aparezca la policía?

—No, haga lo que le apetezca; yo en su lugar me iría a la playa. Cuando ellos lleguen mandaré a un empleado del hotel a buscarlo.

—¿También tiene que estar Ingeborg?

—No, con uno basta.

Hice lo que Frau Else me aconsejó y estuvimos en la playa hasta las seis de la tarde cuando vino un recadero a buscarnos; el recadero, un niño de unos doce años, vestía como mendigo y uno obligatoriamente se preguntaba cómo era posible que lo hicieran trabajar en un hotel. Ingeborg insistió en ir conmigo. La playa tenía un color dorado oscuro y parecía detenida en el tiempo; la verdad es que no me hubiera movido de allí. Los policías iban vestidos de uniforme y esperaban en la barra del bar conversando con un camarero; aunque innecesario, desde la recepción Frau Else nos indicó el sitio donde nos aguardaban. Recuerdo que al acercarnos pensé que jamás se volverían de cara a nosotros y que me vería obligado a tocarles la espalda como quien llama a una puerta. Pero los policías debieron presentirnos, por la mirada del camarero o por alguna otra razón que ignoro, y antes de que estuviéramos junto a ellos se pusieron de pie y nos saludaron llevándose la mano a la visera, acción que ejerció en mi ánimo un efecto turbador. Nos sentamos en una mesa apartada y fueron derecho al grano: ¿sabía Hanna lo que hacía al irse de España? (no sabíamos si Hanna lo sabía), ¿qué vínculos la unían con Charly? (la amistad), ¿por qué motivo se había marchado? (lo ignorábamos), ¿cuál era su dirección en Alemania? (la desconocíamos –mentira, Ingeborg la tiene anotada–, pero podían averiguarla en el consulado alemán de Barcelona, donde Hanna dio, suponíamos, todos sus datos personales), ¿creía Hanna, o creíamos nosotros, que Charly se había suicidado? (nosotros no, por supuesto; Hanna quién sabe), y así, otras cuantas preguntas inútiles hasta dar por finalizada la entrevista. En todo momento se comportaron con corrección y al marcharse nos volvieron a saludar militarmente. Ingeborg les dedicó una sonrisa aunque cuando estuvimos solos dijo que no hallaba la hora de estar en Stuttgart, lejos de este pueblo triste y corrompido; al preguntarle qué quería decir con la palabra *corrompido* se levantó y me dejó solo en el comedor. Justo cuando ella se iba Frau Else salió de la recepción y vino hacia nosotros; ninguna de las dos se detuvo, sin embargo Frau Else le sonrió al pasar junto a ella; Ingeborg, estoy seguro, no hizo lo mismo. De todas maneras Frau Else no dio importancia al asunto. Al llegar a mi lado quiso saber cómo había sido el interrogatorio. Admití que Hanna empeoró la situación al marcharse. Según Frau Else la policía española era encantadora. No la contradije. Durante un instante ninguno añadió más, aunque el silencio era bastante significativo. Luego Frau Else me cogió del brazo como había hecho anteriormente y me guió por una serie de pasillos en la primera planta; mientras duró el trayecto sólo abrió la boca

163

para decir «No debe deprimirse»; creo que yo asentí. Nos detuvimos en una habitación junto a la cocina. El lugar parecía cumplir las funciones de lavandería del hotel, por una ventana se veía un patio interior de cemento lleno de cestas de madera y cubierto por un enorme plástico verde que apenas filtraba la luz de la tarde; en la cocina sin aire acondicionado una muchacha y un viejo aún lavaban los platos del mediodía. Entonces, sin mediar aviso, Frau Else me besó. La verdad es que no me pilló por sorpresa. Lo deseaba y lo esperaba. Pero, si he de ser sincero, no lo creía probable. Por supuesto, su beso fue correspondido con el ardor que la situación merecía. Tampoco hicimos nada extraordinario. Desde la cocina los lavaplatos nos hubieran podido ver. Al cabo de cinco minutos nos separamos; ambos estábamos agitados y sin hacer comentarios volvimos al comedor; allí Frau Else se despidió estrechándome la mano. Aún me cuesta creerlo.

El resto de la tarde lo pasé con el Quemado. Primero subí a la habitación y no encontré a Ingeborg. Supuse que estaría de compras. La playa se hallaba semidesierta y el Quemado no tenía mucho trabajo. Lo descubrí sentado junto a los patines alineados por una vez de cara al mar, con la vista fija en el único patín alquilado, que en ese momento parecía encontrarse muy lejos de la orilla. Me coloqué junto a él como si se tratara de un viejo conocido y al poco rato dibujé en la arena el mapa de la Batalla de las Ardenas (una de mis especialidades) o del Bulge, como la llaman los americanos, y le expliqué con detalle planes de combate, orden de aparición de unidades, carreteras a seguir, cruces de ríos, demolición y construcción de puentes, activación ofensiva del 15.º Ejército, penetración real y penetración simulada del Grupo de Combate Peiper, etcétera. Luego deshice el mapa con el pie, aplané la arena y dibujé el mapa de la zona de Smolensk. Allí, dije, el Grupo Panzer de Guderian libró una batalla importante en el año 41, una batalla crucial. Yo siempre la había ganado. Con los alemanes, claro. Borré el mapa otra vez, aplané la arena, dibujé un rostro. Sólo entonces el Quemado sonrió, sin desviar por mucho tiempo su atención del patín que seguía perdido en la lejanía. Sentí un ligero escalofrío. La carne de su mejilla, dos o tres costras mal ensambladas, se erizó y por un segundo temí que mediante ese efecto óptico —no podía ser otra cosa— pudiera hipnotizarme y arruinarme la vida para siempre. La propia voz del Quemado vino en mi ayuda. Como si hablara desde una distancia insalvable, dijo: ¿tú crees que nos entendemos? Con la cabeza respondí afirmativamente repetidas veces, feliz de poder librarme del hechizo que ejercía su mejilla deforme. El rostro que había dibujado seguía allí, apenas un apunte (aunque debo reconocer que no soy un pésimo dibujante), hasta que de pronto comprendí con horror que era el retrato de Charly. La revelación me dejó sin habla. Era como si alguien hubiera guiado mi mano. Me apresuré a borrarlo y de inmediato dibujé el mapa de Europa, el norte de África y Medio Oriente e ilustré con profusión de flechas y círculos mi estrategia decisiva para ganar el Tercer Reich. Mucho me temo que el Quemado no entendió nada.

Esta noche la novedad fue la llamada de Hanna. Previamente telefoneó dos veces pero ni Ingeborg ni yo estábamos en el hotel. Cuando llegué el recepcionista me entregó el recado y la noticia más bien me desalentó. No quería hablar con Hanna y rogué para que Ingeborg apareciera antes de que se produjera la tercera llamada. Con el ánimo alterado esperé en la habitación. Cuando Ingeborg regresó decidimos cambiar nuestros planes, que eran comer en un restaurante del puerto, y quedarnos en el Del Mar aguardando. Hicimos bien, Hanna telefoneó en el instante en que nos disponíamos a atacar nuestra frugal cena: bikinis y patatas fritas. Recuerdo que vino a buscarnos un camarero y que al levantarnos de la mesa Ingeborg afirmó que no era necesario que fuéramos los dos. Le dije que no importaba, de todas maneras la comida no iba a enfriarse. En la recepción hallamos a Frau Else. Llevaba un vestido distinto al de la tarde y parecía recién salida de la ducha. Nos sonreímos e intentamos conversar mientras Ingeborg, de espaldas, lo más lejos que pudo situarse, murmuraba frases tales como «por qué», «no lo puedo creer», «qué asco», «santo cielo», «malditos cerdos», «por qué no me lo dijiste antes», que no pude evitar oír y que poco a poco fueron poniéndome los nervios de punta. También percibí que con cada exclamación la espalda de Ingeborg se encorvaba hasta semejar un caracol; me dio pena; estaba asustada. Por el contrario, Frau Else, con los codos firmemente apoyados en el mostrador y el rostro reluciente, adquiría por contraste una apostura de estatua clásica: sólo sus labios se movían al hablar sin tapujos de lo sucedido horas antes en la lavandería. (Creo que me pidió que no fundara falsas expectativas; no lo puedo asegurar.) Mientras Frau Else hablaba yo sonreía pero todos mis sentidos estaban puestos en las palabras de Ingeborg. El hilo del teléfono parecía dispuesto a saltarle al cuello.

La conversación con Hanna fue interminable. Después de colgar, Ingeborg dijo:

—Menos mal que nos vamos mañana.

Volvimos al comedor pero no tocamos nuestros platos. Malignamente Ingeborg comentó que Frau Else, sin maquillarse, le recordaba una bruja. Luego dijo que Hanna estaba loca, que ella no entendía nada. Soslayaba mi mirada y daba golpes en la mesa con el tenedor; pensé que, desde lejos, un extraño no le hubiera echado más de dieciséis años. Una irresistible ternura por ella me subió desde el estómago. Entonces se puso a chillar: cómo era posible, cómo era posible. Anonadado, temí que hiciera el número delante de la gente que aún quedaba en el comedor; pero Ingeborg, como si leyera el pensamiento, sonrió repentinamente y dijo que ya no volvería a ver a Hanna. Le pregunté qué le había contado ésta; adelantándome a su respuesta dije que era lógico que Hanna estuviera algo desquiciada. Ingeborg negó con la cabeza. Estaba equivocado. Hanna era mucho más lista de lo que yo creía. Su voz sonó glacial. En silencio terminamos el postre y subimos a la habitación.

3 de septiembre

Acompañé a Ingeborg a la estación; durante media hora esperamos sentados en un banco la llegada del tren para Cerbere. Casi no nos dijimos nada. Por los andenes deambulan una multitud de turistas cuyas vacaciones finalizan y que todavía pugnan por colocarse en los lugares soleados. Sólo los viejos se sientan en los bancos a la sombra. Entre ellos, los que se van, y yo, media un abismo; Ingeborg, por el contrario, no me pareció fuera de lugar en ese tren atiborrado de gente. Incluso perdimos nuestros últimos minutos en ofrecer indicaciones: muchos no sabían en qué vía situarse y los empleados de la estación no contribuían precisamente a orientarlos. La gente actúa como rebaño de ovejas. Bastó que señaláramos a un par el sitio exacto donde debían coger el tren (nada difícil de averiguar por uno mismo: sólo hay cuatro vías) para que alemanes e ingleses confrontaran con nosotros sus informaciones. Desde la ventanilla del tren Ingeborg preguntó si me vería pronto en Stuttgart. Muy pronto, dije. El gesto de Ingeborg, una mínima contracción de los labios y la

168

punta de la nariz, da a entender que no me cree. ¡Me da igual!

Hasta el último momento creí que se quedaría. No, no es cierto, siempre supe que nada era capaz de detenerla, primero está su trabajo y su independencia, sin contar con que después de la llamada de Hanna sólo pensaba en partir. La despedida, pues, ha sido lamentable. Y a más de uno ha sorprendido, empezando por Frau Else, aunque tal vez su sorpresa la provocó mi decisión de quedarme. En honor a la verdad la primera sorprendida fue Ingeborg.

¿En qué momento supe que se iría?

Ayer, mientras hablaba con Hanna, todo quedó sellado. Todo claro y definitivo. (Pero no hicimos el más mínimo comentario.)

Esta mañana pagué su cuenta, sólo su cuenta, y bajé las maletas. No quería dramatizar ni que pareciera una fuga. Fui un imbécil. Supongo que la recepcionista corrió a llevarle la noticia a Frau Else. Temprano aún, comí en la ermita. Desde el mirador la playa se veía desierta. Quiero decir desierta en comparación con días anteriores. Nuevamente comí guiso de conejo y bebí una botella de Rioja. Creo que no deseaba volver al hotel. El restaurante estaba casi vacío, a excepción de unos comerciantes que celebraban algo en una doble mesa situada en el centro. Eran de Gerona y contaban chistes en catalán que sus mujeres apenas se esforzaban en aplaudir. Ya lo dice Conrad: a las reuniones abstenerse de llevar amigas. El ambiente era fúnebre, en realidad todos semejaban estar igual de aturdidos que yo. Dormí la siesta dentro del coche, en una cala cercana al pueblo y que creía recordar de las vacaciones con mis padres. Desperté sudando y sin rastro de borrachera.

169

Por la tarde visité al gerente del Costa Brava, el señor Pere, y le aseguré que estaba a su disposición en el Del Mar para lo que considerara conveniente. Intercambiamos amabilidades y me marché. Luego estuve en la Comandancia de Marina, en donde nadie supo darme información respecto a Charly. La mujer que me atendió inicialmente ni siquiera sabía de qué le hablaba; por suerte llegó un funcionario que conocía el caso y todo quedó aclarado. No había novedades. El trabajo proseguía. Paciencia. En el patio se fue congregando una pequeña multitud. Un muchacho de la Cruz Roja del Mar dijo que eran familiares de un nuevo ahogado. Durante un rato me quedé allí, sentado en la escalera, hasta que resolví volver al hotel. Tenía un dolor de cabeza gigantesco. En el Del Mar busqué infructuosamente a Frau Else. Nadie supo darme razón de ella. La puerta del pasillo que conduce a la lavandería estaba cerrada con llave. Sé que es posible acceder por otro camino pero no pude hallarlo.

El desorden en la habitación es total: la cama está deshecha y mi ropa desparramada por el suelo. Varios contadores del Tercer Reich también se han caído. Lo más lógico sería hacer las maletas y largarme. Sin embargo llamé a recepción y pedí que limpiaran el cuarto. Al poco rato apareció la muchacha que ya conocía, la misma que intentó vanamente instalarme la mesa. Buena señal. Me senté en un rincón y le dije que recogiera todo. En un minuto la habitación estaba ordenada y luminosa (esto último fue sencillo: bastó descorrer las cortinas). Cuando hubo terminado me dirigió una sonrisa angelical. Satisfecho, le di mil pesetas. La chica es inteligente: los contadores caídos están ahora alineados junto al tablero. No falta ni uno.

El resto de la tarde, hasta que oscureció, lo pasé en la playa, junto al Quemado, hablando de mis juegos.

4 de septiembre

Compré los bocadillos en un bar llamado Lolita y las cervezas en un supermercado. Cuando el Quemado llegó le dije que se sentara junto a la cama y yo tomé asiento a la derecha de la mesa, con una mano apoyada sobre el borde del tablero en una actitud relajada y con un amplio campo de visión: en un lado el Quemado y detrás de él la cama y el velador ¡en donde aún está el libro de Florian Linden!, y en el otro lado, a la izquierda, el balcón abierto, las sillas blancas, el Paseo Marítimo, la playa, la fortaleza de patines. Pensaba dejarlo hablar a él primero pero el Quemado no era un tipo de palabra fácil, así que hablé yo. Comencé por comunicarle la partida de Ingeborg, de forma escueta, se marchó en tren, el trabajo, y punto. Ignoro si quedó convencido. Seguí con la naturaleza del juego, no recuerdo exactamente cuántas estupideces dije, entre ellas que la necesidad de jugar no es otra cosa que una suerte de canto y que los jugadores son cantantes interpretando una gama infinita de composiciones, composiciones-sueños, composiciones-pozos, composiciones-deseos, sobre

171

una geografía en permanente cambio: como comida que se descompone, así eran los mapas y las unidades que vivían dentro de ellos, las reglas, las tiradas de dados, la victoria o derrota final. Platos podridos. Creo que entonces saqué los bocadillos y las cervezas y mientras el Quemado empezaba a comer salté por encima de sus piernas, rápido, y cogí el libro de Florian Linden como si fuera un tesoro presto a volatilizarse. Entre sus páginas no encontré ni una carta, ni una nota, ni la más leve señal que me insuflara esperanzas. Sólo palabras sueltas, interrogatorios de policías y confesiones. Fuera, la noche se iba adueñando muy despacio de la playa y creaba la ilusión de un falso movimiento, de pequeñas dunas y hendiduras en la arena. Sin moverse de donde estaba, en una zona cada vez más ocura, el Quemado comía con lentitud de rumiante, la vista baja clavada en el suelo o en la punta de sus dedos enormes, profiriendo a intervalos regulares quejidos casi inaudibles. Debo confesar que experimenté algo similar al asco; una sensación de ahogo y calor. Los quejidos del Quemado, cada vez que tragaba una bola de queso y pan, o de jamón y pan, depende de cuál de los dos bocadillos que había comprado para él se estuviera comiendo, me apretaban el pecho hasta reventarlo. Casi sin fuerzas llegué junto al interruptor y encendí la luz. De inmediato me sentí mejor aunque aún persistía un zumbido en las sienes; zumbido que no me impidió retomar la palabra, sin volver a sentarme, dando pequeños paseos de la mesa a la puerta del baño (cuya luz también encendí) para hablar de la distribución de los Cuerpos de Ejército, de los dilemas que dos o más frentes podían proporcionar al jugador alemán poseedor de un número limitado de fuerzas, de las dificultades que entrañaba trasladar ingentes masas de infantería y blindados del oeste al este, del norte de Europa al norte de África, y de la

172

conclusión final a la que llegaban los jugadores medianos: la fatal carencia de unidades para cubrirlo todo. Esta reflexión hizo que el Quemado formulara una pregunta con la boca llena que no me molesté en contestar; ni siquiera la entendí. Supongo que estaba lanzado y que por dentro no me sentía muy bien. Así que en vez de responder le dije que se acercara al mapa y lo viera con sus propios ojos. Mansamente el Quemado se aproximó y me dio la razón: cualquiera podía ver que las fichas negras no ganarían. ¡Alto! Con mi estrategia la situación cambiaba. Lo ejemplifiqué explicando una partida jugada en Stuttgart no hace mucho, aunque en mi fuero interno, poco a poco, me di cuenta de que no era eso lo que quería decir. ¿Qué? No lo sé. Pero era importante. Después: silencio total. El Quemado volvió a sentarse junto a la cama con un trocito de bocadillo entre los dedos, como una sortija de compromiso, y yo salí al balcón dando pasos como en cámara lenta y me puse a mirar las estrellas y los turistas que se arrastraban debajo. Hubiera sido mejor no hacerlo. Sentados en el bordillo del Paseo Marítimo el Lobo y el Cordero vigilaban mi habitación. Al verme levantaron las manos y luego se pusieron a gritar. Aunque al principio pensé que me insultaban, los gritos eran amistosos. Querían que bajáramos a tomar una copa con ellos (cómo sabían que el Quemado estaba aquí, para mí es un misterio) y cada vez sus gestos eran más apremiantes; no tardé en ver paseantes que levantaban la mirada buscando el balcón que suscitaba tamaño alboroto. Tenía dos opciones: o retroceder y cerrar el balcón sin pronunciar palabra o despacharlos con una promesa que luego no cumpliría; ambas perspectivas resultaban desagradables; con el rostro enrojecido (matiz que el Lobo y el Cordero, a la distancia que se encontraban, no percibieron) les aseguré que dentro de un rato me reuniría con ellos en el Rincón de los Andaluces. No me moví del balcón hasta que los perdí de vista. En la habitación el Quemado estudiaba las fichas desplegadas en el frente oriental. Ensimismado, parecía comprender el porqué y el cómo estaban distribuidas las fuerzas en aquellas líneas, aunque obviamente no podía saberlo. Dejé que mi cuerpo cayera sobre una silla y dije que estaba cansado. El Quemado ni siquiera pestañeó. Luego pregunté cómo era posible que ese par de tarados no me dejaran en paz. ¿Qué querían? ¿Jugar?, preguntó el Quemado. Noté en sus labios una torpe voluntad irónica. No, contesté, beber, celebrar algo, cualquier cosa que les proporcionara la certeza de no estar momificados.

—Una vida monótona, ¿no? —graznó.

—Peor aún, unas vacaciones monótonas.

—Bueno, *ellos* no están de vacaciones.

—Es igual, viven las vacaciones de los demás, chupan las vacaciones y el ocio ajeno y amargan la vida de algunos turistas. Son parásitos de los viajeros.

El Quemado me miró con incredulidad. Evidentemente el Lobo y el Cordero eran sus amigos pese a la aparente distancia que los separaba. De todas maneras no me importó haber dicho lo que dije. Recordé, o, mejor dicho, vi, la cara de Ingeborg, fresca y rosada, y la total certeza que ella me proporcionaba de la felicidad. Todo roto. Tamaña injusticia hizo que mis movimientos se aceleraran: cogí las pinzas y con la prontitud con que un cajero cuenta billetes puse las fichas en los force pool, los marcadores en las casillas convenientes y evitando dar a mis palabras un tono dramático lo invité a jugar uno o dos turnos, aunque mi designio era jugar el juego completo, hasta la Gran Destrucción. El Quemado levantó los hombros y sonrió varias veces, indeciso aún. Estos gestos afeaban su expresión casi

174

hasta el límite que yo podía soportar, así que mientras pensaba su respuesta miré un punto cualquiera del mapa tal como se solía hacer en los campeonatos cuando se enfrentaban dos jugadores que nunca se habían visto, mirar un punto del mapa y evitar la presencia física del contrincante hasta que comenzara el primer turno. Cuando levanté la vista encontré los ojos del Quemado, inocentes, y supe que aceptaba. Juntamos las sillas a la mesa y desplegamos nuestras fuerzas. Los Ejércitos de Polonia, Francia y la URSS quedaron en una situación inicial desfavorable aunque no del todo mala teniendo en cuenta la bisoñez del Quemado. El Ejército inglés, por el contrario, ocupaba posiciones razonables, con las flotas distribuidas equitativamente –apoyadas en el Mediterráneo por la flota francesa– y los pocos Cuerpos de Ejército cubriendo hexágonos de importancia estratégica. El Quemado resultó un alumno despierto. La situación global en el mapa se parecía de alguna manera a la situación histórica, cosa que por otra parte no suele suceder cuando son jugadores veteranos quienes se enfrentan: éstos jamás desplegarían el Ejército polaco a lo largo de la frontera, ni el Ejército francés sobre *todos* los hexágonos de la Línea Maginot, siendo lo más práctico, para los polacos, defender Varsovia en círculo, y para los franceses abreviar un hexágono de la Línea Maginot. Ejecuté el primer turno explicando los pasos que daba, de esta manera el Quemado comprendió y supo apreciar la elegancia con que mis blindados rompieron el dispositivo polaco (superioridad aérea y explotación mecanizada), el incremento de fuerzas en la frontera con Francia, Bélgica y Holanda, la declaración de guerra italiana y el movimiento del grueso de las tropas acantonadas en Libia ¡en dirección a Túnez! (los ortodoxos recomiendan la entrada de Italia en guerra no antes del invierno del 39, a ser posible en la primavera

175

del 40, estrategia que obviamente desapruebo), el arribo de dos cuerpos blindados alemanes a Génova, el hexágono trampolín (Essen) en donde situé mi cuerpo paracaidista, etcétera, todo esto con un mínimo gasto de BRP. La respuesta del Quemado no puede ser sino vacilante: en el Frente Este invade los Países Bálticos y la parte correspondiente de Polonia, pero olvida ocupar Besarabia; en el Frente Oeste opta por un ataque de desgaste y desembarca el Cuerpo Expedicionario Británico (dos cuerpos de infantería) en Francia; en el Mediterráneo refuerza Túnez y Bizerta. La iniciativa sigue en mi poder. En el turno de invierno del 39 desato la ofensiva total en el Oeste; conquisto Holanda, Bélgica, Luxemburgo, Dinamarca, por el sur de Francia llego hasta Marsella y por el norte hasta Sedán y el hexágono N24. Reestructuro mi Grupo de Ejércitos del Este. Desembarco un cuerpo blindado alemán en Trípoli durante el SR. La Opción en el Mediterráneo es de Desgaste y no obtengo resultados, pero la amenaza es ahora tangible: Túnez y Bizerta están sitiadas y el 1.er Cuerpo Móvil italiano penetra en Argelia, totalmente desguarnecida. En la frontera con Egipto las fuerzas están equilibradas. El problema para el aliado, precisamente, radica en dónde inclinar su peso. La respuesta del Quemado no puede ser todo lo enérgica que la situación requiere; en el Frente Oeste y Mediterráneo escoge Opción de Desgaste y lanza al choque todo lo que encuentra, pero juega en columnas bajas y para colmo los dados no lo favorecen. En el Este ocupa Besarabia y construye un bosquejo de línea desde la frontera con Rumanía hasta Prusia Oriental. El turno siguiente será decisivo, pero ya es tarde y debemos aplazar el juego. Salimos del hotel. En el Rincón de los Andaluces encontramos al Lobo y al Cordero en compañía de tres chicas holandesas. Éstas parecen encantadas de conocerme y se maravillan de mi condición de alemán. Al principio pensé que me tomaban el pelo; en realidad estaban sorprendidas de que un alemán tuviera relación con aquellos seres estrafalarios. A las tres de la mañana regresé al Del Mar sintiéndome satisfecho por primera vez en muchos días. ¿Es que sabía, por fin, que no había sido inútil quedarme? Puede que sí. En algún momento de la noche, desde el fondo de su derrota (¿hablábamos de mi Ofensiva en el Oeste?) el Quemado preguntó hasta cuándo permanecería en España. En su tono percibí miedo.

—Hasta que aparezca el cadáver de Charly —dije.

5 de septiembre

Después de desayunar me dirigí al Costa Brava. Encontré al gerente en la recepción; al verme terminó de despachar unos asuntos y me hizo señas para que lo siguiera a su oficina. No sé cómo estaba enterado de la partida de Ingeborg. Con algunos gestos más bien fuera de lugar dio a entender que comprendía mi situación. Acto seguido, sin darme tiempo para replicar, procedió a hacer un resumen del estado actual de la búsqueda: ningún progreso, muchos habían abandonado, las operaciones, si podía llamársele así al trabajo de una o dos Zodiac de la policía, parecían abocadas a una lenta progresión burocrática. Le dije que pensaba ir a informarme personalmente a la Comandancia de Marina y si era necesario estaba dispuesto a repartir patadas a diestro y siniestro. El señor Pere negó con la cabeza, paternalmente; no era necesario; no había que acalorarse. En lo que respecta al papeleo por desaparición el consulado alemán se había hecho cargo de todo. La verdad es que usted podría irse en el momento que estimase conveniente; claro, ellos comprendían que Charly fue mi amigo, es sabido, los vínculos de la amistad, pero... Incluso la policía española, usualmente desconfiada, estaba a punto de dar carpetazo. Sólo falta que aparezca el cuerpo. El señor Pere parecía mucho más relajado que en nuestro anterior encuentro. Ahora, de alguna manera, se toma el caso como si él y yo fuéramos los únicos y resignados deudos de una muerte inexplicable pero natural. (¿La muerte, entonces, siempre es natural? ¿Siempre es una parte esencial del orden? ¿Incluso sobre una tabla de windsurfing?) Su amigo, sin duda, sufrió un accidente, afirmó, como ocurren tantos durante el verano. Insinué la posibilidad del suicidio pero el señor Pere niega con la cabeza y sonríe; toda su vida ha sido hotelero y cree conocer el *alma* de los turistas; Charly, pobre desgraciado, no calzaba en la tipología de los suicidas. De todas formas, pensándolo bien, siempre era amargo y paradójico morir en vacaciones; el señor Pere ya había tenido oportunidad de presenciar casos semejantes en su dilatada carrera: ancianos que sufren un ataque al corazón en agosto, niños ahogados en la piscina a la vista de todo el mundo, familias destrozadas en la autopista, ¡en medio de las vacaciones!... La vida es así, concluye, seguramente su amigo jamás pensó que moriría lejos de su patria. La Muerte y la Patria, susurra, qué tragedias. A las once de la mañana el señor Pere tenía algo de crepuscular. He aquí un hombre satisfecho, me dije. Resultaba agradable estar allí, hablando con él, mientras en la recepción los turistas discutían con la recepcionista y sus voces, ajenas a lo que de verdad importaba, se filtraban en la oficina, inofensivas; y mientras conversábamos me vi cómodamente sentado dentro del hotel, y vi al señor Pere, y a la gente en los pasillos y salas, rostros que se atraían o simulaban atraerse en medio de diálogos vacíos o tensos, parejas que tomaban el sol cogidas de la mano, hombres solos que trabajaban solos y hombres afables que trabajaban en compañía de otros, todos felices, o si no, al menos en paz consigo mismos. ¡Insatisfechos! Pero sabiéndose en el centro del universo. Qué más daba que Charly viviera o no, que yo viviera o no. Todo seguiría pendiente abajo, hacia cada muerte particular. ¡Todos en el centro del universo! ¡La pandilla de cretinos! ¡Nada quedaba fuera de su dominio! ¡Hasta durmiendo controlaban todo! ¡Con su indiferencia! Entonces pensé en el Quemado. Él estaba fuera. Lo vi como si estuviera debajo del agua: el enemigo.

Intenté pasar el resto del día haciendo algo productivo pero resultó imposible. Era incapaz de ponerme el traje de baño y bajar a la playa, así que me aposenté en el bar del hotel a escribir postales; pensaba enviar una a mis padres pero al final sólo escribí a Conrad. Durante mucho rato estuve sentado sin hacer otra cosa más que mirar a los turistas y a los camareros que circulaban entre las mesas con bandejas cargadas de bebidas. No sé por qué pensé que aquél era uno de los últimos días calurosos. A mí lo mismo me daba. Por hacer algo comí una ensalada y un jugo de tomate. Creo que me sentó mal pues comencé a sudar y a sentir náuseas, así que subí a la habitación y me di una ducha de agua fría; luego volví a salir, sin coger el coche, en dirección a la Comandancia de Marina, pero al llegar decidí que no valía la pena soportar otra retahíla de excusas y seguí de largo.

El pueblo estaba sumergido en una especie de bola de cristal; todos parecían dormidos (¡trascendentalmente dormidos!) aunque caminaran o estuvieran sentados en las terrazas. A eso de las cinco de la tarde el cielo se nubló y a las seis comenzó a llover. Las calles de pronto se vaciaron; pensé que era como si el otoño introdujera la uña y rascara: todo se venía abajo. Los turistas corriendo por las aceras en busca de refugio; los comerciantes cubriendo con lonas sus mercaderías expuestas en la calle; las cada vez más numerosas ventanas cerradas hasta el próximo verano. No sé si aquello me inspiraba lástima o desprecio. Desasido de cualquier condicionamiento exterior sólo a mí mismo podía ver y sentir con claridad. Todo lo demás había sido bombardeado por algo oscuro; decorados de plató cinematográfico cuyo destino de polvo y olvido me parecía irreversible.

La pregunta, entonces, era qué hacía yo en medio de esa miseria.

El resto de la tarde lo pasé tendido en la cama esperando la hora en que el Quemado llegara al hotel.

Al subir a la habitación pregunté si había recibido alguna llamada telefónica desde Alemania. La respuesta fue negativa; no hay mensajes para mí.

Desde el balcón vi cuando el Quemado dejaba atrás la playa y cruzaba el Paseo Marítimo en dirección al hotel. Me apresuré a bajar, de tal manera que cuando él llegara a la puerta yo estuviera allí, esperándolo; supongo que temía que no le permitieran entrar si no iba conmigo. Al pasar por recepción la voz de Frau Else me detuvo en seco. Fue poco más que un susurro pero, inadvertido como iba, repercutió en mi cabeza con la fuerza de una corneta.

–Udo, está usted aquí –dijo como si no lo supiera.

Me quedé quieto en el pasillo principal, en una postura por lo menos embarazosa. En el otro extremo, detrás de las puertas de vidrio, el Quemado esperaba. Por un momento lo vi como si fuera parte de una película proyectada so-

181

bre la puerta: el Quemado y el horizonte azul oscuro en donde se destacaban un coche estacionado en la acera opuesta, las cabezas de los transeúntes y las imágenes incompletas de las mesas de la terraza. Completamente real sólo era Frau Else, bella y solitaria detrás del mostrador.

–Por supuesto, naturalmente... Deberías saberlo. –Al tutearla Frau Else enrojeció. Creo que sólo una vez la había visto así, con las defensas abiertas. No sé si eso me gustaba o no.

–No te había... visto. Eso es todo. Yo no controlo cada paso que das –dijo con media voz.

–Aquí estaré hasta que aparezca el cadáver de mi *amigo*. Espero que no tengas nada en contra.

Con un mohín de disgusto desvió la mirada. Temí que viera al Quemado y que usara a éste como pretexto para cambiar de tema.

–Mi marido está enfermo y me necesita. Estos días he estado junto a él, sin poder hacer nada. Eso *tú* no lo entiendes, ¿verdad?

–Lo siento.

–Bien, ya está todo dicho. No tenía intención de molestarte. Adiós.

Pero ni ella ni yo nos movimos.

El Quemado me observaba desde el otro lado. He de imaginar que también a él lo miraban los clientes del hotel sentados en la terraza o los que pasaban por la acera. Pensé que de un momento a otro alguien se acercaría y le pediría que se marchara; entonces el Quemado lo estrangularía usando sólo el brazo derecho y todo se echaría a perder.

–Su... tu marido, ¿está mejor? Lo deseo sinceramente. Creo que me he comportado como un tonto. Perdóname.

Frau Else inclinó la cabeza y dijo:

–Sí... Gracias...

—Me gustaría hablar contigo esta noche... Verte a solas... Pero no quiero forzarte a que hagas algo que luego te pueda perjudicar...

Los labios de Frau Else tardaron una eternidad en formar una sonrisa. Yo, no sé por qué, estaba temblando.

—Ahora no puedes porque te esperan, ¿no?

Sí, un compañero de armas, pensé, pero no dije nada y asentí con un gesto que expresaba la inevitabilidad de la cita. ¿Un compañero de armas? ¡Un enemigo de armas!

—Recuerda que aunque seas amigo de la dueña del hotel no debes abusar demasiado del reglamento.

—¿Qué reglamento?

—El que entre otras muchas cosas prohíbe ciertas visitas en las habitaciones de los huéspedes. —El tono volvió a ser el de siempre, entre irónico y autoritario. Sin duda aquél era el reino de Frau Else.

Quise protestar pero su mano se alzó e impuso silencio.

—No sugiero ni digo nada. No estoy levantando una acusación. Ese pobre muchacho —se refería al Quemado— también a mí me inspira lástima. Pero debo velar por el Del Mar y por sus clientes. También debo velar por ti. No quiero que te ocurra nada malo.

—Qué demonios puede pasarme. Sólo jugamos.

—¿A qué?

—Bien que lo sabes.

—Ah, el juego en el cual eres campeón. —Al sonreír los dientes le brillaron peligrosamente—. Un deporte de invierno; en estas fechas es más conveniente nadar o jugar a tenis.

—Si quieres reírte de mí, hazlo. Lo tengo merecido.

—De acuerdo, nos veremos esta noche, a la una, en la plaza de la Iglesia. ¿Sabes cómo llegar?

183

–Sí.

La sonrisa de Frau Else se desvaneció. Intenté acercarme a ella pero comprendí que no era el momento adecuado. Nos despedimos y salí. En la terraza todo era normal; dos escalones por debajo del Quemado un par de muchachas hablaban del tiempo mientras esperaban a sus acompañantes. La gente, como todas las noches, se reía y hacía planes.

Crucé las palabras de rigor con el Quemado y volvimos a entrar.

Al pasar por la recepción no vi a nadie detrás del mostrador aunque pensé que Frau Else podría estar escondida debajo. Con esfuerzo reprimí el impulso de acercarme y mirar.

Creo que no lo hice porque hubiera tenido que explicárselo todo al Quemado.

Por lo demás nuestra partida siguió los derroteros previstos: en la primavera del 40 monté una Opción Ofensiva en el Mediterráneo y conquisté Túnez y Argelia; en el Frente Oeste gasté 25 BRP que me llevaron a la conquista de Francia; durante el SR situé cuatro cuerpos blindados con apoyo de infantería y aviación ¡en la frontera con España! En el Frente Este consolidé mis fuerzas.

La respuesta del Quemado es puramente defensiva. Ha movido lo poco que podía mover; ha fortalecido algunas defensas; sobre todo ha realizado varias preguntas. Sus movimientos aún dejan traslucir al novato que es. No sabe apilar las fichas, juega con desorden, su estrategia global no existe o está concebida con esquemas demasiado rígidos, confía en la suerte, calcula mal los BRP, confunde las fases de Creación de Unidades con el SR.

No obstante se esfuerza y podría afirmar que empieza a penetrar en el espíritu del juego. Señales que inducen a pensar esto último son sus ojos que no levanta del tablero y sus láminas de carne quemada que se retuercen en el empeño depositado en calcular retiradas y costes.

El conjunto me inspira simpatía y lástima. Una lástima, debo anotarlo, densa, pobre de colores, cuadriculada.

La plaza de la Iglesia estaba solitaria y mal iluminada. Estacioné el coche en una calle lateral y me dispuse a esperar sentado en un banco de piedra; me sentía bien aunque cuando Frau Else apareció –literalmente se materializó de una masa informe de sombra junto al único árbol de la plaza– no pude evitar un respingo de sorpresa y alarma.

Propuse salir del pueblo, tal vez detener el coche en un bosque o mirando el mar, pero no aceptó.

Habló; habló sin prisa y sin descanso, como si hubiera permanecido en silencio durante días. El broche fue una explicación vaga y llena de símbolos sobre la enfermedad de su marido. Sólo después permitió que la besara. Sin embargo nuestras manos, ya desde el principio, de una forma natural se habían entrelazado.

Así, tomados de la mano, permanecimos allí hasta las dos y media de la mañana. Cuando nos cansábamos de estar sentados caminábamos en círculo por la plaza; luego regresábamos al banco y seguíamos hablando.

Supongo que yo también dije muchas cosas.

El silencio de la plaza sólo fue interrumpido por una breve sucesión de gritos lejanos (¿de alegría o desesperación?) y luego escapes de motos.

Creo que nos besamos cinco veces.

Al volver sugerí estacionar el coche lejos del hotel; pensaba en su reputación. Riendo, ella se negó; no teme al qué dirán. (La verdad es que no teme a *nada.*)

185

La plaza de la Iglesia es más bien triste; pequeña y oscura y silenciosa. En el centro se alza una fuente de piedra de origen medieval con dos chorros de agua. Antes de marcharnos bebimos.

—Cuando mueras, Udo, serás capaz de decir «vuelvo al sitio de donde provengo: la Nada».

—Cuando uno está muriendo es capaz de decir cualquier cosa —contesté.

El rostro de Frau Else brillaba, después de escuchar su propia pregunta y mi respuesta, como si la acabara de besar. Eso fue exactamente lo que a continuación hice; la besé. Pero cuando intentaba meter mi lengua entre sus labios ella retiró la cabeza.

6 de septiembre

Ignoro si el Lobo ha perdido su empleo o si el Cordero o si ambos. Protestan y refunfuñan pero apenas los escucho. Eso sí: capto el miedo y la rabia minúscula que
aquello les produce. El patrón del Rincón de los Andaluces se burla de ellos y de su desgracia con una carencia total de tacto. Los llama «pobres infelices», «apestosos», «si-
dosos», «maricas de playa», «gandules»; después me lleva
aparte y me cuenta, riéndose, una historia de violación que
no logro descifrar pero en la que ellos de una forma u otra
están implicados. Sin mostrar ni siquiera curiosidad –aunque la verdad es que el patrón habla suficientemente alto
como para que todos lo escuchen– el Lobo y el Cordero
dedican su atención a un programa deportivo de la tele.
¡Éstos iban a poner el hombro! ¡Esta tropilla de zombis iba
a engrandecer España, me cago en la Virgen!, termina su
alocución el patrón. A mí no me resta más que asentir y
volver a la mesa junto a los españoles y pedir otra cerveza.
Más tarde, por la puerta entreabierta del lavabo, veo al
Cordero que se baja los pantalones.

Después de comer me dirigí al Costa Brava. Fui recibido por el señor Pere como si nuestro último encuentro datara de años. La conversación, intrascendental, transcurrió esta vez en la barra del Costa Brava, en donde tuve oportunidad de conocer a más de un miembro del círculo de amistades del gerente. Todos tenían un aire entre distinguido y aburrido y, por supuesto, sobrepasaban los cuarenta años; al serles presentado exhibieron ante mí una delicadeza unánime. Se diría que estaban frente a una celebridad o, mejor aún, frente a una *promesa*. Evidentemente el señor Pere y yo estábamos encantados.

Más tarde, en la Comandancia de Marina (mis visitas al Costa Brava irremisiblemente desembocaban allí) me informaron que no había novedades con respecto a Charly. Sin ánimo de polemizar decidí hacer algunas suposiciones. ¿No resultaba extraño que su cuerpo aún no apareciera? ¿Cabía la posibilidad de que estuviera vivo, vagando amnésico por algún pueblo de la costa? Creo que hasta las dos aburridas secretarias me miraron con pena.

Regresé al Del Mar dando un paseo y pude constatar lo que ya intuía: el pueblo comienza a vaciarse; los turistas cada vez son menos; los gestos de los nativos expresan un cansancio cíclico. El aire, sin embargo, y el cielo y el mar lucen transparentes y puros. Da gusto respirar. El paseante, además, puede dedicarse a observar cualquier capricho visual sin riesgo de ser empujado o tomado por borracho.

Cuando el patrón del Rincón de los Andaluces desapareció por la trastienda saqué el tema de la violación.

El Lobo y el Cordero emitieron un par de risotadas y dijeron que eran tonterías del viejo. Adiviné que se reían de mí.

Al marcharme pagué sólo mi consumición. Una máscara de piedra se instaló entonces en los rostros de los españoles. Nuestras palabras de adiós, significativamente, fueron referentes a la fecha de mi partida. (Se diría que todo el mundo ansía que me vaya.) Conciliatorios, en el último momento se ofrecieron para acompañarme a la Comandancia de Marina, pero me negué.

Verano del 40. La partida se ha animado; contra pronóstico el Quemado es capaz de trasladar al Mediterráneo tropas suficientes como para amortiguar mis golpes; aún más importante: adivinó que la amenaza no se cernía en dirección a Alejandría sino sobre Malta y en consecuencia reforzó la isla con infantería, aviación y marina de guerra. En el Frente Oeste la situación permanece estabilizada (tras la conquista de Francia es necesario un turno para que los Ejércitos Occidentales se reorganicen y reciban reemplazos y refuerzos); allí mis tropas apuntan hacia Inglaterra –cuya invasión exigiría un esfuerzo logístico considerable, pero eso no lo sabe el Quemado– y hacia España, presa prescindible, pero que franquea el camino de Gibraltar, sin cuya posesión el control inglés sobre el Mediterráneo es casi nulo. (La jugada, recomendada por Terry Butcher en *The General,* consiste en sacar la flota italiana al Atlántico.) En cualquier caso el Quemado no espera un ataque terrestre contra Gibraltar; por el contrario, mis movimientos en el Este y los Balcanes (después de la jugada clásica: arrollar Yugoslavia y Grecia) lo hacen temer una pronta invasión a la Unión Soviética –me parece que mi amigo simpatiza con los rojos– y descuidar otros frentes. Mi posición, qué duda cabe, es envidiable. La Operación Barbarroja, tal vez con una variante estratégica turca, promete ser emocionante. El ánimo del Quemado no decae; no es un jugador brillante, tampoco impulsivo: sus movimientos son serenos y metódicos. Las horas han transcurrido en silencio; hemos hablado sólo lo estrictamente necesario, preguntas acerca de las reglas que han obtenido respuestas claras y honestas, dentro de una armonía envidiable. Escribo esto mientras el Quemado juega. Es curioso: la partida consigue relajarlo, lo percibo en los músculos de sus brazos y su pecho, como si por fin pudiera mirarse y no ver *nada*. O ver únicamente el martirizado tablero de Europa y las grandes maniobras y contramaniobras.

La partida transcurrió como entre brumas. Cuando salimos de la habitación, en el pasillo, encontramos a una camarera que al vernos ahogó un grito y echó a correr. Miré al Quemado, incapaz de decir nada; una sensación de vergüenza ajena me escoció hasta que subimos al ascensor. Entonces pensé que acaso el susto de la camarera no fuera provocado por el rostro del Quemado. La sospecha de estar pisando en falso se hizo más aguda.

Nos despedimos en la terraza del hotel. Un apretón de manos, una sonrisa y finalmente el Quemado desapareció bamboleándose por el Paseo Marítimo.

La terraza estaba vacía. En el restaurante, más concurrido, vi a Frau Else. Instalada en una mesa cerca de la barra, le hacían compañía dos hombres de traje y corbata. No sé por qué pensé que uno de ellos era su marido aunque la imagen que conservaba de éste en nada se parecía a aquél. Sin duda se trataba de una reunión de negocios y no quise importunar. Tampoco deseaba mostrarme tímido y con este propósito me acerqué a la barra y pedí una cerveza. El camarero tardó más de cinco minutos en servírmela. Su morosidad no obedecía al exceso de trabajo, que más bien era poco; simplemente prefirió remolonear por allí hasta agotar el límite de mi paciencia; sólo entonces trajo la cerveza y pude ver la mala voluntad, el propósito de desafío que encerraba su gesto, como si aguardara la más ínfima protesta de mi parte para iniciar una pelea. Pero eso era impensable con Frau Else al lado así que arrojé unas cuantas monedas sobre la barra y esperé. No hubo ninguna reacción por su parte. El pobre tipo se pegó al aparador de las botellas y miró fijamente el suelo. Parecía resentido con todo el mundo empezando por él mismo.

Me tomé la cerveza en paz. Frau Else, lamentablemente, seguía enfrascada en la conversación con sus acompañantes y prefirió fingir que no me veía. Supuse que tendría un buen motivo para ello y decidí marcharme.

En la habitación el olor a tabaco y a encierro me sorprendió. La lamparilla se había quedado encendida y por un instante pensé que Ingeborg había regresado. Pero el olor, de una manera casi tangible, excluía la posibilidad de una mujer. (Extraño: nunca me había detenido a considerar olores.) Creo que todo esto me deprimió y resolví salir a dar una vuelta en coche.

Circulé despacio por las calles vacías del pueblo. Un vientecillo tibio barría las aceras arrastrando envases de papel y hojas de publicidad.

Sólo de tanto en cuando surgían de las sombras figuras de turistas borrachos peregrinando a ciegas hacia sus hoteles.

Ignoro qué me impulsó a detenerme en el Paseo Marítimo. Lo cierto es que lo hice y de forma natural me interné en la playa, en medio de la oscuridad, en dirección a la morada del Quemado.

¿Qué esperaba encontrar allí?

Las voces me detuvieron cuando ya adivinaba la fortaleza de patines que emergía de la arena.

El Quemado tenía visitas.

Con extrema cautela, casi reptando, me aproximé; quienquiera que estuviera allí había preferido mantener la conversación en el exterior. Pronto pude distinguir dos manchas: el Quemado y su invitado estaban de espaldas a mí, sentados en la arena, mirando el mar.

El que llevaba la conversación era el otro: rápidas series de gruñidos de los cuales sólo pude atrapar palabras sueltas tales como «necesidad» y «valor».

No me atreví a acercarme más.

Entonces, tras un largo silencio, el viento cesó y cayó sobre la playa una especie de losa tibia.

Alguien, no sé cuál de los dos, de un modo ambiguo y despreocupado habló sobre una «apuesta», un «asunto olvidado». Luego se rió... Luego se levantó y caminó hacia la orilla del mar... Luego se volvió y dijo algo ininteligible.

Durante un instante –un instante de locura que me erizó los pelos– pensé que era Charly; su perfil, su manera de dejar caer la cabeza como si tuviera el cuello roto, sus enmudecimientos repentinos; el bueno de Charly salido de las sucias aguas del Mediterráneo para... aconsejar sibilinamente al Quemado. Una suerte de rigidez se extendió de mis brazos al resto del cuerpo mientras mi razón luchaba por recobrar el control. Lo que más deseaba en ese momento era largarme de allí. Entonces oí, como si la locura se fundamentara con la continuación del diálogo, la clase de consejos que el visitante del Quemado daba. «¿Cómo frenar la embestida?» «No te preocupes de la embestida; preocúpate de las bolsas.» «¿Cómo evitar las bolsas?» «Mantén una doble línea; anula las penetraciones de los blindados; guarda siempre una reserva operativa.»

¡Consejos para vencerme en el Tercer Reich!

192

¡Más concretamente, el Quemado estaba recibiendo instrucciones para contrarrestar lo que veía inminente: la invasión de Rusia!

Cerré los ojos y traté de rezar. No pude. Pensé que la locura jamás saldría de mi cabeza. Estaba sudando y la arena se adhería a mi cara con facilidad. Me picaba todo el cuerpo y temía, si puedo llamarlo así, ver aparecer de pronto, por encima de mí, el rostro brillante de Charly. El maldito traidor. Este pensamiento, como una descarga, consiguió que abriera los ojos; junto a la chabola de patines no había nadie. Imaginé que ambos estaban en el interior. Me equivocaba: las sombras, de pie, permanecían en la orilla del mar con las olas lamiendo sus tobillos. Estaban de espaldas a mí. En el cielo las nubes por un momento se apartaron y la luna brilló débilmente. El Quemado y su visitante hablaban ahora, como si el tema fuera muy ameno, acerca de una violación. No sin esfuerzo me puse de rodillas y recobré algo de mi serenidad. No era Charly, me dije un par de veces. Elemental: el Quemado y su visitante sostenían el diálogo en español y Charly ni siquiera era capaz de pedir una cerveza en ese idioma.

Con una sensación de alivio, pero aún entumecido y temblando, me levanté del todo y me alejé de la playa.

En el Del Mar Frau Else estaba sentada en un sillón de mimbre al final del pasillo que conducía al ascensor. Las luces del restaurante estaban apagadas salvo una, indirecta, que sólo iluminaba las estanterías de botellas y un sector de la barra en donde un camarero aún se afanaba encima de algo indescifrable. Al pasar por la recepción había visto al vigilante nocturno aplicado a la lectura de un periódico deportivo. No todo el hotel dormía.

Tomé asiento junto a Frau Else.

Ésta dijo algo sobre mi semblante. ¡Demacrado!

—Seguramente duermes poco y mal. No es una buena publicidad para el hotel. Me preocupa tu salud.

Asentí. Ella también asintió. Pregunté a quién esperaba. Frau Else se encogió de hombros; sonrió; dijo: a ti. Por supuesto, mentía. Le pregunté la hora. Las cuatro de la mañana.

—Deberías volver a Alemania, Udo —dijo.

La invité a subir a mi habitación. No aceptó. Dijo: no, no *puedo*. Lo dijo mirándome a los ojos. ¡Qué hermosa era!

Permanecimos un largo rato en silencio. Hubiera querido decirle: no te preocupas por mí, no te preocupas de verdad. Pero era ridículo, claro. Al final del pasillo vi la cabeza del vigilante nocturno que se asomaba y desaparecía. Concluí que los empleados de Frau Else la adoraban.

Fingí cansancio y me levanté. No quería estar allí cuando apareciera la persona a quien Frau Else esperaba.

Sin moverse del sillón ella me tendió la mano y nos dimos las buenas noches.

Caminé hasta el ascensor; por suerte estaba detenido en la primera planta y no necesité esperar. Ya en el interior volví a despedirme. Dije adiós sin emitir sonido alguno, moviendo sólo los labios. Frau Else sostuvo mi mirada y mi sonrisa hasta que las puertas se cerraron con un estertor neumático y comencé a subir.

Sentía algo pesado rodando dentro de la cabeza.

Después de darme una ducha caliente me metí en la cama. Tenía el pelo mojado y de todas maneras el sueño no aparecía.

No sé por qué, tal vez porque era lo que estaba más a mano, cogí el libro de Florian Linden y lo abrí al azar:

«El asesino es el dueño del hotel.»

«¿Está usted seguro?»

Cerré el libro.

7 de septiembre

Soñé que una llamada telefónica me despertaba. Era el señor Pere que deseaba que acudiera –él se prestaba a acompañarme– al cuartel de la Guardia Civil; allí tenían un cadáver y esperaban que yo pudiera reconocerlo. Así que me duché y salí sin desayunar. Los pasillos del hotel presentaban una desolación que oprimía el pecho; debía estar amaneciendo; el coche del señor Pere aguardaba en la puerta principal. Durante el trayecto hasta el cuartel, ubicado en las afueras del pueblo, en una bifurcación de caminos plagada de letreros indicadores que apuntaban hacia múltiples fronteras, el señor Pere se despachó hablando de las mutaciones que se producían entre los nativos cuando el verano, o mejor dicho la temporada de verano, se acababa. ¡Depresión general! ¡En el fondo no podemos vivir sin turistas! ¡Nos hemos acostumbrado a ellos! Un guardia civil joven y pálido nos condujo hasta un garaje en donde había varias mesas dispuestas horizontalmente y, arracimados sobre las paredes, una colección de accesorios de automóviles. Encima de una losa negra con vetas blancas, al lado de la puerta metálica en donde esperaba ya el furgón que transportaría el cadáver, yacía un cuerpo inanimado en un estado que me pareció próximo a la putrefacción. El señor Pere, a mis espaldas, se llevó una mano a la nariz. No era Charly. Debía tener su misma edad y tal vez fuera alemán, pero no era Charly. Dije que no lo conocía y nos marchamos. Al dejarlo atrás el guardia civil se cuadró. Volvimos al pueblo riendo y haciendo planes para la próxima temporada. El Del Mar presentaba el mismo aspecto de cosa dormida pero esta vez a través de los cristales vi que Frau Else estaba en la recepción. Pregunté al señor Pere cuánto tiempo hacía que no veía al marido de Frau Else.

—Hace mucho que no tengo el gusto —dijo el señor Pere.

—Parece que está enfermo.

—Eso parece —dijo el señor Pere, oscureciendo el semblante con una expresión que podía significar cualquier cosa.

A partir de ese momento el sueño avanzó (o así lo recuerdo) a saltos. Desayuné en la terraza huevos fritos y jugo de tomate. Subí escaleras: unos niños ingleses venían en dirección contraria y casi chocamos. Desde el balcón observé al Quemado, al frente de sus patines, rumiando su pobreza y el fin del verano. Escribí cartas con premeditada y estudiada lentitud. Finalmente me metí en la cama y dormí. Otra llamada telefónica, esta vez real, me arrancó del sueño. Consulté mi reloj: las dos de la tarde. Era Conrad y su voz repetía mi nombre como si creyera que jamás iba a responder.

Contra lo que hubiera imaginado, tal vez debido a la timidez de Conrad y a que yo aún estaba medio dormido, la conversación discurrió con una frialdad que ahora me horroriza. Las preguntas, las respuestas, las inflexiones de la

196

voz, el deseo mal oculto de agotar la comunicación y ahorrar unas monedas, las acostumbradas expresiones de ironía, todo parecía revestido de una suprema falta de interés. Nada de confidencias, salvo una, estúpida, al final, y sí imágenes fijas del pueblo, del hotel, de mi habitación, que se superponían tenazmente al panorama pintado por mi amigo como si quisieran advertirme del nuevo orden en que yo estaba inmerso y dentro del cual tenían escaso valor las coordenadas que me transmitían por el hilo telefónico. ¿Qué haces? ¿Por qué no vuelves? ¿Qué te detiene? En tu oficina están sorprendidos, el señor X cada día pregunta por ti y es inútil que le aseguren que pronto estarás entre nosotros, una sombra se ha instalado en su corazón y predice desgracias. ¿Qué tipo de desgracias? A mí qué más me daba. Seguido por informaciones sobre el club, el trabajo, los juegos, las revistas, todo contado sin pausas e implacablemente.

–¿Has visto a Ingeborg? –dije.

–No, no, claro que no.

Permanecimos en silencio un corto instante que precedió el nuevo alud de preguntas y ruegos: en mi oficina estaban *un poco más* que inquietos, en el grupo se interrogaban si iría a París a recibir a Rex Douglas en diciembre. ¿Me echarían del trabajo? ¿Tenía problemas con la policía? Todos querían saber qué era aquello tan misterioso y oscuro que me retenía en España. ¿Una mujer? ¿Fidelidad a un muerto? ¿A qué muerto? Y, entre paréntesis, ¿cómo iba mi artículo? Aquel que iba a sentar las bases de una nueva estrategia. Parecía como si Conrad estuviera burlándose de mí. Por un segundo lo imaginé grabando la conversación, los labios curvados en una sonrisa malévola. ¡El campeón desterrado! ¡Fuera de circulación!

–Escúchame, Conrad, te voy a dar la dirección de Ingeborg. Quiero que vayas a verla y luego me llames.

—Bien, de acuerdo, lo que tú digas.

—Perfecto. Hazlo hoy. Y luego me telefoneas.

—De acuerdo, de acuerdo, pero no entiendo nada y me gustaría ser útil en la medida de mis posibilidades. No sé si me explico, Udo, ¿me escuchas?

—Sí. Dime que harás lo que te he dicho.

—Sí, claro.

—Bien. ¿Has recibido alguna carta mía? Creo que todo te lo expliqué en esa carta. Probablemente aún no haya llegado.

—Sólo he recibido dos postales, Udo. Una donde se ve la línea de hoteles junto a la playa y otra con una montaña.

—¿Una montaña?

—Sí.

—¿Una montaña junto al mar?

—¡No lo sé! Sólo aparece la montaña y una especie de monasterio derruido.

—En fin, ya llegará. El correo funciona fatal en este país.

De pronto se me ocurrió que no había escrito ninguna carta a Conrad. No me importó demasiado.

—¿Tienes al menos buen tiempo? Aquí llueve.

En vez de responder a su pregunta, como siguiendo un dictado, dije:

—Estoy jugando...

Tal vez me pareció importante que Conrad lo supiera. En el futuro me podía ser útil. Del otro lado escuché una especie de suspiro magnificado.

—¿El Tercer Reich?

—Sí...

—¿De veras? Cuéntame cómo te va. Eres fantástico, Udo, sólo a ti se te ocurre ponerte a jugar *ahora*.

—Sí, te entiendo, con Ingeborg lejos y todo pendiente de un hilo —bostecé.

—No quería decir eso. Me refería a los riesgos. Al empuje tan peculiar que tienes. ¡Eres único, muchacho, el rey del Fandom!

—No es para tanto, no grites, vas a conseguir que me quede sordo.

—Y quién es tu oponente. ¿Un alemán? ¿Lo conozco?

Pobre Conrad, daba por sentado que en un pequeño pueblo de la Costa Brava podían coincidir dos jugadores de guerra que además fueran alemanes. Era evidente que jamás hacía vacaciones y que sólo Dios sabía cuál era su concepto de un verano en el Mediterráneo o en donde fuera.

—Bien, mi oponente es un poco raro —dije, y acto seguido, a grandes rasgos, describí al Quemado.

Tras un silencio, Conrad dijo:

—No me huele bien. No es una historia clara. ¿En qué idioma os entendéis?

—Español.

—¿Y cómo ha podido leer las reglas?

—No lo ha hecho. Se las he explicado yo. En una tarde. Te asombrarías de lo listo que es. No necesitas decirle una cosa dos veces.

—¿Y jugando es igual de bueno?

—Su defensa de Inglaterra es aceptable. No pudo evitar la caída de Francia, ¿pero quién puede? No está mal. Tú eres mejor, claro, y Franz, pero como sparring no me puedo quejar.

—Su descripción... pone los pelos de punta. Jamás jugaría con alguien así, capaz de darme un susto si apareciera de improviso... En una partida múltiple, sí, pero solos... ¿Y dices que vive en la playa?

—Así es.

—¿No será el Demonio?

—¿Estás hablando en serio?

—Sí. El Demonio, Satanás, el Diablo, Luzbel, Belcebú, Lucifer, el Maligno...

—El Maligno... No, más bien parece un buey... Fuerte y pensativo, el típico rumiante. Melancólico. Ah, y no es español.

—¿Y tú cómo lo sabes?

—Me lo dijeron unos chicos españoles. Al principio, naturalmente, yo pensé que era español, pero no es así.

—¿De dónde es?

—No lo sé.

Desde Stuttgart Conrad se lamentó débilmente.

—Deberías saberlo; es primordial; por tu propia seguridad... .

Me pareció que exageraba aunque le aseguré que se lo preguntaría. Poco después colgamos y tras ducharme salí a caminar un rato antes de volver al hotel a comer. Me sentía bien, en mi ánimo no percibía el paso de las horas y mi cuerpo se entregaba sin reservas a la dicha de estar en el sitio donde estaba, sin más.

Otoño del 40. He jugado la Opción Ofensiva en el Frente Este. Mis cuerpos blindados rompen los flancos del sector central ruso, penetran en profundidad y cierran una bolsa gigantesca, un hexágono al oeste de Smolensk. Detrás, entre Brest Litovsk y Riga quedan atrapados más de diez Ejércitos rusos. Mis pérdidas son mínimas. En el Frente Mediterráneo gasté BRP para otra Opción Ofensiva e invadí España. La sorpresa del Quemado es total, alza las cejas, se yergue, vibran sus cicatrices, se diría que está escuchando el paso de mis divisiones acorazadas por el Paseo Marítimo, y su desconcierto no le ayuda a distribuir una buena defensa (escoge, inconscientemente, claro, una variante de la Border Defense de David Hablanian, sin duda la peor contra un ataque proveniente de los Pirineos). Así, con sólo dos cuerpos blindados y cuatro cuerpos de infantería más apoyo aéreo conquisto Madrid y España se rinde. Durante la Redistribución Estratégica sitúo tres cuerpos de infantería en Sevilla, Cádiz y Granada, y un cuerpo blindado en Córdoba. En Madrid estaciono dos flotas aéreas alemanas y una italiana. El Quemado, ahora, sabe mis intenciones... y sonríe. ¡Me felicita! Dice: «Jamás se me hubiera ocurrido.» Ante tan buen perdedor es difícil siquiera comprender los prejuicios y aprensiones de Conrad. Inclinado sobre el mapa, durante su segmento de juego, el Quemado habla e intenta reparar lo irreparable. En la URSS traslada tropas del sur, en donde casi no ha habido choques, al norte y al centro, pero su capacidad de movimiento es exigua. En el Mediterráneo mantiene Egipto y refuerza Gibraltar, aunque no muy convincentemente, como si no creyera en su esfuerzo. Musculoso y achicharrado, su torso sobrevuela Europa como una pesadilla. Y habla, sin mirarme, de su trabajo, de la escasez de turistas, del tiempo caprichoso, de los jubilados que llegan en masa a ciertos hoteles. Escarbando, aparentemente sin mostrar interés, de hecho escribo mientras hago las preguntas, consigo saber que conoce a Frau Else, a quien en el barrio llaman «la alemana». Forzado a dar su opinión concede que es hermosa. Inquiero entonces por su marido. El Quemado responde: está enfermo.

—¿Cómo lo sabes? —dije, dejando de lado las anotaciones.

—Todo el mundo lo sabe. Es una enfermedad larga, de hace muchos años. La padece pero no muere.

—¡Lo alimenta! —sonreí.

—Eso jamás —dice el Quemado, volviendo al intríngulis del juego, con toda su red logística rota.

Al final nuestra despedida sigue el ritual de siempre: bebemos las últimas latas de cerveza que he comprado para la ocasión y que guardo en el lavamanos lleno de agua, comentamos la partida (el Quemado se deshace en elogios pero aún no reconoce su derrota), bajamos juntos en el ascensor, nos damos las buenas noches en la puerta del hotel...

Justo entonces, cuando el Quemado desaparece por el Paseo Marítimo, una voz, junto a mí, me hace pegar un salto de alarma.

Es Frau Else, sentada en la penumbra, en un rincón de la terraza vacía al que apenas tocan las luces del interior del hotel y de la calle.

Admito que avancé hacia ella enojado (conmigo mismo, sobre todo) por el susto que acababa de recibir. Al sentarme delante advertí que estaba llorando. Su cara, de común llena de colores y vida, lucía una palidez espectral que agravaba el hecho de entreverla a medias cubierta por la gigantesca sombra de un parasol que la brisa nocturna movía acompasadamente. Sin dudarlo cogí sus manos y pregunté qué era lo que la afligía. Como por ensalmo en el rostro de Frau Else se dibujó una sonrisa. Usted, siempre tan atento, dijo, olvidando debido a la emoción el tuteo que ya imperaba entre nosotros. Insistí. Era sorprendente la rapidez con que Frau Else pasaba de un estado de ánimo a otro: en menos de un minuto mudó de sufriente fantasma a preocupada hermana mayor. Quería saber qué hacía, «pero de verdad, sin artificios», en mi habitación con el

Quemado. Quería que prometiera que regresaría pronto a Alemania o que en su defecto me comunicaría telefónicamente con los responsables de mi trabajo y con Ingeborg. Quería que no trasnochara tanto y que aprovechara las mañanas para tomar el sol, «el poquito que nos queda», en la playa. Estás blancucho, me parece que hace meses no te miras en un espejo, susurró. En fin, quería que nadara y que comiera bien, exhortación, esta última, más bien contraria a sus intereses puesto que comía en su hotel. Llegado a este punto volvió a llorar, pero mucho menos, como si todos los consejos dados fueran un baño que la limpiara de su propio dolor, y poco a poco se fue apaciguando y serenando.

La situación era ideal, no podía pedir más, y el tiempo pasó sin que me diera cuenta. Creo que hubiéramos continuado así toda la noche, sentados frente a frente, apenas adivinando nuestras miradas, y con su mano entre las mías, pero todo tiene un fin y éste llegó en la figura del vigilante nocturno, que después de buscarme por todo el hotel apareció en la terraza avisando que tenía una llamada de larga distancia.

Frau Else se levantó con un gesto de cansancio y me siguió a través del pasillo vacío hasta la recepción; allí ordenó al vigilante que sacara las últimas bolsas de basura de la cocina y nos quedamos solos. La sensación inmediata fue la de estar en una isla, únicamente ella y yo, y el teléfono descolgado, como un apéndice canceroso que de buen grado hubiera arrancado y entregado al vigilante como un objeto más para la basura.

Era Conrad. Al oír su voz sentí una gran desilusión pero luego recordé que yo le había pedido que me llamara.

Frau Else se sentó en el otro lado del mostrador e intentó leer la revista que el vigilante, supongo, había dejado olvidada. No pudo. Tampoco había mucho que leer pues casi todo eran fotos. Con un movimiento mecánico la dejó en la punta del escritorio en un equilibrio más que precario y clavó su mirada en mí. Sus ojos azules tenían la tonalidad de un lápiz de niño, un Faber barato y entrañable.

Sentí deseos de colgar y hacerle el amor allí mismo. Me imaginé, o tal vez lo imagino ahora y es peor, arrastrándola hacia su oficina particular, posándola sobre la mesa, desgarrándole la ropa y besándola, subiéndome encima y besándola, apagando todas las luces otra vez y besándola...

—Ingeborg está bien. Está trabajando. No tiene intención de llamarte por teléfono pero dice que cuando vuelvas quiere hablar contigo. Me pidió que te saludara —dijo Conrad.

—Bien. Gracias. Era lo que quería saber.

Con las piernas cruzadas Frau Else se miraba ahora las puntas de los zapatos y parecía sumergida en pensamientos laboriosos y complicados.

—Oye, a mí no me ha llegado ninguna carta tuya, ha sido Ingeborg, esta tarde, la que me explicó todo. Tal como lo veo no tienes ninguna obligación de estar allí.

—Bueno, Conrad, ya llegará mi carta y entonces comprenderás, ahora no puedo explicarte nada.

—¿Cómo va la partida?

—Lo estoy jodiendo vivo —dije, aunque tal vez la expresión fuera «está mamando toda mi leche», o «le estoy ensanchando el culo», o «lo estoy jodiendo a él y a toda su familia», juro que no me acuerdo.

Tal vez dije: lo estoy quemando.

Frau Else levantó la mirada con una suavidad que jamás había visto en ninguna mujer y me sonrió.

Sentí una especie de escalofrío.

—¿No habéis apostado nada?

Escuché voces, acaso en alemán, no lo puedo asegurar, diálogos ininteligibles y sonidos de computadoras, lejos, muy lejos.

—Nada.

—Me alegro. Toda la tarde la he pasado con el temor de que hubieras apostado algo. ¿Recuerdas nuestra conversación de hace un rato?

—Sí, sugerías que era el Demonio. Aún no he perdido la memoria.

—No te excites. Sólo pienso en tu bien, lo sabes.

—Claro.

—Me alegro de que no hayas apostado nada.

—¿Qué creías que estaba en juego? ¿Mi alma?

Me reí. Frau Else sostuvo en el aire un brazo bronceado y perfecto, rematado por una mano de dedos finos y largos que se cerraron sobre la revista del vigilante nocturno. Sólo entonces me percaté de que era una revista pornográfica. Abrió un cajón y la guardó.

—El Fausto de los Juegos de Guerra —rió Conrad como un eco de mi propia risa rebotada desde Stuttgart.

Sentí una cólera fría que subió desde los talones, por detrás del cuerpo, hasta la nuca y desde allí se disparó hacia todos los rincones de la recepción.

—No tiene gracia —dije, pero Conrad no me oyó. Apenas había podido emitir un hilillo de voz.

—¿Qué? ¿Qué?

Frau Else se levantó y se acercó hasta donde yo estaba. Tan cerca que pensé que sin proponérselo escuchaba los cacareos de Conrad. Puso una mano sobre mi cabeza y de inmediato sintió la rabia que bullía allí dentro. Pobre Udo, susurró; luego, con un gesto aterciopelado, como en cámara lenta, señaló el reloj indicando que debía marcharse. Pero no lo hizo. Tal vez la desesperación que vio en mi cara la detuvo.

—Conrad, no quiero bromas, no las resisto, es tarde, deberías estar en la cama y no preocuparte por mí.

—Eres mi amigo.

—Escucha, pronto el mar vomitará de una jodida vez lo que quede de Charly. Entonces haré las maletas y volveré. Para distraerme, mientras espero, sólo para distraerme y extraer ejemplos para mi artículo, juego un Tercer Reich; tú harías lo mismo, ¿verdad? En cualquier caso sólo estoy poniendo en peligro mi trabajo en la oficina y tú sabes que es una porquería. Yo podría encontrar algo mejor en menos de un mes. ¿Es así o no es así? Podría dedicarme exclusivamente a escribir ensayos. Puede que saliera ganando. Puede que allí estuviera mi destino. Vaya, tal vez lo mejor sería que me despidieran.

—Pero ellos no quieren hacerlo. Además sé que te importa la oficina, o al menos tus compañeros de trabajo; cuando estuve allí me enseñaron una postal que les enviaste.

—Te equivocas, me importan un pepino.

Conrad sofocó un gemido o eso creí escuchar.

—No es cierto —contraatacó, muy seguro de sí mismo.

—¿Qué demonios quieres? La verdad, Conrad, a veces no hay quien te soporte.

—Quiero que recuperes la razón.

Frau Else rozó con sus labios mi mejilla y dijo: es tarde, debo irme. Sentí su aliento tibio en las orejas y en el cuello; un abrazo de araña, mínimo e inquietante. Con el rabillo del ojo vi al vigilante nocturno al final del pasillo, dócil, aguardando.

—Tengo que colgar —dije.

—¿Te llamo mañana?

—No, no quiero que gastes dinero inútilmente.

—Mi marido me espera —dijo Frau Else.

206

—No tiene importancia.

—Sí que la tiene.

—Es incapaz de dormirse sin que yo haya llegado —dijo Frau Else.

—¿Cómo va la partida? ¿Dices que ya es otoño del 40? ¿Has invadido la URSS?

—¡Sí! ¡Guerra relámpago en todos los frentes! ¡No es rival para mí! Mierda, por algo soy el campeón, ¿no?

—Correcto, correcto... Y yo deseo con todo mi corazón que ganes... ¿Cómo están los ingleses?

—Suéltame la mano —dijo Frau Else.

—Tengo que colgar, Conrad, los ingleses pasando apuros, como siempre.

—¿Y tu artículo? Supongo que bien. Recuerda que lo ideal es que esté publicado antes de que llegue Rex Douglas.

—Al menos estará escrito. A Rex le va a encantar.

Dando un tirón Frau Else intentó liberar su mano.

—No seas infantil, Udo; ¿y si ahora apareciera mi marido?

Cubrí el teléfono para que Conrad no escuchara y dije:

—Tu marido está en la cama. Sospecho que ése es su lugar favorito. Y si no está en la cama debe estar en la playa. Ése es otro de sus lugares favoritos, sobre todo cuando anochece. Sin mencionar las habitaciones de los clientes. En realidad tu marido se las arregla para estar en todas partes; no me extrañaría que ahora mismo estuviera espiándonos, allí, escondido detrás del vigilante. No tiene las espaldas anchas pero creo que tu marido es delgado.

La mirada de Frau Else instantáneamente se dirigió hacia el final del pasillo. El vigilante esperaba, apoyado con un hombro en la pared. En los ojos de Frau Else percibí un brillo de esperanza.

207

–Estás loco –dijo cuando comprobó que no había nadie, antes de que la atrajera hacia mí y la besara.

Primero con violencia y luego con lasitud no sé cuánto rato estuvimos besándonos. Sé que hubiéramos podido continuar pero recordé que Conrad estaba al teléfono y que el tiempo corría en contra de su bolsillo. Al llevarme el auricular a la oreja escuché el hormigueo de miles de líneas entrecruzadas y después el vacío. Conrad había colgado.

–Ya no está –dije, e intenté arrastrar a Frau Else conmigo hacia el ascensor.

–No, Udo, buenas noches –me rechazó con una sonrisa forzada.

Insistí en que me acompañara, la verdad es que sin mucha convicción. Con un gesto que en su momento no comprendí, un gesto seco y autoritario, Frau Else hizo que el vigilante nocturno se interpusiera entre nosotros. Entonces, con otro tono de voz, volvió a darme las buenas noches y desapareció... ¡en dirección a la cocina!

–Qué mujer –dije al vigilante.

Éste se metió detrás del mostrador y buscó su revista porno en los cajones del escritorio. Lo observé en silencio hasta que la tuvo entre sus manos y procedió a sentarse en el sillón de cuero de la recepción. Suspiré, con los codos sobre el mostrador, y pregunté si quedaban muchos turistas en el Del Mar. Muchos, respondió sin mirarme. Encima del anaquel de llaves había un espejo de grandes dimensiones, alargado, con un marco dorado y grueso que parecía sacado de una tienda de antigüedades. Sobre el azogue brillaban las luces del pasillo y en su parte inferior se reflejaba la nuca del vigilante. Sentí una especie de malestar en el estómago al comprobar que, por el contrario, mi imagen no aparecía. Lentamente, con algo de miedo, me moví hacia la izquierda, sin separarme del mostrador. El vigilante me miró y tras vacilar preguntó por qué le decía «esas cosas» a Frau Else.

—No es algo que te incumba —dije.

—Eso es verdad —sonrió—, pero no me gusta verla sufrir, ella es muy buena con nosotros.

—¿Qué te hace pensar que sufre? —dije sin dejar de deslizarme hacia la izquierda. Tenía las manos cubiertas de transpiración.

—No sé... La forma como usted la trata...

—Yo le tengo mucho cariño y respeto —aseguré mientras paulatinamente mi imagen iba apareciendo en el espejo, y aunque lo que veía era más bien desagradable (ropa arrugada, mejillas encendidas, pelo despeinado) no por ello dejaba de ser yo, vivo y tangible. Un miedo estúpido, lo reconozco.

El vigilante se encogió de hombros e hizo ademán de volver a concentrarse en su revista. Sentí alivio y un profundo cansancio.

—Ese espejo... ¿tiene truco?

—¿Cómo?

—El espejo; hace un momento estaba frente a él y no me veía. Sólo ahora, de lado, puedo reflejarme. En cambio tú, que estás debajo, sí que te ves.

El vigilante torció la cabeza, sin levantarse del sillón, y se miró en el espejo. Una mueca de mono: se veía y no se gustaba y eso le parecía gracioso.

—Está un poco inclinado, pero no es un espejo falso; mire, aquí hay pared, ¿lo ve? —Sonriendo, levantó el espejo y tocó la pared como si sobara un cuerpo.

Durante un rato estuve meditando el asunto en silencio. Luego, tras titubear, dije:

—Vamos a ver. Ponte aquí —señalando el sitio exacto donde antes no me reflejaba.

El vigilante salió y se colocó donde le ordené.

—No me veo —reconoció—, pero es porque no estoy enfrente.

—Sí que estás enfrente, mierda —dije, poniéndome detrás de él y encarándolo con el espejo.

Por encima de su hombro tuve una visión que me aceleró el pulso: oía nuestras voces pero no veía los cuerpos. Los objetos del pasillo, una butaca, un jarrón, las luces indirectas que surgían de los vértices del techo y las paredes, reflejados en el espejo brillaban con intensidad superior que en el pasillo real que había a mis espaldas. El vigilante soltó una risilla compulsiva.

—Déjeme, déjeme, se lo voy a probar.

Sin pretenderlo lo tenía inmovilizado con una especie de llave de lucha libre. Parecía débil y asustado. Lo solté. De un salto el vigilante se metió detrás del mostrador y me indicó la pared del espejo.

—Está torcida. Tor-ci-da. No es recta, venga, adelante, compruébelo.

Cuando me introduje por el hueco del mostrador mi ecuanimidad y prudencia giraban como aspas de un molino enloquecido; creo que iba dispuesto a torcerle el cuello al pobre tipo; entonces, como si de improviso despertara a otra realidad, el aroma de Frau Else me envolvió. Todo era distinto, me atrevería a decir que fuera de las leyes físicas, y allí olía a ella aunque el rectángulo de la recepción no estuviera aislado del ancho y, por el día, transitado pasillo. La marca del paso sereno de Frau Else se conservaba y eso era suficiente para calmarme.

Tras un somero estudio supe que el vigilante tenía razón. La pared sobre la que estaba el espejo no corría paralela al mostrador.

Suspiré y me dejé caer en el sillón de cuero.

–Qué blanco –dijo el vigilante, seguramente refiriéndose a mi palidez, y comenzó a abanicarme calmosamente
con la revista pornográfica.

–Gracias –dije.

Al cabo de unos minutos interminables me levanté y
subí a la habitación.

Tenía frío, así que me puse un suéter y después abrí las
ventanas. Desde el balcón se podían contemplar las luces
del puerto. Un espectáculo sedante. Ambos, el puerto y yo,
temblamos al unísono. No hay estrellas. La playa parece la
boca de un lobo. Estoy cansado y no sé cuándo podré quedarme dormido.

8 de septiembre

Invierno del 40. La regla «Primer Invierno Ruso» debe jugarse cuando el Ejército alemán ha penetrado en profundidad en la Unión Soviética de tal manera que su posición, junto con el clima adverso, favorezca el contraataque decisivo, capaz de romper el equilibrio del frente y propiciar pinzas y bolsas; en una palabra: el contraataque que obliga a retroceder al Ejército alemán. Para ello, no obstante, es imprescindible que el Ejército soviético cuente con suficientes reservas (no necesariamente reservas blindadas) para llevar a cabo dicho contraataque. Es decir, en lo que atañe al Ejército soviético, jugar la regla «Primer Invierno Ruso» con probabilidades de éxito significa haber mantenido en el segmento de Creación de Unidades del Otoño una reserva de al menos 12 factores de fuerza disponibles a lo largo del frente. En lo que respecta al Ejército alemán, jugar la regla «Primer Invierno Ruso» con un porcentaje elevado de seguridad implica algo decisivo en la guerra en el Este y que anula cualquier precaución rusa: la destrucción, en todos y cada uno de los turnos anteriores, del máximo número de factores de fuerza soviéticos, de esta manera la regla «Primer Invierno Ruso» se convierte en algo inocuo que en el peor de los casos, para el Ejército alemán, constituye un descenso en la progresión hacia el interior de Rusia, y en el soviético representa un cambio instantáneo en el orden de prioridades: ya no buscará chocar sino que retrocederá, dejando amplios espacios al Ejército enemigo en un desesperado intento de rehacer su frente.

Por lo demás el Quemado no sabe jugar la regla (ciertamente no porque yo no se la explicara) y de sus movimientos lo menos que se puede decir es que son confusos: en el norte contraataca (apenas mella a mis unidades) y en el sur retrocede. Al final del turno puedo establecer el frente en la línea más ventajosa posible, en los hexágonos E42, F41, H42, Vitebsk, Smolensk, K43, Briansk, Orel, Kursk, M45, N45, O45, P44, Q44, Rostov y en los accesos de Crimea.

En el Frente Mediterráneo el desastre inglés es absoluto. Con la caída de Gibraltar (sin demasiadas pérdidas propias) el Ejército inglés de Egipto queda atrapado en una ratonera. Ni siquiera es necesario atacarlo: la falta de abastecimiento, o mejor dicho la extensión de la línea de abastecimiento, que deberá seguir la ruta Puerto Inglés-Sudáfrica-Golfo de Suez, garantiza su ineficacia. De hecho el Mediterráneo, excepto el Ejército de Egipto y un cuerpo de infantería que guarniciona Malta, ya es mío. Ahora la Flota italiana tiene el paso libre hacia el Atlántico, en donde se unirá a la Flota de Guerra alemana. Con ella y con los pocos cuerpos de infantería estacionados en Francia ya puedo empezar a pensar en el desembarco en Gran Bretaña.

Bullen los planes en el Alto Estado Mayor: invadir Turquía, penetrar en el Cáucaso por el sur (si para entonces aún no está conquistado) y atacar a los rusos por la retaguardia, amén de asegurar Maikop y Grozny. Planes de corto alcance: trasladar en el Redesplazamiento Estratégico el máximo número de factores de la flotas aéreas destacadas en Rusia para apoyar el desembarco en Gran Bretaña. Y planes de largo alcance, como por ejemplo calcular la línea que el Ejército alemán ocupará en Rusia para la primavera del 42.

Es la aniquilación, la victoria de mis armas. Apenas había hablado hasta entonces. El próximo turno puede ser demoledor, dije.

—Puede —responde el Quemado.

Su sonrisa indica que cree lo contrario. Sus movimientos alrededor de la mesa, entrando y saliendo del lado iluminado de la habitación, se asemejan a los de un gorila. Sereno, confiado, ¿a quién espera que le salve de la derrota? ¿A los americanos? Cuando éstos entren en la guerra probablemente la totalidad de Europa esté controlada por Alemania. Tal vez, en el Frente Este, lo que quede del Ejército Rojo aún luche en los Urales, nada importante, en todo caso.

¿El Quemado piensa jugar hasta el final? Me temo que sí. Es lo que llamamos un jugador-mula. Una vez me enfrenté con un espécimen de esta clase. El juego era Nato-The Next War in Europe y mi contrincante llevaba a las tropas del Pacto de Varsovia. Comenzó ganando pero le frené poco antes de que llegara a la Cuenca del Ruhr. A partir de ese momento mi aviación y el Ejército Federal lo machacaron y se vio claramente que no podría ganar el juego. Pese a que los amigos reunidos alrededor le pidieron que abandonara, él siguió. La partida carecía de toda emoción. Al final, ya vencedor, le pregunté por qué no había abandonado si hasta para él (un imbécil) era obvia su derrota. Con frialdad confesó que esperaba que yo, cansado de su testarudez, lo rematara con un Ataque Nuclear, y así tener un cincuenta por ciento de probabilidades de que el iniciador del holocausto atómico perdiera el juego.

Esperanza absurda. No por nada soy el Campeón. Sé esperar y armarme de paciencia.

¿Es eso lo que aguarda el Quemado antes de rendirse? No hay armas atómicas en el Tercer Reich. ¿Qué espera, entonces? ¿Cuál es su arma secreta?

9 de septiembre

Con Frau Else en el comedor:
—¿Qué hiciste ayer?
—Nada.
—¿Cómo que nada? Estuve buscándote como una loca y no te vi en todo el día. ¿Dónde estuviste metido?
—En mi habitación.
—También te busqué allí.
—¿A qué hora?
—No recuerdo, a las cinco de la tarde y luego a las ocho o nueve de la noche.
—Es extraño. ¡Creo que ya había llegado!
—No me mientas.
—Bueno, llegué poco después. Salí a dar un paseo en coche; comí en el pueblo vecino, en una casa de campo. Necesitaba estar solo y pensar. Tenéis buenos restaurantes en la zona.
—¿Y luego?
—Cogí el coche y volví. Manejando lentamente.
—¿Nada más?

—¿Qué quieres decir?

—Es una pregunta. Quiere decir si hiciste algo más que pasear y comer fuera.

—No. Llegué al hotel y me encerré en la habitación.

—La recepcionista dice que no te vio llegar. Estoy preocupada por ti. Creo que me siento responsable. Tengo miedo de que te ocurra algo malo.

—Sé cuidarme solo. Además, ¿qué podría pasarme?

—Algo malo... A veces tengo presentimientos... Una pesadilla...

—¿Te refieres a terminar igual que Charly? Primero debería practicar el windsurf. Entre nosotros, me parece un deporte de tarados. Pobre Charly, en el fondo le estoy agradecido, si no hubiera muerto de forma tan imbécil yo ya no estaría aquí.

—En tu lugar yo volvería a Stuttgart y haría las paces con... la pequeña, tu novia. ¡Ahora mismo! ¡Inmediatamente!

—Pero tú quieres que me quede; lo estoy viendo.

—Me asustas. Actúas como un niño irresponsable. No sé si eres capaz de verlo todo o si estás ciego. No me hagas caso, estoy nerviosa. Es el final del verano. Por regla general soy una mujer bastante equilibrada.

—Ya lo sé. Y muy hermosa.

—No digas eso.

—Ayer hubiera preferido quedarme contigo, pero yo tampoco te encontré. El hotel me ahogaba, rebosante de jubilados, y necesitaba pensar.

—Y luego estuviste con el Quemado.

—Ayer. Sí.

—Subió a tu habitación. Vi el juego. Estaba preparado.

—Subió conmigo. Siempre lo espero en la puerta del hotel. Por seguridad.

—¿Y eso fue todo? Subió contigo y no volvió a salir hasta ¿pasada la medianoche?

—Más o menos. Un poco más tarde, tal vez.

—¿Qué hiciste durante todo ese tiempo? No me digas que jugar.

—Pues sí.

—Cuesta creerlo.

—Si de verdad estuviste en mi habitación tienes que haber visto el tablero. El juego está desplegado.

—Lo vi. Un mapa extraño. No me gusta. Huele mal.

—¿El mapa o la habitación?

—El mapa. Y las fichas. En realidad todo huele mal en tu cuarto. ¿Es que nadie se atreve a entrar y hacer el aseo? No. Tal vez tu amigo sea el responsable. Puede que las quemaduras desprendan esa fetidez.

—No seas ridícula. El mal olor viene de la calle. Vuestras alcantarillas no están hechas para la temporada de verano. Ingeborg ya lo decía, a partir de las siete de la tarde las calles apestan. ¡El perfume proviene de las alcantarillas atiborradas!

—De la Depuradora Municipal. Sí, es posible. De todas maneras no me gusta que subas con el Quemado a tu habitación. ¿Sabes lo que se diría de mi hotel si algún turista te viera escabullirte por los pasillos con esa mole chamuscada? No me importa que los empleados murmuren. Otra cosa son los clientes, a ésos hay que cuidarlos. No puedo jugar con la reputación del hotel sólo porque te aburres.

—No me aburro, al contrario. Si prefieres puedo bajar el tablero e instalarme en el restaurante. Claro que allí todos verían al Quemado y eso no sería buena publicidad. Además creo que perdería algo de concentración. No me gusta jugar delante de demasiada gente.

—¿Crees que te tomarían por loco?

218

—Bueno, ellos se pasan las tardes jugando a las cartas. Por supuesto mi juego es más complicado. Exige una mente fría, especulativa y arriesgada. Es difícil llegar a dominarlo, cada pocos meses se le añaden nuevas reglas y variantes. Se escribe sobre él. Tú no lo entenderías. Quiero decir que no entenderías la *dedicación*.

—¿El Quemado reúne esas cualidades?

—Me parece que sí. Es frío y arriesgado. Especulativo, no tanto.

—Lo sospechaba. Supongo que por dentro debe ser bastante parecido a ti.

—No lo creo. Yo soy más alegre.

—No veo qué tiene de alegre encerrarse en una habitación durante horas cuando podrías estar en una discoteca o leyendo en la terraza o viendo la tele. La idea de que tú y el Quemado vagabundeáis por mi hotel me pone los nervios de punta. No consigo imaginaros quietos en la habitación. ¡Siempre os movéis!

—Movemos las fichas. Y hacemos cálculos matemáticos...

—Mientras tanto la reputación familiar de mi hotel se pudre como el cuerpo de tu amigo.

—¿Se pudre como el cuerpo de qué amigo?

—El ahogado, Charly.

—Ah, Charly. ¿Tu marido qué opina de todo esto?

—Mi marido está enfermo y si se enterara te sacaría a puntapiés del hotel.

—Yo creo que ya lo sabe. Vaya, estoy seguro; buena pieza es tu marido.

—Mi marido se moriría.

—Concretamente, ¿qué tiene? Es bastante mayor que tú, ¿no? Y es delgado y alto. Y tiene poco pelo, ¿no?

—No me gusta que hables de esa manera.

—Es que yo creo que he visto a tu marido.

—Recuerdo que tus padres lo querían mucho.

—No, me refiero a esta temporada. Hace poco. Cuando se suponía que estaba acostado, con calenturas y cosas así.

—¿Por la noche?

—Sí.

—¿En pijama?

—Yo diría que llevaba una bata.

—No puede ser. Una bata de qué color.

—Negra. O rojo oscuro.

—A veces se levanta y da una vuelta por el hotel. Por la zona de cocinas y servicios. Siempre está pendiente de la calidad y de que todo esté limpio.

—No lo vi en el hotel.

—Entonces no viste a mi marido.

—¿Él sabe que tú y yo...?

—Por supuesto, siempre nos contamos todo... Lo nuestro es sólo un juego, Udo, y me parece que va siendo hora de terminarlo. Puede resultar tan obsesivo como el que juegas con el Quemado. A propósito, ¿cómo se llama?

—¿El Quemado?

—No, el juego.

—Tercer Reich.

—Qué nombre más horrible.

—Depende...

—¿Y quién va ganando? ¿Tú?

—Alemania.

—¿Tú con qué país juegas? Con Alemania, claro.

—Con Alemania, claro, tonta.

Primavera del 41. El nombre del Quemado no lo sé. Ni me importa. Como tampoco me importa ahora su na-

220

cionalidad. De dónde sea, da lo mismo. Conoce al marido de Frau Else y eso sí que es importante; dota al Quemado de una capacidad de movimiento insospechada; no sólo se codea con el Lobo y el Cordero sino que también está inclinado a la conversación más elaborada (es de suponer) del marido de Frau Else. No obstante, ¿por qué hablan en la playa, en plena noche, como dos conspiradores, en lugar de hacerlo en el hotel? El escenario es más propio de un complot que de una conversación distendida. ¿Y de qué hablan? El tema de sus encuentros, no me cabe la menor duda, soy yo. Así, el marido de Frau Else sabe de mí por dos conductos: el Quemado le cuenta la partida y su mujer le cuenta nuestro flirt. Mi situación frente a él es desventajosa, yo no sé nada, excepto que está enfermo. Pero intuyo algunas cosas. Desea que me marche; desea que pierda la partida; desea que no me acueste con su mujer. La ofensiva en el Este prosigue. La cuña blindada (cuatro cuerpos) choca y rompe el frente ruso en Smolensk, para luego atenazar Moscú, que cae en un Combate de Explotación. En el sur conquisto Sebastopol tras una batalla sangrienta y desde Rostov-Kharkov avanzo hasta la línea Elista-Don. El Ejército Rojo contraataca a lo largo de la línea Kalinin-Moscú-Tula, pero consigo rechazarlo. La pérdida de Moscú conlleva la ganancia por parte alemana de 10 BRP —esto con la variante Beyma; con la antigua regla hubiera ganado 15 y puesto al Quemado no ya al borde del colapso sino en el colapso mismo. De todas maneras las pérdidas rusas son cuantiosas: a los BRP de la Opción Ofensiva para intentar recuperar Moscú hay que añadir los Ejércitos que caen en el empeño y para los cuales apenas hay BRP disponibles que garanticen un pronto reemplazo. En total, sólo en el sector central del frente, el Quemado ha perdido más de 50 BRP. La situación en la dirección de

221

Leningrado no experimenta cambios; la línea queda establecida en Tallin y en los hexágonos G42, G43 y G44. (Preguntas que no le hago al Quemado pero que me gustaría hacerle: ¿el marido de Frau Else lo visita todas las noches? ¿Qué sabe éste de juegos de guerra? ¿El marido de Frau Else ha usado la llave maestra del hotel para entrar a husmear en mi habitación? Ojo: esparcir algo de talco —no tengo— en la entrada; cualquier objeto que delate intrusiones. ¿El marido de Frau Else, por casualidad, es un aficionado? ¿Y de qué demonios está enfermo? ¿Sida?) En el Frente Oeste la Operación León Marino es llevada a cabo con éxito. La segunda fase, invasión y conquista de la isla, se realizará en verano. Por ahora lo más difícil ya está hecho: una cabeza de playa en Inglaterra, protegida por una potente fuerza aérea estacionada en Normandía. Como era previsible la flota inglesa consiguió interceptarme en el Canal; tras un largo combate en el cual empeñé toda la flota alemana, parte de la italiana y más de la mitad de mi aviación, conseguí desembarcar en el hexágono L21. He reservado, tal vez con excesiva prudencia, mi cuerpo paracaidista, por lo que la cabeza de playa no es todo lo fluida que quisiera (imposible hacer SR en dirección a ella), pero aun así la posición es favorable. Al final del turno los hexágonos ocupados por el Ejército británico son los siguientes: el 5.º y el 12.º cuerpos de infantería en Londres; el 13.º cuerpo blindado en Southampton-Portsmouth; el 2.º cuerpo de infantería en Birmingham; cinco factores aéreos en Manchester-Sheffield; y unidades de reemplazo en Rosyth, J25, L23 y Plymouth. Las pobres tropas inglesas avistan a mis unidades (el 4.º y 10.º cuerpos de infantería) desde sus dunas-hexágonos, sus trincheras-hexágonos, y no se mueven. Lo tantas veces esperado ha ocurrido. Un puente de parálisis se extiende a lo largo de las fichas hasta terminar entre los dedos del Quemado; ¡el 7.º Ejército desembarcando en Inglaterra! Intenté contener la risa pero no pude. El Quemado no se lo tomó a mal. ¡Muy bien planeado!, reconoce, aunque en el tono advierto un rescoldo de burla. En honor a la verdad debo decir que es un contrincante que no pierde la calma; juega, absorto, como si la tristeza de una verdadera guerra se hubiera apoderado de él. Finalmente, algo curioso a tener en cuenta: antes de que el Quemado se marchara salí al balcón a respirar aire puro, ¿y a quién vi en el Paseo Marítimo hablando con el Lobo y el Cordero, eso sí, escoltada por el vigilante del hotel? A Frau Else.

10 de septiembre

Hoy, a las diez de la mañana, me despertó una llamada telefónica y supe la noticia. Habían encontrado el cuerpo de Charly y deseaban que me presentara en las dependencias de la policía para identificarlo. Poco después, mientras desayunaba, apareció el gerente del Costa Brava, radiante y excitado.

—¡Por fin! Tenemos que ir en horario hábil; el cuerpo parte hoy mismo para Alemania. Acabo de hablar con el consulado de su país. Debo reconocer que es gente eficiente.

A las doce llegamos a un edificio en las afueras del pueblo en nada semejante al del sueño de días pasados, en donde nos esperaban un joven de la Cruz Roja y el delegado de la Comandancia de Marina, a quien ya conocía. En el interior, en una sala de espera sucia y maloliente, el funcionario alemán se dedicaba a leer prensa española.

—Udo Berger, el amigo del difunto —hizo la presentación el gerente del Costa Brava.

El funcionario se levantó, me tendió la mano y preguntó si podíamos proceder a la identificación.

224

—Hay que esperar a la policía —explicó el señor Pere.
—¿Pero no estamos en el cuartel de la policía? —dijo el funcionario.

El señor Pere hizo un signo afirmativo y se encogió de hombros. El funcionario volvió a sentarse. Al poco tiempo todos los demás —que hablábamos en corro y a murmullos— lo imitamos.

Una media hora después aparecieron los policías. Eran tres y parecían no tener idea sobre el motivo de nuestra espera. Otra vez fue el gerente del Costa Brava quien se dedicó a hilvanar una explicación, tras la cual nos hicieron seguirlos a través de pasillos y escaleras hasta llegar a una sala blanca y rectangular, subterránea, o eso me pareció, en donde encontramos el cadáver de Charly.

—¿Es él?
—Sí, es él —dije yo, el señor Pere, todos.

Con Frau Else en la azotea:

—¿Éste es tu refugio? La vista es hermosa. Puedes sentirte la rcina del pueblo.

—No me siento nada.

—En realidad es mejor ahora que en agosto. Menos crudo. Si el sitio fuera mío creo que subiría tiestos con plantas; un toque de verde. Así resultaría más acogedor.

—No quiero sentirme acogida. Me gusta tal como está. Además no es mi refugio.

—Ya lo sé, es el único lugar donde puedes estar sola.

—Ni siquiera eso.

—Bueno, yo te seguí porque necesitaba conversar contigo.

—Yo no, Udo. No ahora. Más tarde, si quieres, bajaré a tu habitación.

—¿Y haremos el amor?

—Eso nunca se sabe.

—Pero es que tú y yo no lo hemos hecho nunca. Nos besamos y nos besamos y todavía no nos decidimos a meternos en la cama. ¡Nuestro comportamiento es infantil!

—No deberías preocuparte por eso. Llegará cuando se den las condiciones.

—¿Y qué condiciones son ésas?

—Atracción, amistad, deseos de dejar algo que no se olvide. Todo espontáneamente.

—Yo me iría a la cama de inmediato. El tiempo vuela, ¿no te habías dado cuenta?

—Ahora deseo estar sola, Udo. Además tengo un poco de miedo de depender emocionalmente de una persona como tú. A veces creo que eres un irresponsable y otras veces creo todo lo contrario. Te veo como un ser trágico. En el fondo debes ser bastante desequilibrado.

—Crees que todavía soy un niño...

—Idiota, ni siquiera me acuerdo de cuando eras niño, ¿lo fuiste alguna vez?

—¿De veras no te acuerdas?

—Por supuesto. Tengo una vaga idea de tus padres y nada más. El recuerdo que guardas de los turistas es distinto que el recuerdo de la gente normal. Son como trozos de películas, no, películas no, fotos, retratos, miles de retratos y todos vacíos.

—No sé si la cursilada que has dicho me alivia o me aterroriza... Ayer por la noche, mientras jugaba con el Quemado, te vi. Estabas con el Lobo y el Cordero. ¿Para ti ellos son gente normal que te dejará un recuerdo normal y no vacío?

—Preguntaban por ti. Les dije que se fueran.

—Bien hecho. ¿Por qué tardaste tanto?

226

–Hablamos de otras cosas.

–¿De qué cosas? ¿De mí? ¿De lo que estaba haciendo?

–Hablamos de cosas que no te importan. No de ti.

–No sé si creerte, pero gracias de todas maneras. No me hubiera gustado que subieran a molestarme.

–¿Qué eres? ¿Sólo un jugador de *wargames?*

–Claro que no. Soy una persona joven que procura divertirse... de una forma sana. Y soy un alemán.

–¿Y qué es ser un alemán?

–No lo sé con exactitud. Es, por descontado, algo difícil. Algo que hemos olvidado paulatinamente.

–¿Yo también?

–Todos. Aunque tal vez tú un poco menos.

–Eso debería halagarme, supongo.

Por la tarde estuve en el Rincón de los Andaluces. Con la marcha de los turistas el bar recobra poco a poco su verdadero carácter siniestro. El suelo está sucio, pegajoso, lleno de colillas y servilletas, y sobre la barra se amontonan platos, tazas, botellas, restos de bocadillos, todo revuelto en una peculiar atmósfera de desolación y paz. Los muchachos españoles siguen pegados al video y sentado en una mesa junto a ellos el patrón lee un periódico deportivo; por supuesto todos saben que el cuerpo de Charly ha sido encontrado y aunque en los primeros minutos guardan una cierta distancia respetuosa pronto el patrón se acerca sin más preámbulos a darme las condolencias: «La vida es corta», dice mientras me sirve el café con leche y se instala a mi lado. Sorprendido, respondo con una vaguedad. «Ahora te irás a casa y todo volverá a empezar.» Asentí con la cabeza; los demás comenzaron a fingir que veían el video pero en realidad estaban atentos a las palabras que yo dijera. Apoyada detrás de la barra, con una mano en la frente, una mujer mayor no me quitaba los ojos de encima. «Tu novia debe estar esperándote. La vida sigue y hay que vivirla lo mejor posible.» Pregunté quién era la mujer. El patrón sonrió. «Es mi madre. La pobre no se entera de nada. No le gusta que acabe el verano.» Señalé su juventud. «Sí, me tuvo a los quince años. Soy el mayor de diez hermanos. La pobre está muy estropeada.» Dije que se conservaba muy bien. «Trabaja en la cocina. Todo el día está haciendo bocadillos, judías con butifarra, paellas, patatas fritas con huevos fritos, pizzas.» Tendré que venir a probar la paella, dije. El patrón parpadeó, tenía los ojos llorosos. El próximo verano, añadí. «Ya no es lo que era», dijo lúgubremente. «Tan sabrosas como antes, ni soñarlo.» ¿Como antes de qué? «Del paso de los años.» Ah, dije, es normal, tal vez usted está demasiado acostumbrado y ya no le encuentra el gusto. «Puede ser.» La mujer, en la misma postura, hizo un puchero que lo mismo podía estar dirigido a mí que ser un comentario sobre el tiempo y la vida. Detrás de su arrugada y triste sonrisa creí adivinar una especie de entusiasmo feroz. El patrón pareció meditar un instante y luego, con evidente esfuerzo, se levantó y me ofreció una copa, «invitación de la casa», a lo cual me negué pues aún no había terminado el café con leche. Al pasar junto a la barra el patrón se volvió y al tiempo que me miraba besó a su madre en la frente. Regresó con una copa de coñac en la mano y notoriamente más animado. Pregunté qué había sido del Lobo y el Cordero. Andan buscando trabajo. De qué, no lo sabía, cualquier cosa, en la construcción o donde fuera. El tema no era de su agrado. Espero que encuentren algo que les guste, dije. No lo creía. Él había empleado al Lobo un par de temporadas atrás y no recordaba un camarero peor. Sólo duró un mes. «De todas maneras es mejor buscar un trabajo, aunque nadie tenga intención de dártelo, que aburrirte como un cerdo.» Estuve de acuerdo, era preferible. Por lo menos era una actitud más positiva. «Ahora que te vas el que se va a aburrir como un perro es el Quemado.» (¿Por qué *perro* y no *cerdo?* El patrón sabía marcar las diferencias.) Somos buenos amigos, dije, aunque no creía que fuera para tanto. «No me refiero a eso», los ojos del patrón chispearon, «sino al juego.» Lo observé sin decir nada, el infeliz tenía las manos debajo de la mesa y se movía como si se estuviera masturbando. Fuera lo que fuera, la situación le divertía. «Tu juego; el Quemado está entusiasmado con él. Nunca lo había visto tan interesado por algo.» Me aclaré la voz y dije que sí. La verdad es que estaba sorprendido de que el Quemado anduviera por allí contando nuestra partida. Los muchachos del video miraban de reojo, con un disimulo decreciente, en dirección a mi mesa. Tuve la sensación de que esperaban, amenazadores, a que sucediera algo. «El Quemado es un chico inteligente aunque apocado; por las quemaduras, claro», la voz del patrón se convirtió en un murmullo apenas audible. En el otro extremo, su madre o lo que fuera volvió a obsequiarme con una sonrisa feroz. Es natural, dije. «Tu juego es una especie de ajedrez, un deporte, ¿no?» Algo semejante. «De guerra, de la Segunda Guerra Mundial, ¿no?» Sí, así es. «Y el Quemado está perdiendo o al menos eso es lo que crees, ¿no?, porque todo es confuso.» En efecto. «Bueno, la partida quedará inacabada; mejor así.» Pregunté por qué creía que era mejor que la partida no terminara. «¡Por humanidad!» El patrón dio un respingo y acto seguido sonrió tranquilizadoramente. «Yo en tu lugar no me metería con él.» Preferí optar por un silencio expectante. «Creo que no le gustan los alemanes.» A Charly le gustaba el Quemado, recordé, y aseguraba que era una simpatía mutua. O tal vez fuera Hanna la que dijo eso. De pronto me sentí deprimido y con ganas de volver al Del Mar, hacer las maletas y largarme inmediatamente. «Las quemaduras, ¿sabes?, se las hicieron a propósito, no fue ningún accidente.» ¿Alemanes? ¿Por eso no le gustaban los alemanes? El patrón, encogido sobre sí mismo, con la barbilla casi rozando la superficie de plástico rojo de la mesa, dijo «el bando alemán» y comprendí que se refería al juego, al Tercer Reich. El Quemado debe estar loco, exclamé. Como respuesta sentí físicamente las miradas de odio de todos los que estaban junto al video. Era sólo un juego, sin más, y el hombre hablaba como si existieran fichas de la Gestapo (ja ja) dispuestas a saltar sobre la cara del jugador aliado. «No me gusta verlo sufrir.» No sufre, dije, se divierte. ¡Y piensa! «Eso es lo peor, ese chico piensa demasiado.» La mujer de la barra movió la cabeza de un lado para otro y luego se metió un dedo en la oreja. Pensé en Ingeborg. ¿En aquel sitio sucio y maloliente habíamos estado bebiendo y hablando de nuestro amor? No es de extrañar que se cansara de mí. Mi pobre y lejana Ingeborg. La desgracia, lo irremediable, impregnaba cada rincón del bar. El patrón hizo una mueca con el lado izquierdo del rostro: la mejilla se erizó y subió hasta taparle el ojo. No alabé su destreza. El patrón no pareció ofenderse, en el fondo estaba de un humor excelente. «Los nazis», dijo. «Los verdaderos soldados nazis que andan sueltos por el mundo.» Ahá, dije. Encendí un cigarrillo, todo aquello poco a poco iba tomando un aire decididamente sobrenatural. ¿Así pues corría la historia de que eran nazis quienes lo habían quemado? ¿Y dónde había sucedido esto, cuándo y por qué? El patrón me miró con aire de superioridad antes de responder que el Quemado, en un tiempo remoto e impreciso, ejerció el oficio de soldado, «una especie de soldado luchando a la desesperada». Infantería, aclaré. Acto seguido, con una sonrisa en los labios, pregunté si el Quemado era judío o ruso, pero el patrón no está para estas sutilezas. Dice: «Con él nadie se atreve, se les encoge el alma sólo de pensarlo (debe referirse a los gamberros del Rincón de los Andaluces), ¿tú, por ejemplo, le has tocado alguna vez los brazos?» No, yo no. «Yo sí», dice el patrón con voz sepulcral. Y luego añade: «El verano pasado trabajó aquí, en la cocina, por propia iniciativa, para no hacerme perder clientes, ya se sabe que a los turistas no les gusta una cara así, menos cuando están bebiendo». Dije que sobre eso habría mucho que hablar; hay gustos para todos, es bien sabido. El patrón negó con la cabeza. Los ojos le brillaban con una luz maligna. Nunca más volveré a pisar este antro, pensé. «Me hubiera gustado que siguiera conmigo, lo aprecio de verdad, por eso me alegro de que el juego termine en tablas, no quisiera verlo metido en problemas.» A qué clase de problema se refería, pregunté. El patrón, como si admirara el paisaje, contempló largo rato a su madre, su barra, sus estanterías llenas de botellas polvorientas, sus afiches de clubes de fútbol. «El peor problema es cuando uno es incapaz de cumplir una promesa», dijo pensativo. ¿Qué clase de promesa? La luz que había en los ojos del patrón se apagó de golpe. Admito que por un instante temí que se echara a llorar. Estaba equivocado, el muy cazurro se reía y esperaba, como un gato viejo, gordo y perverso. ¿Es algo relacionado con mi amigo muerto?, avancé con mesura. ¿Con la mujer de mi amigo muerto? El patrón se llevó una mano a la barriga y exclamó: «Ay, no lo sé, de verdad que no lo sé, pero me estoy partiendo.» No entendí el significado de lo que pretendió decir y callé. Pronto debería reunirme con el Quemado en la puerta del hotel y la perspectiva, por primera vez, me causaba cierta inquietud. En la barra, tenuemente iluminada por unas lámparas amarillas que colgaban del techo, ya no estaba la mujer. Usted conoce al Quemado, dígame cómo es. «Imposible, imposible», murmuró el patrón. Por las ventanas semicerradas empezó a colarse la noche y la humedad. Afuera, en la terraza, ya sólo quedaban sombras atravesadas de tanto en tanto por faros de coches que salían del Paseo hacia el interior del pueblo. Con melancolía, me imaginé a mí mismo buscando la carretera bien disimulada que conducía a Francia, lejos del pueblo y de las vacaciones. «Imposible, imposible», murmuró con tristeza y encogido sobre sí mismo como si de improviso sintiera mucho frío. Al menos dígame de dónde demonios es. Uno de los muchachos del video estiró el cuello en dirección a nuestra mesa y dijo es un fantasma. El patrón lo miró con lástima. «Ahora se 'sentirá vacío, pero en paz.» ¿De dónde?, repetí. El muchacho del video me miró con una sonrisa obscena. Del pueblo.

Verano del 41. Situación del Ejército alemán en Inglaterra: satisfactoria. Cuerpos de Ejército: el 4.º de Infantería en Portsmouth, reforzado en SR con el 48.º Blindado. En la Cabeza de Playa continúa el 10.º, reforzado con el 20.º y el 29.º de Infantería. Los ingleses concentran fuerzas en Londres y retrasan sus unidades aéreas en previsión de ataques aire-aire. (¿Hubiera debido marchar directamente sobre Londres? No lo creo.) Situación del Ejército alemán en Rusia: óptima. Cerco de Leningrado; las unidades finlandesas y alemanas se unen en el hexágono C46; desde Yaros-lavl comienzo a presionar en dirección a Vologda; desde Moscú en dirección a Gorki; en los hexágonos comprendidos entre I49 y L48 el frente permanece estable; en el sur avanzo hasta Stalingrado; el Quemado se afianza ahora al otro lado del Volga y entre Astrakhan y Maikop. Unidades comprometidas en la zona norte de Rusia: cinco cuerpos de infantería, dos cuerpos blindados, cuatro cuerpos de infantería finlandeses. Unidades comprometidas en la zona central: siete cuerpos de infantería, cuatro cuerpos blindados. Unidades comprometidas en la zona sur: seis cuerpos de infantería, tres cuerpos blindados, un cuerpo de infantería italiano, cuatro cuerpos de infantería rumanos y tres cuerpos de infantería húngaros. Situación de los Ejércitos del Eje en el Mediterráneo: sin novedades; Opciones de Desgaste.

11 de septiembre

Sorpresa: al levantarme, no serían aún las doce, lo primero que vi al abrir el balcón fue al Quemado; caminaba por la playa, con las manos en la espalda, la mirada baja como si buscara algo en la arena, la piel, la oscurecida por el sol y la quemada por el fuego, brillante, casi dejando una estela sobre la playa de color oro.

Hoy es día festivo. La última reserva de jubilados y surinameses se ha marchado después de comer, con lo cual el hotel ha quedado a sólo un cuarto de su capacidad. Por otra parte la mitad de los empleados ha tomado el día libre. Los pasillos resonaban apagados y tristes cuando me dirigí a desayunar. (Los ruidos de una cañería rota o algo así repicaban en la escalera pero nadie parece darse cuenta.)

En el cielo una avioneta Cesna se afanaba en dibujar letras que el fuerte viento borraba antes que pudiera descifrar las palabras completas. ¡Una melancolía gigantesca me atenazó entonces el vientre, la columna vertebral, las últimas costillas, hasta que mi cuerpo quedó doblado bajo el parasol!

Comprendí de una forma vaga, como si soñara, que la mañana del once de septiembre transcurría por encima del hotel, a la altura de los alerones de la Cesna, y que los que estábamos debajo de aquella mañana, los jubilados que abandonaban el hotel, los camareros sentados en la terraza contemplando los giros de la avioneta, Frau Else atareada y el Quemado haciendo el gandul en la playa, estábamos de alguna manera condenados a marchar en la oscuridad.

¿También Ingeborg, protegida por el orden de una ciudad razonable y de un trabajo razonable? ¿También mis jefes y compañeros de oficina, que comprendían, sospechaban y esperaban? ¿También Conrad, que era leal y transparente y el mejor amigo que nadie pudiera desear? ¿Todos debajo?

Mientras desayunaba un sol enorme movía sus tentáculos por todo el Paseo Marítimo y por todas las terrazas sin llegar a calentar de verdad nada. Ni las sillas de plástico. Fugazmente vi a Frau Else en la recepción y aunque no hablamos creí percibir en su mirada un rastro de cariño. Al camarero que me atendía le pregunté qué demonios intentaba escribir el avión allá arriba. Está conmemorando el once de septiembre, dijo. ¿Y qué hay que conmemorar? Hoy es el día de Cataluña, dijo. El Quemado, en la playa, seguía caminando de un lado para otro. Lo saludé levantando un brazo; no me vio.

Lo que apenas es evidente en la zona de los hoteles y de los campings en la parte vieja del pueblo es ostensible. Las calles están engalanadas y de las ventanas y balcones cuelgan banderas. La mayoría de los comercios permanecen cerrados y en los bares repletos de gente se advierte la fecha señalada. Delante del cine unos adolescentes han instalado un par de mesas en donde venden libros, folletos y banderines. Al preguntar qué clase de literatura es ésa un chico delgado, no mayor de quince, responde que se trata de «libros patrióticos». ¿Qué quería decir con eso? Uno de sus compañeros, riendo, gritó algo que no entendí. ¡Son libros catalanes!, dijo el chico delgado. Compré uno y me alejé. En la plaza de la Iglesia –sólo un par de ancianas cuchicheaban en un banco– le di una ojeada y luego lo tiré en la primera papelera.

Volví al hotel dando un rodeo.

Por la tarde llamé por teléfono a Ingeborg. Antes, preparé la habitación: los papeles sobre la mesa de noche, la ropa sucia debajo de la cama, todas las ventanas abiertas para poder ver el cielo y el mar, y el balcón abierto para poder ver la playa hasta el puerto. La conversación resultó más fría de lo que esperaba. En la playa había gente bañándose y en el cielo no quedaba ni rastro de la avioneta. Dije que Charly había aparecido. Después de un silencio embarazoso Ingeborg respondió que tarde o temprano eso debía ocurrir. Telefonea a Hanna, avísale, dije. No era necesario, según Ingeborg. El consulado alemán daría la noticia a los padres de Charly y así Hanna se enteraría por ellos. Al cabo de un rato me di cuenta de que no teníamos nada que decirnos. De todas maneras no fui yo quien colgó. Dije cómo estaba el tiempo, cómo estaba el hotel y la playa, dije cómo estaban las discotecas aunque desde que ella se marchó no he vuelto a pisar ninguna. Esto no lo dije, claro. Finalmente, como si temiéramos despertar a alguien que durmiera muy cerca, colgamos. Luego llamé a Conrad y más o menos repetí lo mismo. Luego decidí no hacer más llamadas.

Revista del 31 de agosto. Ingeborg dice lo que piensa y piensa que me he marchado. Por supuesto fui lo suficien-

236

temente estúpido como para no preguntarle adóndc sc suponía que podía irme. ¿A Stuttgart? ¿Es que tenía algún motivo para pensar que pudiera haberme ido a Stuttgart? Otrosí: al despertarme nos miramos y no nos reconocimos. Yo me di cuenta y ella *también* se dio cuenta y se volvió de espaldas. ¡No quería que la mirara! Que no la reconociera yo, que me acababa de despertar, es incluso normal; lo inaceptable es que la extrañeza fuera mutua. ¿Es en ese momento cuando se rompe nuestro amor? Es posible. En cualquier caso en ese momento se rompe *algo*. Ignoro qué, aunque intuyo su importancia. Me dijo: tengo miedo, el Del Mar me da miedo, el pueblo me da miedo. ¿Es que ella percibía justo aquello, lo único, que a mí se me pasaba por alto?

Siete de la tarde. En la terraza con Frau Else.

–¿Dónde está tu marido?

–En su habitación.

–¿Y dónde está esa habitación?

–En la primera planta, sobre la cocina. Un rinconcito adonde nunca van los clientes. Prohibición total.

–¿Hoy se siente bien?

–No, no demasiado. ¿Quieres hacerle una visita? No, claro, no quieres.

–Me gustaría conocerlo.

–Bueno, ya no tienes tiempo. A mí también me hubiera gustado que os conocierais, pero no tal como él está ahora. Lo entiendes, ¿verdad? En igualdad de condiciones, los dos de pie.

–¿Por qué piensas que ya no tengo tiempo? ¿Porque me voy a Stuttgart?

–Sí, porque regresas.

—Pues te equivocas, todavía no he decidido irme, así que si tu marido mejora y lo puedes llevar al comedor, por ejemplo después de cenar, tendré el gusto de conocerlo y de charlar con él. Sobre todo charlar. En igualdad de condiciones.

—No te vas...

—¿Por qué? No pensarías que estaba en tu hotel sólo esperando el cadáver de Charly. En pésimo estado, además. Digo: el cadáver. No te hubiera gustado nada ir allá y verlo.

—¿Te quedas por mí? ¿Porque no nos hemos acostado?

—Tenía la cara destrozada. Desde las orejas hasta la mandíbula, todo comido por los peces. No le quedaban ojos y la piel, la piel de la cara y el cuello, se había vuelto gris lechosa. Por momentos pienso que aquel infeliz no era Charly. Puede que lo fuera, puede que no. Me dijeron que no ha aparecido el cuerpo de un inglés que se ahogó más o menos por la misma fecha. Quién sabe. No quise comentarle nada al del consulado para que no me tomara por loco. Pero eso es lo que pienso. ¿Cómo podéis dormir encima de la cocina?

—Es la habitación más grande del hotel. Es muy bonita. La habitación que toda chica desea. Además es el lugar donde la tradición indica que deben dormir los dueños del hotel. Antes que nosotros, los padres de mi marido. Y ya está, una tradición cortita, mis suegros levantaron el hotel. ¿Sabes que todo el mundo se va a desengañar con tu falsa partida?

—¿Quién es todo el mundo?

—Bueno, querido, tres o cuatro personas, no te alteres, por favor.

—¿Tu marido?

—No, él concretamente no.

—¿Quiénes?

—El gerente del Costa Brava, mi vigilante nocturno, que últimamente está muy susceptible, Clarita, mi camarera...

—¿Cuál camarera? ¿Una muy joven y delgaducha?

—Ésa.

—Me tiene pavor. Supongo que cree que la violaré en cualquier momento.

—No sé, no sé. Tú no conoces a las mujeres.

—¿Quién más desea que me vaya?

—Nadie más.

—¿Qué interés puede tener el señor Pere en que me vaya?

—No sé, tal vez para él sea como cerrar el caso.

—¿El caso de Charly?

—Sí.

—Qué imbécil. ¿Y tu vigilante? ¿Qué interés tiene él?

—Está harto de ti. Harto de verte por las noches como un sonámbulo. Creo que lo pones nervioso.

—¿Como un sonámbulo?

—Ésas fueron sus palabras.

—¡Pero si sólo he hablado con él un par de veces!

—Eso no cuenta. Habla con toda clase de personas, en especial borrachos. Le gusta dar conversación. En cambio a ti te observa por las noches, cuando llegas y cuando sales... con el Quemado. Y sabe que la última luz encendida que se ve desde la calle es la de tu ventana.

—Pensé que le caía bien.

—Ningún cliente le cae bien a nuestro vigilante. Menos aún si lo ha visto besándose con su jefa.

—Un individuo muy peculiar. ¿Dónde está ahora?

—Te prohíbo que hables con él, no quiero que esto se enrede más, ¿está claro? Ahora debe estar durmiendo.

—Cuando te digo todas las cosas que te digo, ¿tú me crees?

—Mmm, sí.

—Cuando te digo que he visto a tu marido, de noche, en la playa, con el Quemado, ¿me crees?

—Me parece tan injusto que lo metamos a él, tan desleal por mi parte.

—¡Pero si se ha metido él solo!

—...

—Cuando te digo que el cadáver que me enseñó la policía es posible que no sea el de Charly, ¿me crees?

—Sí.

—No digo que ellos lo sepan, digo que estamos todos equivocados.

—Sí. No sería la primera vez.

—¿Me crees, entonces?

—Sí.

—Y si te digo que siento algo intangible, extraño, dando vueltas a mi alrededor, amenazante, ¿me crees? Una fuerza superior que me observa. Descarto, por supuesto, a tu vigilante, aunque él *también* se ha dado cuenta, inconscientemente, por eso me rechaza. Trabajar de noche alerta algunos sentidos.

—En ese punto no puedo creerte, no me pidas que te acompañe en los desvaríos.

—Es una pena porque tú eres la única que me ayuda, la única en la que puedo confiar.

—Deberías marcharte a Alemania.

—Con el rabo entre las piernas.

—No, con el ánimo sereno, dispuesto a reflexionar lo que has sentido.

—Pasar desapercibido, como el Quemado desea para sí.

—Pobre muchacho. Vive en una cárcel permanente.

240

–Olvidar que en un determinado momento todo, musicalmente, me ha sonado infernal.

–¿Qué es lo que tanto temes?

–Yo no le temo a nada. Tendrás tiempo de verlo con tus propios ojos.

Subimos lentamente hasta lo más alto del promontorio. En el mirador, unas cien personas, grandes y niños, contemplaban el pueblo iluminado conteniendo la respiración y señalando un punto en el horizonte, entre el cielo y el mar, como si esperaran que se produjera un milagro y apareciera allí el sol a destiempo. Es la fiesta de Cataluña, susurraron en mi oído. Ya lo sé, dije. ¿Qué debe ocurrir ahora? Frau Else sonrió y su dedo índice, casi transparente de tan largo, señaló hacia donde todos miraban. De pronto, desde una, dos o más barcas de pescadores que nadie veía o que al menos yo no veía, precedidas por un ruido similar al de la tiza rasgando una pizarra, variadas guirnaldas de fuegos artificiales que conformaron, según afirmó Frau Else, la bandera de Cataluña. Al poco rato ya sólo quedaban los tentáculos de humo y la gente volvió a los coches y comenzó a bajar al pueblo, en donde la noche tardía del fin del verano esperaba a todos.

Otoño del 41. Combates en Inglaterra. Ni el Ejército alemán toma Londres ni el Ejército británico logra empujarme al mar. Bajas cuantiosas. Crece la capacidad de recuperación británica. En la URSS, Opción de Desgaste. El Quemado espera el año 42. Mientras tanto, aguanta.

Mis Generales:

– En Gran Bretaña: Reichenau, Salmuth y Hoth.

– En la URSS: Guderian, Kleist, Busch, Kluge, Von Weichs, Küchler, Manstein, Model, Rommel, Heinrici y Geyr.

– En África: Reinhardt y Hoeppner.

Mis BRP: bajos, por lo que es imposible escoger Opciones Ofensivas en el Este, Oeste o Mediterráneo. Suficientes para reconstruir unidades. (¿El Quemado no se ha dado cuenta? ¿Qué espera?)

12 de septiembre

El día está encapotado. Llueve desde las cuatro de la mañana y el parte habla de empeoramiento. Sin embargo no hace frío y desde el balcón es posible contemplar a niños con los trajes de baño puestos, si bien no por mucho tiempo, saltando en la playa con las olas. La atmósfera del comedor, tomado por clientes que juegan a las cartas y contemplan melancólicos los ventanales empañados, está cargada de electricidad y suspicacia. Al sentarme y pedir un desayuno soy observado por rostros desaprobatorios que apenas pueden entender que existan personas que se levantan pasadas las doce del día. Un autocar, en las puertas del hotel, espera desde hace horas (el chofer ya no está) a un grupo de turistas para llevarlos a Barcelona. El autobús es gris perla, igual que el horizonte en donde aparecen tenuemente recortados (pero esto debe ser una ilusión óptica) remolinos lechosos, como explosiones o como hendiduras de luz bajo el techo de la tormenta. Después de desayunar salgo a la terraza: las gotas frías golpean mi cara de inmediato y retrocedo. Un tiempo de perros, dice un viejo alemán sentado en la sala de la televisión fumando un puro y con pantalones cortos. El autocar lo espera a él, entre otros, pero no parece tener prisa. Desde mi balcón pude comprobar que los únicos patines que quedaban en la playa, desamparados, más chabola que nunca, eran los del Quemado; para los demás la temporada de verano estaba muerta. Cerré el balcón y volví a salir; en la recepción me dijeron que Frau Else había dejado el hotel a primera hora y que no regresaría hasta la noche. Pregunté si había salido sola. No. Con su marido. Salvé la distancia que hay entre el Costa Brava y el Del Mar en coche. Al bajar estaba transpirando. En el Costa Brava encontré al señor Pere leyendo el periódico. «¡Amigo Udo, felices los ojos que lo ven!» Pensé que de verdad se sentía feliz y eso hizo que me confiara. Durante un rato intercambiamos banalidades sobre el tiempo. Después el señor Pere dijo que ponía su médico a mi disposición. Alarmado, me negué. «¡Tómese unas pastillitas, por lo menos!» Pedí un coñac que bebí de un solo trago. Luego otro. Cuando quise pagar el señor Pere dijo que invitaba el hotel. «¡Ahora está usted pagando la ansiedad de la espera y con eso ya tiene bastante!» Se lo agradecí y poco después me levanté. El señor Pere me siguió hasta la puerta. Antes de despedirnos le dije que estaba escribiendo un diario. ¿Un diario? Un diario de mis vacaciones, de mi vida, como solía decirse. Ah, entiendo, dijo el señor Pere. En mis tiempos eso era costumbre de muchachitas... y de poetas. Advertí la burla: suave, cansada, profundamente maligna. Frente a nosotros el mar parecía dispuesto a saltar sobre el Paseo Marítimo en cualquier momento. No soy un poeta, sonreí. Me intereso por las cosas cotidianas, incluso por las desagradables, por ejemplo me gustaría consignar en mi diario algo relativo a la violación. El señor Pere se puso blanco. ¿Qué violación? La que ocurrió poco antes de que se ahogara mi amigo. (En ese momento, tal vez por referirme a Charly como amigo, tuve un acceso de náusea que consiguió erizarme el espinazo.) Se equivoca usted, balbuceó el señor Pere. Aquí no ha habido violación alguna, aunque, claro está, en el pasado no nos hemos podido sustraer a tan bochornoso suceso, protagonizado generalmente por elementos ajenos a nuestra colectividad, ya sabe usted, hoy por hoy el principal problema es el descenso de la calidad en el turismo que nos visita, etcétera. Entonces debo estar equivocado, admití. Sin duda, sin duda. Nos estrechamos la mano y corriendo para evitar el chaparrón llegué hasta el coche.

Invierno del 41. Deseaba hablar con Frau Else, o verla un rato, pero el Quemado se presenta antes que ella. Por un momento, desde el balcón, barajo la posibilidad de no recibirlo. Lo único que tengo que hacer es no aparecer por la puerta principal del hotel, a partir de allí, si no voy a buscarlo, el Quemado no seguirá adelante. Pero él debe haberme visto desde la playa, cuando yo estaba en el balcón, y ahora me pregunto si no me puse en aquel sitio precisamente para que el Quemado me viera o para demostrarme a mí mismo que no temía ser visto. Un blanco fácil: me exhibo detrás de los cristales mojados para que me vean el Quemado, el Lobo y el Cordero.

Sigue lloviendo; durante toda la tarde, progresivamente, el hotel se ha ido vaciando de turistas que venían a recoger autocares holandeses. ¿Qué debe estar haciendo Frau Else? ¿Ahora que su hotel se vacía ella espera en la consulta de un médico? ¿Camina, del brazo de su esposo, por las calles céntricas de Barcelona? ¿Se dirigen a un cine pequeño y casi oculto por los árboles? Contra lo esperado el Quemado lanza una ofensiva en Inglaterra. Fracasa. Mi carencia de BRP hace que mi respuesta sea limitada. En el resto de los frentes no hay cambios aunque la línea soviética se consolida. La verdad es que me desentiendo del juego (no así el Quemado, que se pasa la noche dando vueltas alrededor de la mesa ¡y haciendo cálculos en una libreta que hoy estrena!), la lluvia, el recuerdo de hierro de Frau Else, una nostalgia vaga y lánguida, me han inducido a permanecer recostado sobre la cama, fumando y hojeando las fotocopias que traje conmigo desde Stuttgart y que sospecho se quedarán aquí, en algún cubo de basura. ¿Cuántos de estos articulistas piensan de verdad lo que escriben? ¿Cuántos lo sienten? Yo *podría* trabajar en *The General;* hasta dormido –sonámbulo, como dice el vigilante de Frau Else– puedo refutarlos. ¿Cuántos han mirado el abismo? ¡Sólo Rex Douglas sabe algo de este asunto! (Beyma, tal vez, es históricamente riguroso, y Michael Anchors, original y pletórico de entusiasmo, una especie de Conrad americano.) El resto: aburridísimos e inconsistentes. Cuando le comento al Quemado que los papeles que leo son planes para ganarle, todos los movimientos y contramovimientos previstos, todos los gastos previstos, todas las estrategias indefectiblemente acotadas, una sonrisa atroz le cruza la cara (he de suponer que a pesar suyo) y allí acaba su respuesta. Como colofón unos pasitos, la espalda que se curva, pinzas en la mano y movimiento de tropas. No le vigilo. Sé que no hará trampas. Sus BRP también descienden hasta alcanzar niveles mínimos, lo justo para que sus Ejércitos sigan respirando. ¿La lluvia ha liquidado su negocio? Sorprendentemente el Quemado dice que no. Que ya saldrá el sol otra vez. ¿Y mientras, qué? ¿Seguirás viviendo en los patines? De espaldas, moviendo fichas, mecánicamente responde que eso no es un problema para él. ¿No es un problema dormir sobre la arena mojada? El Quemado silba una canción.

Primavera del 42

El Quemado llega hoy más temprano que de costumbre. Y sube solo, sin esperar que vaya a buscarlo. Aparece, al abrir la puerta, como una figura borrada con goma. (Aparece como un novio que en lugar de flores llevara, apretadas contra el pecho, fotocopias.) Pronto comprendo el porqué de este cambio. La iniciativa ahora es suya. La ofensiva montada por el Ejército soviético se desarrolla en la zona comprendida entre el lago Onega y Yaroslavl; sus blindados rompen mi frente en el hexágono E48 y explotan el éxito hacia el norte, en dirección a Carelia, dejando embolsados cuatro cuerpos de infantería y un cuerpo blindado alemán en las puertas de Vologda. Con esta acción el flanco izquierdo de los Ejércitos que presionan en dirección a Kuibyshev y Kazán queda totalmente expuesto. La única solución inmediata es llevar hacia allá, en la fase de SR, unidades del Grupo de Ejércitos Sur desplegadas en las líneas del Volga y del Cáucaso, debilitando en contrapartida la presión hacia Batum y Astrakhan. El Quemado lo sabe y se aprovecha. Aunque su rostro permanece igual que

247

siempre, sumergido en Dios sabe qué infiernos, puedo percibir —¡en las estrías de sus mejillas!— la delectación con que realiza sus cada vez más elásticos movimientos. La ofensiva, calculada en detalle, ha sido *dispuesta* con un turno de antelación. (Por ejemplo, en la zona de la ofensiva sólo podía utilizar como aeródromo la ciudad de Vologda; Kirov, la más próxima, quedaba demasiado lejos; para remediarlo, y puesto que era necesario una gran concentración de apoyo aéreo, en el turno de invierno del 41 llevó una ficha de Base Aérea al hexágono C51...) No improvisa; en absoluto. En el Oeste el único cambio sustancial es la entrada en guerra de los Estados Unidos; una entrada blanda debido a las limitaciones de ID, por lo que el Ejército británico permanece a la expectativa hasta alcanzar las condiciones propias de una guerra de material (los gastos de BRP de los aliados occidentales se canalizan en su mayor parte en apoyo a la URSS). La situación final del Ejército americano transportado a Gran Bretaña es la siguiente: el 5.º y 10.º cuerpos de infantería en Rosyth, cinco factores aéreos en Liverpool y nueve navales en Belfast. La Opción que escoge para el Oeste es de Desgaste y no tiene suerte con los dados. Mi Opción también es de Desgaste y consigo ocupar un hexágono en el suroeste de Inglaterra, vital para mis proyectos en el próximo turno. En el verano del 42 tomaré Londres, rendiré a los británicos y los americanos tendrán su Dunkerque. Mientras tanto me divierto con las fotocopias del Quemado. Fotocopias que sólo al cabo de un rato reconoce que son para mí. Un regalo. La lectura es sorprendente. Pero no tengo ganas de ponerme en plan susceptible así que opto por verle el lado cómico y preguntarle de dónde las ha sacado. Las respuestas del Quemado —y mis preguntas paulatinamente se van acoplando a ese ritmo— son lentas, erizadas, como si recién comenzaran a

248

erguirse y andar. Son para ti, dice. Las ha sacado de un libro. ¿Un libro suyo, un libro que guarda bajo los patines? No. Un libro prestado por la Biblioteca de la Caja de Pensiones de Cataluña. Me enseña su carnet de socio. Es lo que faltaba. Ha rebuscado en la biblioteca de un *banco* y ha sacado esta mierda para restregármela en la cara, ni más ni menos. El Quemado ahora me mira de reojo aguardando a que el miedo aflore en la habitación; su sombra se proyecta contra la pared de la puerta, indefinible y recorrida por temblores. No le voy a dar ese gusto. Con indiferencia pero también con cuidado pongo las fotocopias sobre la mesa de noche. Más tarde, al acompañarlo a la puerta del hotel, le pido que nos detengamos un momento en la recepción. El vigilante está leyendo una revista. Nuestra irrupción en sus dominios lo irrita pero por encima prevalece el temor. Exijo chinchetas. ¿Chinchetas? Su mirada, recelosa, salta del Quemado a mí como si esperara una broma pesada y no quisiera que ésta lo hallara desprevenido. Sí, imbécil, busca en los cajones y dame unas cuantas, grito. (He descubierto que el vigilante es un individuo cobarde y apocado a quien hay que tratar con dureza.) En los cajones del escritorio, mientras los revuelve, alcanzo a ver un par de revistas pornográficas. Finalmente, entre victorioso e indeciso, levanta un potecito de plástico transparente lleno de chinchetas. ¿Las quiere todas?, susurra como si pusiera fin a una pesadilla. Con un encogimiento de hombros le pregunto al Quemado cuántas fotocopias son. Cuatro, dice, incómodo y mirando el suelo. No le agradan mis lecciones de fuerza. Cuatro chinchetas, repito, y extiendo la palma de la mano en donde el vigilante, cuidadoso, deposita dos con cabezas verdes y dos con cabezas rojas. Luego, sin mirar atrás, acompaño al Quemado hasta la puerta y nos despedimos. El Paseo Marítimo está desierto y mal iluminado (han roto la luz de una farola) pero yo permanezco detrás de los cristales hasta cerciorarme de que el Quemado salta hacia la playa y se pierde en dirección a los patines; sólo entonces vuelvo a mi habitación. Allí escojo con calma una pared (la de la cabecera de mi cama) y clavo las fotocopias. Lo siguiente es lavarme las manos y revisar cuidadosamente el juego. Aunque el Quemado aprende con rapidez el próximo turno será mío.

14 de septiembre

Me levanté a las dos de la tarde. Tenía el cuerpo malo y una voz interior me decía que debía procurar estar el menor tiempo posible en el hotel. Salí sin siquiera ducharme. Después de tomar un café con leche en un bar cercano y leer algo de prensa alemana volví al Del Mar y pregunté por Frau Else. No ha regresado de Barcelona. Su marido, obviamente, tampoco. La atmósfera en la recepción es de hostilidad. Lo mismo en el bar. Miradas torvas de camareros y cosas así, nada serio. El sol brillaba aunque en el horizonte aún colgaban unas nubes negras cargadas de lluvia, de modo que me puse el traje de baño y fui a hacerle compañía al Quemado. Los patines estaban desensamblados pero el Quemado no se veía por ninguna parte. Decidí esperarlo y me tumbé en la arena. No había llevado ningún libro así que lo único que podía hacer era mirar el cielo, de un azul profundo, y recordar cosas bonitas para que el tiempo pasara deprisa. En algún momento, naturalmente, me quedé dormido; la playa se prestaba a ello, tibia y con pocos bañistas, ajeno ya el alboroto de agosto. Soñé entonces con Florian Linden. Ingeborg y yo estábamos en el hotel, en una habitación parecida a la nuestra, y alguien llamaba a la puerta. Ingeborg no quería que abriera. No lo hagas, decía, si me amas no lo hagas. Al hablar los labios le temblaban. Puede ser algo urgente, decía yo con decisión, pero cuando intentaba ir hacia la puerta Ingeborg se aferraba a mí con ambas manos impidiéndome toda clase de movimientos. Suéltame, gritaba yo, suéltame, mientras los golpes se hacían cada vez más fuertes, tanto que pensaba que acaso Ingeborg tuviera razón y fuera más conveniente quedarse quieto. En el forcejeo Ingeborg caía al suelo. Yo la miraba desde arriba, estaba como desvanecida y con las piernas muy abiertas. Cualquiera te podría violar ahora, le decía, y entonces ella abría un ojo, sólo uno, el izquierdo, creo, enorme y superazul, y no me lo quitaba de encima, a donde yo me moviera me seguía; tenía una expresión, no sé, no de ojo vigilante o acusador, sino más bien de ojo atento, atento a una novedad, y aterrorizado. Entonces yo no podía más y pegaba la oreja a la puerta. ¡No estaban tocando, estaban *rascando* la puerta desde el otro lado! ¿Quién es?, preguntaba. Soy Florian Linden, detective privado, respondía un hilillo de voz. ¿Quiere entrar?, preguntaba. ¡No, no abra la puerta por nada del mundo!, insistía, con más energía, aunque no mucha, se notaba que estaba herido, la voz de Florian Linden. Durante un rato ambos permanecíamos en silencio, intentando escuchar, pero la verdad es que no se oía nada. El hotel parecía sumergido en el fondo del mar. Incluso la temperatura era distinta, ahora hacía frío y como vestíamos ropa de verano lo sentíamos más. Muy pronto se hizo insoportable y tuve que levantarme y sacar mantas del armario con las cuales envolver a Ingeborg y a mí. De todas maneras aquello no sirvió de nada. Ingeborg se puso a sollozar: decía que ya no sentía las piernas y que íbamos a morir congelados. Sólo si te duermes morirás, le aseguraba, evitando mirarla. Al otro lado de la puerta por fin se oía algo. Pasos: alguien se acercaba, como de puntillas, y luego se iba. La misma operación unas tres veces. ¿Está usted ahí, Florian? Sí, aquí estoy, pero ahora debo marcharme, contestaba Florian Linden. ¿Qué ha ocurrido? Asuntos turbios, no tengo tiempo de explicárselo, por el momento están a salvo aunque si son inteligentes y prácticos mañana por la mañana regresarán a casa. ¿A casa? La voz del detective llegaba llena de chirridos y crujidos. ¡Lo están desintegrando!, pensaba. Después intentaba abrir la puerta y no podía levantarme. Tenía las piernas y las manos insensibles. Estaba helado. En medio del terror adivinaba que no podríamos irnos y que moriríamos en el hotel. Ingeborg ya no se movía; echada a mis pies, la manta sólo dejaba descubierta su larga cabellera rubia sobre el suelo de losas negras. Hubiera deseado abrazarla y llorar de tan desamparado que me sentía pero justo en ese momento, sin que yo mediara en ello, la puerta se abrió. En el lugar donde debía estar Florian Linden no había nadie, sólo una sombra, enorme, en el fondo del pasillo. Entonces abrí los ojos, temblando, y vi la nube, gigantesca, oscura, cubriendo el pueblo y moviéndose como un pesado portaaviones rumbo a las colinas. Tenía frío; la gente se había marchado de la playa y el Quemado no iba a venir. No sé cuánto rato permanecí quieto, extendido, mirando el cielo. No tenía ninguna prisa. Hubiera podido estar allí horas y horas. Cuando finalmente decidí levantarme no me dirigí al hotel sino al mar. El agua estaba tibia y sucia. Nadé un poco. La nube oscura seguía moviéndose por encima de mí. Entonces dejé de dar brazadas y me sumergí hasta tocar el fondo. Ignoro si lo conseguí; creo que mientras buceaba llevaba los ojos muy abiertos, pero no vi nada. El mar me estaba arrastrando hacia dentro. Al salir observé que me había alejado de la orilla menos de lo que pensaba. Volví junto a los patines, recogí la toalla y procedí a secarme con cuidado. Era la primera vez que el Quemado no venía a trabajar. De pronto unos escalofríos me recorrieron el cuerpo. Realicé algunos ejercicios: flexiones, abdominales, corrí un poco. Cuando estuve seco me amarré la toalla a la cintura y encaminé mis pasos al Rincón de los Andaluces. Allí pedí una copa de coñac y le avisé al patrón que pasaría a pagarle más tarde. Luego pregunté por el Quemado. Nadie lo había visto.

La tarde se hizo larga. Ni Frau Else apareció por el hotel ni el Quemado se dejó ver por la playa aunque a eso de las seis salió el sol y por la punta de los campings alcancé a divisar un patín, parasoles abiertos y gente jugando con las olas. En mi sector de playa la animación era menor. Los clientes del hotel se habían apuntado en grupo a una excursión, creo recordar que a unas bodegas de vino o a un famoso monasterio, y en la terraza sólo quedaban unos pocos viejos y los camareros. Cuando empezó a oscurecer tenía ya las ideas bastante claras y poco después pedí a la recepción que me comunicaran con Alemania. Antes había revisado el estado de mis finanzas y en total sólo tenía para pagar la cuenta, dormir en el Del Mar una noche más, y ponerle un poco de gasolina al coche. Al quinto o sexto intento logré establecer contacto con Conrad. Su voz llegaba como si estuviera adormilado. Y se oían otras voces. Fui directo al grano. Le dije que necesitaba dinero. Le dije que pensaba quedarme unos días más.

—¿Cuántos días?

—No lo sé, depende.

—¿Cuál es el motivo?

—Eso es asunto mío. Te devolveré el dinero apenas regrese.

—Es que por tu actitud uno diría que no piensas regresar jamás.

—Qué idea más absurda. ¿Qué podría hacer aquí toda mi vida?

—Nada, eso yo lo sé, ¿pero lo sabes tú?

—Bueno, nada no; podría trabajar de guía turístico; montar mi propio negocio. Esto está lleno de turistas y una persona que domine más de tres idiomas nunca está de más.

—Tu lugar está aquí. Tu carrera está aquí.

—¿A qué carrera te refieres? ¿A la oficina?

—A la escritura, Udo, a los artículos para Rex Douglas, a las novelas, sí, permíteme que te lo diga, las novelas que podrías escribir si no fueras tan alocado. A los planes que hemos hecho juntos... Las catedrales..., ¿te acuerdas?

—Gracias, Conrad; sí, creo que podría...

—Vuelve entonces lo antes posible. Mañana mismo te envío el dinero. El cadáver de tu amigo ya debe estar en Alemania. Fin de la historia. ¿Qué más quieres hacer allí?

—¿Quién te dijo que encontraron a Charly?... ¿Ingeborg?

—Por supuesto. Ella está preocupada por ti. Nos vemos casi todos los días. Y hablamos. Le cuento cosas de ti. De antes de que os conocierais. Anteayer la llevé a tu piso, quería verlo.

—¿A mi casa? ¡Mierda! ¿Y entró?

—Evidentemente. Tenía su llave pero no quería ir sola. Entre los dos hicimos el aseo. El piso lo necesitaba. También se llevó algunas cosas suyas, un suéter, unos discos... No creo que le guste saber que has pedido dinero para quedarte más tiempo. Es una buena chica pero su paciencia tiene un límite.

—¿Qué más hizo en casa?

—Nada. Ya te lo dije: barrer, tirar cosas podridas de la nevera...

—¿No miró mis papeles?

—Claro que no.

—¿Y tú, qué hiciste?

—Por Dios, Udo, lo mismo que ella.

—Bien... Gracias... ¿Así que os veis a menudo?

—Todos los días. Yo creo que es porque ella no tiene a nadie con quien hablar de ti. Quería llamar a tus padres pero conseguí disuadirla. Pienso que no es una buena idea preocuparlos a ellos.

—Mis padres no se preocuparían. Conocen el pueblo... y el hotel.

—No lo sé. Apenas conozco a tus padres, no sé cómo reaccionarían.

—También apenas conoces a Ingeborg.

—Es cierto. Tú eres el vínculo. Aunque parece que entre nosotros ha nacido una especie de amistad. Estos últimos días la he conocido mejor y me resulta muy simpática; es inteligente y práctica, además de hermosa.

—Ya lo sé. Siempre pasa. Te ha...

—¿Seducido?

—No, seducir no; ella es como el hielo. Te tranquiliza. A ti y a cualquiera. Es como estar solo, dedicado exclusivamente a tus cosas, tranquilo.

—No hables así. Ingeborg te quiere. Mañana sin falta te enviaré el dinero. ¿Volverás?

—Aún no.

—No entiendo qué es lo que te impide irte. ¿Me lo has contado todo tal cual es? Soy tu mejor amigo...

256

–Quiero quedarme unos días más, eso es todo. No hay misterio. Quiero pensar, y escribir, y disfrutar del lugar ahora que hay poca gente.

–¿Y nada más? ¿Nada relacionado con Ingeborg?

–Qué tontería, claro que no.

–Me alegra oírlo. ¿Cómo va tu partida?

–Verano del 42. Voy ganando.

–Lo suponía. ¿Recuerdas aquella partida con Mathias Müller? ¿La que jugamos hace un año en el Club de Ajedrez?

–¿Qué partida?

–Un Tercer Reich. Franz, tú y yo contra el grupo de *Marchas Forzadas*.

–Sí, ¿y qué sucedió?

–¿No lo recuerdas? Ganamos y Mathias, de tan enojado que estaba, no sabe perder, eso es un hecho, le dio con la silla al pequeño Bernd Rahn y la rompió.

–¿La silla?

–Naturalmente. Los socios del Club de Ajedrez lo sacaron a patadas y nunca más ha vuelto por ahí. ¿Recuerdas cómo nos reímos aquella noche?

–Sí, ya, mi memoria sigue siendo buena. Lo que pasa es que hay cosas que ya no me parecen tan graciosas. Pero lo recuerdo todo.

–Lo sé, lo sé...

–Hazme una pregunta, la que quieras, y verás...

–Te creo, te creo...

–Házmela. Dime si me acuerdo de las Divisiones Paracaidista en Anzio.

–Seguro que sí...

–Dímelo...

–Bien, cuáles eran...

–La 1.ª División, compuesta por el 1.º, 3.º y 4.º regimientos, la 2.ª División, compuesta por el 2.º, 5.º y 6.º regimientos, y la 4.ª División, compuesta por el 10.º, 11.º y 12.º regimientos.

—Muy bien...

—Ahora pregúntame por las Divisiones Panzer SS en Fortress Europa.

—De acuerdo, dímelas.

—La 1.ª Leibstandarte Adolf Hitler, la 2.ª Das Reich, la 9.ª Hohenstaufen, la 10.ª Frundsberg y la 12.ª Hitler Jugand.

—Perfecto. Tu memoria funciona perfectamente.

—¿Y la tuya? ¿Tú recuerdas quién mandaba la 352.ª, la División de Infantería de Heimito Gerhardt?

—Bueno, basta ya.

—Dilo, ¿lo recuerdas o no?

—No...

—Es muy simple, lo puedes consultar esta noche en Omaha Beachhead o en cualquier libro de historia militar. El general Dietrich Kraiss era el comandante de la División y el coronel Meyer era el jefe del regimiento de Heimito, el 915.º

—De acuerdo, lo miraré. ¿Eso es todo?

—Pensaba en Heimito, él sí que sabe estas cosas. Puede recitar de memoria la formación completa de The Longest Day a nivel de batallón.

—Claro, como que allí lo hicieron prisionero.

—No te burles, Heimito es un caso aparte. ¿Cómo estará ahora?

—Bien, ¿por qué iba a estar mal?

—Pues porque es viejo y todo da vueltas, porque se empieza a quedar solo, Conrad, parece mentira que no te des cuenta.

—Es un viejo duro y feliz. Y no está solo. En julio se fue

a España, con su mujer, de vacaciones. Me envió una postal desde Sevilla.

—Sí, a mí también. La verdad es que no le entendí la letra. Yo debería haber pedido vacaciones en julio.

—¿Para viajar con Heimito?

—Tal vez.

—Aún podemos hacerlo en diciembre. Para el Congreso de París. Hace poco recibí el programa, será algo sonado.

—No es lo mismo. No me refería a eso...

—Vamos a tener oportunidad de leer nuestra ponencia. Podrás conocer *personalmente* a Rex Douglas. Jugaremos un World in Flames con nativos. Deberías animarte un poco, va a ser fantástico...

—¿Qué es eso de un World in Flames con nativos?

—Pues que un equipo de alemanes jugará con Alemania, uno de británicos con la Gran Bretaña, uno de franceses con Francia, cada grupo bajo su propio batallón.

—No tenía la menor idea. ¿Quiénes llevarán a la Unión Soviética?

—Supongo que ahí habrá un problema. Creo que los franceses, pero nunca se sabe, puede haber sorpresas.

—¿Y Japón? ¿Vendrán japoneses?

—No lo sé, puede ser. Si viene Rex Douglas por qué no van a venir los japoneses... Aunque tal vez tengamos que llevarlo nosotros o la delegación belga. La organización francesa seguro que ya lo tiene decidido.

—Como japoneses los belgas harán el ridículo.

—Prefiero no adelantar acontecimientos.

—Todo eso huele a farsa, no lo veo serio. ¿Así que el juego estrella del Congreso va a ser World in Flames? ¿A quién se le ocurrió?

—No precisamente el juego estrella; está en el programa y a la gente le ha gustado.

—Pensaba que se le daría un espacio preferente al Tercer Reich.

—Y se le dará, Udo, en las ponencias.

—Naturalmente, mientras yo esté perorando acerca de las múltiples estrategias todo el mundo estará viendo la partida de World in Flames.

—Te equivocas. Nuestra ponencia es el 21 por la tarde y la partida comienza el 20 y termina el 23, siempre después de las ponencias. Y el juego se escogió porque podían participar varios equipos, no por otra cosa.

—Se me han quitado las ganas de ir... Claro, los franceses quieren llevar a la Unión Soviética porque saben que la primera tarde los ponemos fuera de combate... ¿Por qué no llevan ellos al Japón?... Por fidelidad a los antiguos bloques, es natural... Seguramente acapararán a Rex Douglas en cuanto aterrice...

—No deberías hacer ese tipo de conjeturas, son estériles.

—Y los de Colonia, por supuesto, no faltarán a la cita...

—Sí.

—Bien. Punto final. Saluda a Ingeborg.

—Vuelve pronto.

—Sí, volveré pronto.

—No te deprimas.

—No me deprimo. Aquí estoy bien. Feliz.

—Llámame. Recuerda que Conrad es tu mejor amigo.

—Lo sé. Conrad es mi mejor amigo. Adiós...

Verano del 42. El Quemado aparece a las once de la noche. Escucho sus gritos mientras estoy tirado en la cama leyendo la novela de Florian Linden. Udo, Udo Berger, resuena su voz en el Paseo Marítimo vacío. Mi primer impulso fue quedarme quieto y dejar que pasara el tiempo. La llamada del Quemado es ronca y desgarrada como si el fuego también hubiera dañado el interior de su cuello. Al abrir el balcón lo veo en la vereda opuesta sentado sobre el contrafuerte del Paseo Marítimo esperándome como si tuviera todo el tiempo del mundo, con una gran bolsa de plástico a sus pies. Nuestro saludo, la manera de reconocernos, tiene un aire familiar de terror enmarcado esencialmente en la forma de pronto silenciosa y absoluta con que levantamos las manos. Entre ambos se establece un conocimiento mudo y recio que nos galvaniza. Pero esta impresión es breve y dura hasta que el Quemado, ya en la habitación, descubre el interior de la bolsa y en ella hay abundancia de cervezas y bocadillos. ¡Cornucopia miserable pero sincera! (Antes, al pasar por recepción, volví a preguntar por Frau Else. Todavía no ha regresado, dice el vigilante sin mirarme a los ojos. Junto a él, sentado en un sillón blanco y enorme, un viejo con un periódico alemán sobre las rodillas me observa con una sonrisa apenas disimulada en los labios descarnados. Por su aspecto no se le calcularía más de un año de vida. No obstante bajo aquella extrema delgadez, que sobre todo resalta los pómulos y las sienes, el viejo me mira con inusitada fuerza, como si me conociera. ¿Cómo va la guerra?, dice el vigilante, y entonces la sonrisa del viejo se acentúa. Si alargando la mano por encima del mostrador pudiera coger de la camisa al vigilante y zarandearlo, pero éste intuyendo algo se aleja un poco más. Soy un admirador de Rommel, explica. El viejo cabecea, asintiendo. No, tú eres un pobre diablo, refuto. El viejo hace una o minúscula con los labios y vuelve a asentir. Tal vez, dice el vigilante. Las miradas de odio que nos dedicamos son manifiestas y constituyen todo un reto. Además eres un piojoso, añado, deseando romper su paciencia o por lo menos lograr que se aproxime algunos centímetros al mostrador. Bueno, ya está todo resuelto, murmura en alemán el viejo, y se levanta. Es muy alto y sus brazos, como los de un cavernícola, cuelgan hasta casi tocar las rodillas. En realidad es una falsa impresión producida por el hecho de que el viejo tiene la espalda encorvada. De todas maneras su altura es notable: erguido debe o debió medir más de dos metros. Pero es en la voz, una voz de agónico testarudo, en donde reside su autoridad. Casi de inmediato, como si sólo hubiera pretendido que lo viera en toda su grandeza, vuelve a dejarse caer en el sillón y pregunta: ¿todavía algún problema? No, claro que no, se apresura el vigilante. No, ninguno, digo yo. Perfecto, dice el viejo impregnando la palabra de malicia y virulencia; per-fec-to, y cierra los ojos.)

El Quemado y yo comemos sentados en la cama, mirando la pared en donde he clavado las fotocopias. Sin necesidad de decirlo comprende cuánto de desafío hay en mi actitud. Cuánto de aceptación. En cualquier caso comemos envueltos en un silencio interrumpido únicamente por observaciones banales que en realidad son silencios que añadimos al gran silencio que desde hace una hora o algo así rodea el hotel y el pueblo.

Finalmente nos lavamos las manos para no manchar de aceite las fichas y comenzamos a jugar.

Luego tomaré Londres y lo perderé de inmediato. Contraatacaré en el Este y tendré que retroceder.

262

Anzio. Fortress Europa. Omaha Beachhead. Verano del 42

Recorrí la playa, cuando todo era Oscuro, recitando los nombres olvidados, arrinconados en archivos, hasta que el sol volvió a salir. ¿Pero son nombres olvidados o sólo nombres que aguardan? Recordé al jugador que Alguien ve desde arriba, sólo cabeza, hombros y dorsos de las manos, y el tablero y las fichas como un escenario donde se desarrollan miles de principios y finales, eternamente, un teatro caleidoscópico, único puente entre el jugador y su memoria, su memoria que es deseo y es mirada. ¿Cuántas fueron las Divisiones de Infantería, las mermadas, inexpertas, que sostuvieron el Frente Occidental? ¿Cuáles las que pese a la traición frenaron el avance en Italia? ¿Qué Divisiones Blindadas perforaron las defensas francesas el 40 y las rusas el 41 y el 42? ¿Y con cuáles, las decisivas, el mariscal Manstein reconquistó Kharkov y exorcizó el desastre? ¿Qué Divisiones de Infantería lucharon por abrir camino a los carros en 1944, en las Ardenas? ¿Y cuántos, incontables, Grupos de Combate se inmolaron por retrasar al enemigo en todos los frentes? Nadie se pone de acuerdo. Sólo la memoria que juega lo sabe. Vagando por la playa o acurrucado en mi habitación yo invoco los nombres y éstos llegan a raudales y me tranquilizan. Mis fichas predilectas: la 1.ª Paracaidista en Anzio, la Panzer Lehr y la 1.ª SS LAH en Fortress Europa, las 11 fichas de la 3.ª Paracaidista en Omaha Beachhead, la 7.ª División Blindada en France 40, la 3.ª División Blindada en Panzerkrieg, el 1.º Cuerpo Blindado SS en Russian Campaign, el 40.º Cuerpo Blindado en Russian Front, la 1.ª SS LAH en Battle of the Bulge, la Panzer Lehr y la 1.ª SS LAH en Cobra, el Cuerpo Blindado Gross Deutschland en el Tercer Reich, la 21.ª División Blindada en The Longest Day, el 104.º Regimiento de Infantería en Panzer Armee Afrika... Ni leer a gritos a Sven Hassel podría ser mejor vigorizante... (Ay, ¿quién era el que sólo leía a Sven Hassel? Todos dirían que M. M., suena a él, va con su carácter, pero era otro, uno que parecía su propia sombra y del que Conrad y yo nos reíamos a gusto. Este chico organizó unas Jornadas de Rol, en Stuttgart, en el 85. Con toda la ciudad como escenario montó un macrojuego, con las reglas retocadas de Judge Dredd, sobre los últimos días de Berlín. Al contarlo ahora puedo notar el interés que despierta en el Quemado, interés que bien puede ser fingido para que no me concentre en la partida, estratagema legítima pero vana, pues soy capaz de mover mis Cuerpos con los ojos cerrados. En qué consistía el juego —llamado Berlín Bunker—, cuáles eran sus objetivos, cómo se conseguía la victoria —y quién la conseguía— es algo que nunca quedó del todo claro. Eran doce jugadores que interpretaban el anillo de soldados alrededor de Berlín. Seis jugadores interpretaban al Pueblo y al Partido y sólo podían jugar dentro del anillo protector. Tres jugadores interpretaban a la Dirección y debían ser capaces de interrelacionar a los dieciocho restantes para que no quedaran fuera del perímetro cuando éste sc contraía, lo que era habitual, y sobre todo para que el perímetro no se rompiera, lo que era inevitable. Había un último jugador cuya función era oscura y subterránea; éste podía y debía desplazarse por la ciudad cercada pero era el único que jamás sabía en dónde acababa el anillo protector, podía y debía recorrer la ciudad pero era el único que no conocía a ninguno de los demás jugadores, estaba facultado para destituir a alguien de la Dirección y ascender a uno del Pueblo, por ejemplo, pero esto lo hacía a ciegas, dejando órdenes escritas y recibiendo informes en un sitio convenido. Su poder era tan grande como su ceguera —inocencia, según Sven Hassel—, su libertad era tan grande como su constante exposición al peligro. Sobre él se ejercía una suerte de tutela invisible y cuidadosa pues la suerte final de todos dependía de su suerte. El juego, como era previsible, acabó de manera desastrosa, con jugadores perdidos por los suburbios, trampas, maquinaciones, protestas, sectores del anillo abandonados al caer la noche, jugadores que durante toda la partida sólo vieron al árbitro, etcétera. Por descontado ni Conrad ni yo participamos, aunque Conrad se tomó la molestia de seguir los acontecimientos desde el Gimnasio de la Escuela de Técnicos Industriales que acogía las Jornadas y supo explicarme más tarde el desconcierto, primero, y luego el hundimiento moral de Sven Hassel ante la consumación de su fracaso. Pocos meses después se marchó de Stuttgart y ahora, según Conrad, que lo sabe todo, vive en París y se dedica a pintar. No me extrañaría volverlo a ver en el Congreso...)

Pasadas las doce de la noche las fotocopias pegadas en la pared adquieren un aire fúnebre, puertitas hacia el vacío.

265

—Comienza a refrescar —digo.

El Quemado lleva una chaqueta de pana, demasiado pequeña, sin duda regalo de un alma caritativa. La chaqueta es vieja pero de buena calidad; al acercarse al tablero, después de comer, se la quita y la deposita doblándola con cuidado sobre la cama. Su disposición, abstraída y correcta, es conmovedora. La libreta donde apunta los cambios estratégicos y económicos de su alianza (¿o tal vez un diario, como el mío?) no lo abandona nunca... Parece como si en el Tercer Reich hubiera encontrado una forma de comunicación satisfactoria. Aquí, junto al mapa y los force pool, no es un monstruo sino una cabeza que piensa, que se articula en cientos de fichas... Es un dictador y un creador... Además, se divierte... Si no fuera por las fotocopias, yo diría que le he hecho un favor. Pero aquéllas son una clara advertencia, el primer aviso de que debo cuidarme.

—Quemado —le digo—, ¿te gusta el juego?

—Sí, me gusta.

—¿Y crees que porque me has frenado vas a ganar?

—No sé, todavía es pronto.

Al abrir el balcón de par en par para que la noche limpie de humo mi habitación, el Quemado, como un perro, la cara ladeada, hociquea con dificultad y dice:

—Dime cuáles son tus otras fichas favoritas. Cuáles te parecen las Divisiones más bellas (¡sí, literal!) y las batallas más difíciles. Cuéntame cosas de los juegos...

266

Con el Lobo y el Cordero

El Lobo y el Cordero aparecen en mi habitación. La ausencia de Frau Else ha reblandecido las normas aparentemente estrictas del hotel y ahora entra y sale quien quiere. La anarquía suavemente se va instalando en todos los estratos del servicio en progresión contraria al final de los días calurosos. Es como si la gente sólo supiera trabajar cuando se ven envueltos, o nos ven envueltos a nosotros, los turistas, en sudor. Podría ser una buena ocasión para marcharse sin pagar, acción innoble que sólo realizaría en el supuesto de que un duende me garantizara que iba a poder ver después la cara de Frau Else, su sorpresa, su asombro. Tal vez, con el fin del verano y el consiguiente término del contrato de muchos trabajadores temporales, la disciplina decae y sucede lo inevitable; hurtos, mal servicio, suciedad. Hoy, por ejemplo, nadie ha subido a hacer la cama. He debido hacerla yo solo. También necesito sábanas limpias. Nadie, al telefonear a recepción, puede darme una explicación convincente. La visita del Lobo y el Cordero se produce mientras espero, precisamente, que alguien desde la lavandería suba unas sábanas limpias.

—Sólo tenemos un rato libre y hemos aprovechado para venir a verte. No queríamos que te fueras sin despedirnos.

Los tranquilizo. Aún no tengo decidido el día en que me iré.

—Entonces deberíamos salir a celebrarlo con unas copas.

—Igual te quedas a vivir en el pueblo —dice el Cordero.

—Igual ha encontrado algo importante por lo que vale la pena quedarse —replica el Lobo, guiñándole un ojo. ¿Se refiere a Frau Else o a otra cosa?

—¿Qué fue lo que encontró el Quemado?

—Trabajo —responden ambos, como si fuera lo más natural.

Los dos están trabajando de peones y van vestidos con ropa apropiada, de dril, manchada de pintura y cemento.

—Se acabó la buena vida —dice el Cordero.

Mientras tanto los movimientos nerviosos del Lobo lo llevan hasta el otro extremo de la habitación en donde observa con curiosidad el tablero y los force pool, a esta altura de la guerra un caos de fichas difíciles de comprender para un neófito.

—¿Éste es el famoso juego?

Muevo la cabeza en señal de asentimiento. Me gustaría saber *quién* lo ha hecho famoso. Probablemente la culpa sólo sea mía.

—¿Y es muy difícil?

—El Quemado aprendió —respondo.

—Pero el Quemado es punto y aparte —dice el Cordero sin husmear alrededor del juego; la verdad es que ni siquiera lo mira de reojo, como si temiera dejar sus huellas dactilares cerca del cuerpo del delito. ¿Florian Linden?

—Si el Quemado aprendió yo también podría —dice el Lobo.

—¿Es que hablas inglés? ¿Podrías leer las reglas en inglés? —El Cordero se dirige al Lobo pero me mira a mí con una sonrisa cómplice y compasiva.

—Algo, un poco, de cuando era camarero, no para leer, pero...

—Pero nada, si no eres capaz de leer el *Mundo Deportivo* en español cómo vas a ser capaz de tragarte un reglamento en inglés, no digas tonterías.

Por primera vez el pequeño Cordero, al menos ante mí, ha adquirido un aire de superioridad frente al Lobo. Éste, hechizado aún por el juego, indica los hexágonos en donde se desarrolla la Batalla por Inglaterra (¡pero sin tocar el mapa ni los apilamientos de fichas en ningún momento!) y dice que según su entender, «por ejemplo», allí, se refiere al suroeste de Londres, «se ha producido o se va a producir un enfrentamiento». Al darle la razón, el Lobo hace un gesto con la mano al Cordero, que supongo obsceno pero que jamás había visto, y dice ya ves que no es tan difícil.

—No seas payaso, hombre —responde el Cordero, obstinándose en no mirar hacia la mesa.

—De acuerdo, lo he adivinado de chiripa, ¿estás contento?

La atención del Lobo se desplaza ahora, cautelosamente, del mapa hacia las fotocopias. Con las manos en jarra las examina, saltando de una a otra sin tiempo posible para leerlas. Se diría que las observa como pinturas.

¿Parte del reglamento? No, claro que no.

—Atestado de la Reunión del Consejo de Ministros del 12 de noviembre de 1938 —lee el Lobo—. ¡Esto es el principio de la guerra, coño!

—No, la guerra empieza más tarde. En el otoño del año siguiente. Las fotocopias simplemente nos ayudan... en nuestra puesta en escena. Esta clase de juegos genera un impulso documental bastante curioso. Es como si quisiéramos saber todo lo que se hizo para transformar lo que se hizo mal.

—Ya entiendo —dice el Lobo, por supuesto sin entender nada.

—Es que si lo repitierais todo ya no tendría gracia. Dejaría de ser un juego —murmura el Cordero mientras se deja caer sobre la moqueta obstaculizando el paso al baño.

—Algo así... Aunque depende del motivo... del punto de vista...

—¿Cuántos libros es necesario leer para jugar bien?

—Todos y ninguno. Para jugar una partida sin mayores pretensiones basta con conocer las reglas.

—Las reglas, las reglas, ¿dónde están las reglas? —El Lobo, sentado en mi cama, levanta del suelo la caja del Tercer Reich y saca las reglas en inglés. Las sopesa con una mano y mueve admirativamente la cabeza—. No me lo explico...

—¿Qué?

—Cómo pudo leer este mamotreto el Quemado, con la cantidad de trabajo que tenía.

—No exageres, los patines ya no dan pelas —dijo el Cordero.

—Pelas no, pero trabajo no veas. Yo he estado con él, ayudándolo, bajo el sol, y sé lo que es.

—Tú estabas viendo si podías ligarte a una extranjera, no me cuentes cuentos...

—Hombre, también...

La superioridad, el ascendiente del Cordero sobre el Lobo, era innegable. Supuse que algo extraordinario le había ocurrido a este último que trastocaba, aunque fuera momentáneamente, la jerarquía entre ambos.

–No leyó nada. Al Quemado yo le expliqué las reglas, poco a poco, ¡y con mucha paciencia! –aclaré.

–Pero luego las leyó. Fotocopió las reglas y por las noches, en el bar, las repasaba subrayando las partes que le interesaban más. Yo creí que estaba estudiando para sacarse el carnet de conducir; me dijo que no, que eran las reglas de tu juego.

–¿Fotocopiadas? –El Lobo y el Cordero asintieron.

Quedé sorprendido pues yo sabía que no había prestado las reglas a nadie. Cabían dos posibilidades: que estuvieran equivocados, que hubieran malinterpretado al Quemado o que éste para sacárselos de encima les contara lo primero que se le vino a la cabeza, o bien que tuvieran razón y que el Quemado, sin mi consentimiento, hubiera sustraído el original para fotocopiarlo, poniéndolo en su sitio al día siguiente. Mientras el Lobo y el Cordero se extendían en otras consideraciones (la calidad y el confort de la habitación, su precio, las *cosas* que ellos harían en un lugar como éste en vez de perder el tiempo con «un puzzle», etcétera), discurrí las posibilidades reales que tuvo el Quemado para sacar el reglamento y al día siguiente, ya fotocopiado, ponerlo otra vez en la caja. Ninguna. Excepto la última noche siempre iba vestido con una camiseta, a mayor abundamiento deshilachada, y pantalones cortos o largos que no dejaban ni mucho menos el espacio requerido para ocultar un libreto la mitad de voluminoso que el del Tercer Reich; por lo demás, regularmente entraba y salía escoltado por mí, y si de natural resultaba difícil imaginar segundas intenciones en el Quemado, más difícil se me hacía admitir que yo hubiera pasado por alto un cambio, ¡una protuberancia delatora!, por mínima que fuera, entre

271

la figura del Quemado al llegar y al marcharse. La conclusión lógica lo exculpaba; materialmente era imposible. En este preciso punto hacía su entrada una tercera explicación, a la vez simple e inquietante; otra persona, una persona del hotel, utilizando su llave maestra, había estado en mi habitación. Sólo se me ocurría una: el marido de Frau Else.

(Tan sólo el hecho de imaginarlo, de puntillas, entre mis cosas, me revolvía el estómago. Lo conjeturaba alto y esquelético y sin rostro o con el rostro envuelto en una suerte de nube oscura y cambiante; revisando mis papeles y mi ropa, atento a las pisadas en el pasillo, al ruido del ascensor, el hijo de puta, como si hubiese estado diez años esperándome, sólo esperándome y aguantando, para llegado el momento lanzarme a su perro quemado y destrozarme...)

Un ruido que al principio me pareció estrambótico y que más tarde me parecería premonitorio consiguió devolverme a la realidad.

Llamaban a la puerta.

Abrí. Era la camarera con las sábanas limpias. Con algo de brusquedad, pues su llegada no podía ser más inoportuna, la hice pasar. En ese momento sólo deseaba que terminara rápidamente su trabajo, darle una propina y quedarme un rato más con los españoles, a quienes sometería a una serie de preguntas que se me antojaban impostergables.

—Ponlas ahora —dije—. Las otras las entregué por la mañana.

—Hombre, Clarita, qué tal. —El Lobo se tumbó en la cama como para remarcar su condición de invitado y saludó con un gesto perezoso y familiar.

La camarera, la misma que según Frau Else deseaba mi marcha del hotel, vaciló unos segundos como si se hubiera

272

equivocado de habitación, instante que aprovecharon sus ojos engañosamente apagados para descubrir al Cordero, aún sobre la moqueta y saludándola, y acto seguido la timidez o la desconfianza (¡o el terror!) que afloraba en ella con sólo cruzar el umbral de mi habitación, desapareció. Respondió a los saludos con una sonrisa y se dispuso, es decir tomó posesión de un lugar estratégico junto a la cama, a poner las sábanas limpias.

—Quítate de ahí —ordenó al Lobo. Éste se apoyó en la pared y empezó a hacer dengues y payasadas. Lo observé con curiosidad. Sus muecas, al principio tan sólo imbéciles, iban adquiriendo un *color*, se iban oscureciendo, cada vez más, hasta entretejer sobre el rostro del Lobo una máscara negra apenas suavizada por algunas estrías rojas y amarillas.

Clarita extendió las sábanas con un gesto brusco. Aunque no lo aparentaba me di cuenta de que estaba nerviosa.

—Cuidado, no vayas a volar las fichas —advertí.

—¿Qué fichas?

—Las de la mesa, las del juego —dijo el Cordero—. Puedes provocar un terremoto, Clarita.

Indecisa entre seguir con su tarea o marcharse, optó por permanecer inmóvil. Costaba creer que esta chica fuera la misma camarera que tan mala opinión tenía de mí, la que en más de una ocasión había recibido en silencio mis propinas, la que nunca abría la boca en mi presencia. Ahora se estaba riendo, por fin celebrando las bromas, y diciendo cosas tales como «nunca aprenderéis», «mirad como tenéis esto», «qué desordenados que sois», como si la habitación estuviera alquilada por el Lobo y el Cordero y no por mí.

—Yo jamás viviría en un cuarto como éste —dijo Clarita.

—Yo no vivo aquí, sólo estoy de paso —aclaré.

—Es igual —dijo Clarita—. Esto es un pozo sin fondo.

Más tarde comprendí que se refería al trabajo, a que el aseo de un cuarto de hotel es algo infinito; pero entonces pensé que era una apreciación personal y me entristeció que hasta una adolescente se sintiera con derecho a emitir un juicio crítico acerca de mi situación.

—Necesito hablar contigo, es importante. —El Lobo rodeó la cama y ya sin hacer morisquetas cogió de un brazo a la camarera. Ésta se estremeció como si acabara de recibir la mordida de una víbora.

—Más tarde —dijo, mirándome a mí y no a él, una sonrisa crispada insinuándose en los labios, recabando mi aprobación, ¿pero aprobación de qué?

—Ahora, Clarita, tenemos que hablar ahora.

—Eso, ahora. —El Cordero se levantó del suelo y observó con aprobación los dedos que atenazaban el brazo de la camarera.

Pequeño sádico, pensé, no se atrevía a zarandearla pero le gustaba contemplar y añadir leña al fuego. Luego volvió a atraer toda mi atención la mirada de Clarita, una mirada que ya había despertado mi interés en el desafortunado incidente de la mesa, pero en aquella ocasión, tal vez por confrontarla con otra mirada, la de Frau Else, ésta permaneció en un segundo plano, en el limbo de las miradas, para resurgir ahora, densa y quieta como un paisaje ¿mediterráneo?, ¿africano?

—Hombre, Clarita, la ofendida pareces tú, qué divertido.

—Nos debes una explicación, por lo menos.

—Lo que hiciste no estuvo bien, ¿no?

—El Javi está hecho polvo y tú tan tranquila.

—De ti ya no quieren saber nada.

–Nada de nada.

Con un movimiento brusco la camarera se zafó del Lobo, ¡déjame trabajar!, y arregló las sábanas, las remetió bajo el colchón, cambió la funda de la almohada, extendió y alisó el ligero cobertor de color crema; terminado todo, en lugar de marcharse, pues la actividad desplegada había dejado sin argumentos ni ganas de continuar al Lobo y al Cordero, se cruzó de brazos al otro lado de la habitación, separada de nosotros por la cama inmaculada, y preguntó qué más tenía que escuchar. Por un instante pensé que se dirigía a mí. Su actitud desafiante, que contrastaba en extremo con su tamaño, parecía estar cargada de símbolos que sólo yo podía leer.

–Contra ti no tengo nada. El Javi es un gilipollas. –El Lobo se sentó en una esquina de la cama y comenzó a liar un canuto de hachís mientras una arruga se extendía, nítida, única, hasta tocar el otro extremo del cobertor, el precipicio.

–Un tonto del culo –dijo el Cordero.

Yo sonreí y moví varias veces la cabeza como dando a entender a Clarita que me hacía cargo de la situación. No quise decir nada aunque en el fondo me molestaba que sin mi permiso se tomaran la confianza de fumar en mi habitación. ¿Qué pensaría Frau Else si apareciera de improviso? ¿Qué opinión se formarían de mí los clientes y empleados del hotel si esto llegaba a sus oídos? ¿Quién, en última instancia, podía asegurarme que Clarita no se iría de la lengua?

–¿Quieres? –El Lobo chupó un par de veces el canuto y me lo pasó. Por no quedar mal, por timidez, aspiré profundamente una sola vez congratulándome de no encontrar el filtro mojado y se lo alcancé a Clarita. Inevitablemente nuestros dedos se rozaron, tal vez más tiempo de lo conveniente, y tuve la impresión de que sus mejillas enrojecían. Con un gesto de resignación, en realidad una manera implícita de dar por zanjada la misteriosa cuestión que sostenía con los españoles, la camarera se sentó junto a la mesa, de espaldas al balcón, y dejó concienzudamente que el humo del cigarrillo cubriera el mapa. ¡Qué juego más complicado!, dijo en voz alta, y añadió, en un susurro, ¡sólo para mentes!

El Lobo y el Cordero se miraron, no puedo afirmar si consternados o indecisos, y luego buscaron mi aprobación, ellos también, pero yo sólo podía mirar a Clarita, y más que a Clarita al humo, a la inmensa nube de humo suspendida sobre Europa, azul y hialina, renovada por los labios oscuros de la chica, que expelía con minuciosidad de constructora los finos y largos tubos de humo que luego se achataban, a ras de Francia, de Alemania, de los vastos espacios del Este.

—Hombre, Clarita, pásalo —se quejó el Cordero.

Como si la sacáramos de un sueño hermoso y heroico, la camarera nos miró y sin levantarse extendió el brazo con el canuto en la punta de los dedos; tenía los brazos flacos moteados de pequeños círculos más claros que el resto de la piel. Sugerí que tal vez se encontrase mal, que no estuviera acostumbrada a fumar, que mejor sería que cada quien volviera a lo suyo, incluyendo en esto último al Lobo y al Cordero.

—Qué va, le encanta —dijo el Lobo, pasándome el canuto que esta vez sí estaba baboseado y que fumé con los labios vueltos hacia dentro.

—¿Qué es lo que me encanta?

—Los porros, guarra —escupió el Cordero.

—No es verdad —dijo Clarita, poniéndose de pie de un salto con un gesto más teatral que espontáneo.

—Tranquila, Clarita, tranquila —dijo el Lobo con una voz de pronto melosa, aterciopelada, amariconada incluso, mientras la sujetaba por un hombro y con la mano libre le daba golpecitos en las costillas—, no vayas a tirar las fichas, qué pensaría nuestro amigo alemán, que eres una tonta, ¿verdad?, y tú de tonta, nada.

El Cordero me guiñó un ojo y se sentó en la cama, detrás de la camarera, haciendo mimos sexuales doblemente silenciosos pues hasta su risa de oreja a oreja estaba vuelta no hacia mí o la espalda de Clarita sino hacia... una suerte de reino de lo pétreo..., una zona muda (con los ojos abiertos en carne viva) que subrepticiamente se había instalado en la mitad de mi habitación, digamos... desde la cama hasta la pared condecorada con las fotocopias.

La mano del Lobo, que sólo entonces percibí que estaba empuñada y que los golpecitos *podían* haber dolido, se abrió y ciñó un pecho de la camarera. El cuerpo de Clarita materialmente pareció rendirse, ablandado por la seguridad con que el Lobo la exploraba. Sin levantarse de la cama, el tronco anormalmente rígido y moviendo los brazos como un muñeco articulado, el Cordero se apoderó con ambas manos de las nalgas de la chica y murmuró una obscenidad. Dijo puta, o zorra, o sucia. Pensé que iba a asistir a una violación y recordé las palabras del señor Pere en el Costa Brava sobre las estadísticas de violaciones en el pueblo. Fueran o no ésas sus intenciones, no tenían prisa: por un instante los tres configuraron un cuadro vivo en donde lo único disonante era la voz de Clarita, que de tanto en tanto decía no, cada vez con distinta rotundidad, como si desconociera y buscara el tono más apropiado para negarse.

—¿La ponemos más cómoda? —La pregunta era para mí.

—Hombre, claro, así estará mejor —dijo el Cordero.

Asentí con la cabeza pero ninguno de los tres se movió: el Lobo de pie sujetando por la cintura a una Clarita que parecía tener lana en lugar de músculos y huesos, y el Cordero en el borde de la cama acariciando las nalgas de la chica con movimientos circulares y acompasados como si mezclara fichas de dominó. Tanta falta de dinamismo me llevó a un acto irreflexivo. Pensé si no sería todo un montaje, una trampa para dejarme en ridículo, una broma curiosa apta para ser disfrutada sólo por ellos. Deduje que si tenía razón el pasillo en ese momento no estaría vacío. Puesto que era yo quien estaba más cerca de la puerta no me costaba nada alargar la mano y abrirla y despejar mis dudas. Con un movimiento innecesariamente rápido, eso hice. No había nadie. No obstante, mantuve la puerta abierta. Como si hubieran recibido un balde de agua fría el Lobo y el Cordero interrumpieron sus manoseos con un salto, la camarera, por el contrario, me obsequió con una mirada de simpatía que supe apreciar y entender. Le ordené que se marchara. ¡En el acto y sin rechistar! Obediente, Clarita se despidió de los españoles y se alejó por el pasillo con un paso cansino familiar a todas las camareras de hoteles; vista de espaldas parecía indefensa y poco atractiva. Probablemente lo fuera.

Al quedarnos solos, y con los españoles aún no repuestos de la sorpresa, pregunté con tono que no admitía réplica ni subterfugios si Charly había *violado* a alguien. En ese instante tenía la certeza de que un dios inspiraba mis palabras. El Lobo y el Cordero cruzaron una mirada en la que se mezclaban a iguales dosis la incomprensión y el recelo. ¡No sospechaban lo que se les venía encima!

—¿Violado a una chica? ¿El pobre Charly, que en paz descanse?

—El cabrón de Charly —asentí.

Creo que estaba dispuesto a sacarles la verdad incluso a golpes. El único que podía resultar un oponente digno de consideración era el Lobo; el Cordero medía apenas un metro sesenta y pertenecía al tipo escuchimizado que queda fuera de combate a la primera bofetada. Aunque no debía fiarme tampoco existían razones para proceder con mayor cautela. Mi situación estratégica era óptima para una pelea: dominaba la única salida, que podía bloquear cuando lo creyese conveniente o utilizarla como vía de escape si las cosas iban mal. Y contaba con el factor sorpresa. Con el terror de las confesiones imprevistas. Con la previsible poca agilidad mental del Lobo y el Cordero. Ahora bien, si he de ser sincero, nada de esto había sido planeado; simplemente sucedió, como en las películas de misterio en donde se ve una imagen, una y otra vez, hasta que te das cuenta de que es la clave del crimen.

—Hombre, respetemos a los muertos, más si fueron amigos —dijo el Cordero.

—Mierda —grité.

Ambos estaban pálidos y comprendí que no iban a pelear, que sólo querían salir de la habitación lo antes posible.

—¿A quién quieres que haya violado?

—Eso es lo que quiero saber. ¿A Hanna? —dije.

El Lobo me miró como se mira a un loco o a un niño:

—Hanna era su mujer, ¿cómo quieres que la violara?

—¿Lo hizo o no lo hizo?

—No, hombre, claro que no, qué ideas se te ocurren —dijo el Cordero.

—Charly no violó a nadie —dijo el Lobo—. Era un trozo de pan.

—¿Charly era un trozo de pan?

—Parece mentira que siendo su amigo no lo supieras.

—No era mi amigo.

El Lobo se rió con una risa profunda y breve, sin reparos, nacida de los huesos, y dijo que ya se había dado cuenta, que no creyera, que él no era tan imbécil. Luego volvió a afirmar que Charly era una buena persona, incapaz de forzar a nadie, y que si a alguien intentaron darle por el culo fue a él, a Charly, la noche aquella en que dejó a Ingeborg y Hanna tiradas en la carretera. Al regresar al pueblo se emborrachó con unos extraños; según el Lobo debió ser un grupo de extranjeros, posiblemente alemanes. Del bar marcharon todos, un número impreciso, sólo hombres, a la playa. Charly recordaba los improperios, no todos dirigidos a él, los empujones, acaso bromas pesadas y el intento de bajarle los pantalones.

—¿Lo violaron a él, entonces?

—No. Ahuyentó al que tenía encima con una patada y se marchó. No eran muchos y Charly era fuerte. Pero estaba bastante molesto y quería vengarse. Fue a buscarme a mi casa. Cuando volvimos en la playa no había nadie.

Les creí; el silencio de la habitación, el ruido apagado del Paseo Marítimo, incluso el sol que se ocultaba y el mar velado por las cortinas del balcón, todo estaba a favor de aquel par de miserables.

—Crees que lo de Charly fue un suicidio, ¿verdad? Pues no lo fue, Charly jamás se hubiera suicidado. Fue un accidente.

Los tres abandonamos las posiciones defensivas e interrogantes y sin transición adoptamos una actitud triste (aunque la palabra es excesiva e imprecisa) que nos llevó a sentarnos en la cama o en el suelo, los tres bajo el tibio manto de la solidaridad, como si de verdad fuéramos amigos o acabáramos de jodernos a la camarera, pronunciando lentamente discursos breves que los otros jaleaban con monosílabos, y aguantando la otra presencia, la latidora, que nos enseñaba su espalda potente en el otro extremo de la habitación.

Por suerte el Cordero volvió a encender el cigarrillo de hachís y nos lo fuimos pasando hasta que se acabó. No había más. La ceniza desparramada sobre la moqueta el Lobo se encargó de esparcirla con un soplido.

Salimos juntos a beber cervezas en el Rincón de los Andaluces.

El bar estaba vacío y cantamos una canción.

Una hora después ya no podía soportarlos y me despedí.

Mis Generales Favoritos

No busco en ellos la perfección. ¿La perfección, en un tablero, qué significa sino la muerte, el vacío? En los nombres, en las carreras fulgurantes, en aquello que configurará la memoria, busco la imagen de sus manos entre la niebla, blancas y seguras, busco sus ojos observando batallas (aunque son contadas las fotos que los muestran en esa disposición), imperfectos y singulares, delicados, distantes, hoscos, audaces, prudentes, en todos es dable encontrar valor y amor. En Manstein, en Guderian, en Rommel. Mis Generales Favoritos. Y en Rundstedt, en Von Bock, en Von Leeb. Ni en ellos ni en los otros demando perfección; me quedo con los rostros, abiertos o impenetrables, con los despachos, a veces sólo con un nombre y un acto minúsculo. Incluso olvido si Fulano comenzó la guerra mandando una División o un Cuerpo, si era más eficaz al frente de carros de combate o de infantería, confundo los escenarios y las operaciones. No por eso brillan menos. La totalidad los difumina, según la perspectiva, pero siempre los contiene. Ninguna gesta, ninguna flaqueza, ninguna resistencia breve o prolongada se pierde. Si el Quemado supiera y apreciara algo la literatura alemana de este siglo (¡y es probable que sepa y que la aprecie!) le diría que Manstein es comparable a Gunther Grass y que Rommel es comparable a... Celan. De igual manera Paulus es comparable a Trakl y su predecesor, Reichenau, a Heinrich Hann. Guderian es el par de Jünger y Kluge de Böll. No lo entendería. Al menos no lo entendería aún. Por el contrario, a mí me resulta fácil buscarles ocupaciones, motes, hobbies, tipos de casa, estaciones del año, etcétera. O pasarme horas comparando y haciendo estadísticas con sus respectivas hojas de servicios. Ordenándolos y reordenándolos: por juegos, por condecoraciones, por victorias, por derrotas, por años de vida, por libros publicados. No son ni parecen santos pero a veces los he visto en el cielo, como en una película, sus rostros sobreimpresos en las nubes, sonriéndonos, mirando hacia el horizonte, ensayando saludos, algunos asintiendo, como si despejaran dudas no formuladas. Comparten nubes y cielo con los generales de Federico el Grande como si ambos tiempos y todos los juegos se fundieran en un solo chorro de vapor. (¡A veces imagino que Conrad está enfermo, internado en un hospital, sin visitas, aunque tal vez yo esté de pie junto a la puerta, y en su agonía descubre, reflejados en la pared, los mapas y las fichas que ya no volverá a tocar! ¡El tiempo de Federico y de todos los generales escapados de las leyes del otro mundo! ¡El hueco que golpea el puño de mi pobre Conrad!) Figuras simpáticas, pese a todo. Como Model el Titán, Schörner el Ogro, Rendulio el Bastardo, Arnim el Obediente, Witzleben la Ardilla, Blaskowitz el Recto, Knobelsdorff el Comodín, Balck el Puño, Manteuffel el Intrépido, Student el Colmillo, Hausser el Negro, Dietrich el Autodidacta, Heinrici la Roca, Busch el Nervioso, Hoth el Flaco, Kleist el Astrónomo,

Paulus el Triste, Breith el Silencioso, Viettinghoff el Obstinado, Bayerlein el Estudioso, Hoeppner el Ciego, Salmuth el Académico, Geyr el Inconstante, List el Luminoso, Reinhardt el Mudito, Meindl el Jabalí, Dietl el Patinador, Whöler el Terco, Chevallerie el Distraído, Bittrich la Pesadilla, Falkenhorst el Saltador, Wenck el Carpintero, Nehring el Entusiasta, Weichs el Listo, Eberbach el Depresivo, Dollman el Cardiaco, Halder el Mayordomo, Sodenstern el Veloz, Kesselring la Montaña, Küchler el Ensimismado, Hube el Inagotable, Zangen el Oscuro, Weiss el Transparente, Friessner el Cojo, Stumme el Cenizo, Mackensen el Invisible, Lindemann el Ingeniero, Westphal el Calígrafo, Marcks el Resentido, Stulpnagel el Elegante, Von Thoma el Lenguaraz... Empotrados en el Cielo... En la misma nube que Ferdinand, Brunswick, Schwerin, Lehwaldt, Ziethen, Dohna, Kleist, Wedell, generales de Federico... En la misma nube que el Ejército de Blücher vencedor en Waterloo: Bulow, Ziethen, Pirch, Thielman, Hiller, Losthin, Schwerin, Schulenberg, Watzdorf, Jagow, Tippelskirchen, etcétera. Figuras emblemáticas capaces de entrar a saco en todos los sueños al grito de ¡Eureka!, ¡Eureka!, ¡Despierta! para que abras los ojos, si has podido escuchar su llamada sin temor, y encuentres a los pies de la cama a las Situaciones Favoritas que fueron y a las Situaciones Favoritas que pudieron haber sido. Entre las primeras subrayaría la cabalgada de Rommel con la 7.ª Blindada en 1940, Student cayendo sobre Creta, el avance de Kleist con el 1.er Ejército Blindado por el Cáucaso, la ofensiva del 5.º Ejército Blindado de Manteuffel en las Ardenas, la campaña del 11.º Ejército de Manstein en Crimea, el cañón Dora en sí mismo, la Bandera en el Elbrus por sí misma, la resistencia de Hube en Rusia y en Sicilia, el 10.º Ejército de Reichenau rompiéndoles el cuello a los polacos. De entre las Situaciones Favoritas que no fueron, tengo especial predilección por la toma de Moscú por las tropas de Kluge, por la conquista de Stalingado por las tropas de Reichenau y no de Paulus, por el desembarco del 9.º y 16.º Ejército en Gran Bretaña con lanzamiento de paracaidistas incluido, por la consecución de la línea Astrakhan-Arcángel, por el éxito en Kursk y Mortain, por la retirada en orden hasta el otro lado del Sena, por la reconquista de Budapest, por la reconquista de Amberes, por la resistencia indefinida en Curlandia y Konigsberg, por la firmeza de la línea del Oder, por el Reducto Alpino, por la muerte de la Zarina y el cambio de alianzas... Tontorronadas, boberías, fastos inútiles, como dice Conrad, para no ver el último adiós de los generales: satisfechos en la victoria, buenos perdedores en la derrota. Incluso en la derrota absoluta. Guiñan un ojo, ensayan saludos militares, contemplan el horizonte o mueven la cabeza asintiendo. ¿Qué tienen que ver ellos con este hotel que se cae a pedazos? Nada, pero ayudan; confortan. Prolongan el adiós hasta la eternidad y hacen que recuerde viejas partidas, tardes, noches, de las que sólo resta no el triunfo ni el fracaso sino un movimiento, una finta, un choque, y las palmadas de los amigos en la espalda.

Otoño del 42. Invierno del 42

—Pensé que te habías ido —dice el Quemado.

—¿Adónde?

—A tu pueblo, a Alemania.

—¿Por qué iba a irme, Quemado? ¿Crees que tengo miedo?

El Quemado dice no no no no, muy despacio, casi sin mover los labios, evitando que mi mirada encuentre la suya; sólo mira con fijeza el tablero, lo demás apenas atrae unos segundos su atención. Nervioso, se desplaza de pared a pared, como un prisionero, pero elude la zona del balcón como si pretendiera no ser descubierto desde la calle; lleva una camiseta de manga corta y en el brazo, sobre las quemaduras, puede verse una lámina de musgo verde, muy tenue, posiblemente los restos de una crema. Hoy, sin embargo, no ha habido sol, y que yo recuerde ni en los días más tórridos lo he visto poniéndose crema. ¿He de deducir que se trata de una floración de su piel? ¿Lo que yo tomo por musgo es piel nueva, recompuesta? ¿Ésta es la manera que tiene su organismo de cambiar el pellejo muerto? Sea lo que fuere, da asco. Por sus gestos se diría que algo le preocupa, aunque con estos tipos uno nunca sabe a qué atenerse. Por lo pronto su suerte con los dados es abrumadora. Todo le sale bien, incluso los ataques más desventajosos. Si sus movimientos obedecen a una estrategia global o son producto del azar, del ir golpeando aquí y allá, lo ignoro, pero es innegable que la suerte del principiante lo acompaña. En Rusia, después de sucesivos ataques y contraataques, debo retroceder hasta la línea Leningrado-Kalinin-Tula-Stalingrado-Elista, al tiempo que una nueva amenaza roja se cierne por el extremo sur, en el Cáucaso, de doble dirección: hacia Maikop, casi sin defensas, y hacia Elista. En Inglaterra logro conservar al menos un hexágono, Portsmouth, después de una ofensiva en masa de las unidades angloamericanas, que pese a todo no consiguen su propósito de expulsarme de la isla. Manteniendo Portsmouth sigue en pie la amenaza a Londres. En Marruecos el Quemado desembarca dos cuerpos de infantería americanos, única jugada simplona a la que no veo otro objetivo que incordiar y sustraer fuerzas alemanas de otros frentes. El grueso de mi Ejército está en Rusia y por ahora no creo que pueda sacar de allí ni siquiera una ficha de reemplazos.

—¿Y si creías que ya no estaba, por qué has venido?

—Porque tenemos un compromiso.

—¿Tenemos un compromiso, tú y yo, Quemado?

—Sí. Jugamos por las noches, ése es el compromiso; yo vengo aunque tú no estés, hasta que termine el juego.

—Un día no te dejarán entrar o te echarán a patadas.

—Puede ser.

—También un día decidiré marcharme y como no siempre es fácil verte tal vez no pueda despedirme de ti. Puedo dejarte una nota en los patines, cierto, si aún están en la playa. Pero un día me marcharé de improviso y todo habrá terminado antes del 45.

El Quemado sonríe ferozmente (y en su ferocidad es dable adivinar las huellas de una geometría precisa e insana) con la certeza de que sus patines seguirán en la playa aunque todos los patines del pueblo se retiren a cuarteles de invierno; la fortaleza continuará en la playa, él seguirá esperándome a mí o a la sombra pese a que no haya turistas o lleguen las lluvias. Su obstinación es una suerte de cárcel.

—La verdad es que no hay nada, Quemado. ¿Tú entiendes compromiso por obligación?

—No, para mí es un pacto.

—Pues no tenemos ninguna clase de pacto, sólo estamos jugando un juego, nada más.

El Quemado sonríe, dice que sí, que lo entiende, que nada más, y en el fragor del combate, mientras los dados lo favorecen, extrae del bolsillo del pantalón, dobladas en cuatro, nuevas fotocopias que me ofrece. Algunos párrafos están subrayados y en el papel se aprecian manchas de grasa y cerveza de una probable relectura en la mesa de un bar. Al igual que en la primera entrega una voz interior dicta mis reacciones; así, en vez de recriminarle el regalo detrás del cual bien puede esconderse un insulto o una provocación, aunque también puede ser la inocente mecánica con que el Quemado se suma a mis cavilaciones, ¡política y no historia militar!, procedo tranquilamente a clavarlas junto a las primeras fotocopias, de tal manera que al final de la operación la pared de la cabecera luce un aire por completo distinto del habitual. Por un instante tengo la impresión de estar en la habitación de otro, ¿de un corresponsal extranjero en un país caliente y violento? También: la habitación parece más pequeña. ¿De dónde son las fotocopias? De *dos* libros, uno de Zutano y el otro de Mengano. No los conozco. ¿Qué tipo de lecciones estratégicas puede extraerse de ellos? El Quemado desvía la mirada, luego sonríe abiertamente y dice que no es oportuno revelar sus planes; su intención es hacerme reír; por cortesía, eso hago.

Al día siguiente el Quemado vuelve con más fuerza, si cabe. Ataca en el Este y yo debo retroceder otra vez, acumula efectivos en Gran Bretaña y comienza a moverse, aunque por ahora muy lentamente, desde Marruecos y Egipto. La mancha en el brazo ha desaparecido. Sólo resta la quemadura, lisa y llana. Sus desplazamientos por la habitación son seguros, incluso gráciles, y ya no transparentan el nerviosismo del día anterior. Eso sí: habla poco. Su tema preferido es el juego, el mundo de los juegos, los clubes, revistas, campeonatos, partidas por correspondencia, congresos, etcétera, y todos mis intentos por llevar la charla hacia otros terrenos, como por ejemplo quién le dio las fotocopias del reglamento del Tercer Reich, son vanos. Ante lo que no quiere escuchar adopta una actitud de piedra o de buey. Simplemente no se da por aludido. Es probable que mi táctica en este aspecto peque de delicadeza. Soy cauto y en el fondo procuro no herir sus sentimientos. El Quemado tal vez sea mi enemigo pero es un buen enemigo y no hay mucho donde escoger. ¿Qué sucedería si le hablara con claridad, si le dijese lo que el Lobo y el Cordero me contaron y le pidiese una explicación? Probablemente, al final, debería escoger entre su palabra y la de los españoles. Prefiero no hacerlo. Así que hablamos de los juegos y los jugadores, un tema sin fin que al Quemado parece interesarle. Creo que si me lo llevara conmigo a Stuttgart, no ¡a París!, se convertiría en la estrella de las partidas; la sensación de ridículo, estúpida, lo sé, pero real, que a veces he padecido al llegar a un club y ver desde lejos a personas mayores afanándose en la resolución de problemas

militares que para el resto de la gente con agua pasada, se
esfumaría tan sólo con su presencia. Su rostro chamuscado
confiere soberanía al acto de jugar. Cuando le pregunto si
le gustaría venir conmigo a París, se le encienden los ojos y
sólo después mueve la cabeza negándolo. ¿Conoces París,
Quemado? No, jamás ha estado allí. ¿Te gustaría ir? Le gustaría pero no puede. Le gustaría jugar con otros, muchas
partidas, «una detrás de otra», pero no puede. Sólo me tiene a mí y se conforma. Bueno, no es poco, yo soy el campeón. Eso lo conforta. Pero le gustaría, de todas formas, jugar con otros, aunque no piensa comprar el juego (al
menos nada dice al respecto) e incluso en un momento de
su discurso tengo la impresión de que estamos hablando de
asuntos distintos. Me documento, dice. Tras un esfuerzo
comprendo que se refiere a las fotocopias. No puedo evitar
la risa.

—¿Sigues visitando la biblioteca, Quemado?
—Sí.
—¿Y sólo sacas libros de guerra?
—Ahora sí, antes no.
—¿Antes de qué?
—De empezar a jugar contigo.
—¿Y qué clase de libros sacabas antes, Quemado?
—Poemas.
—¿Libros de poesía? Qué hermoso. ¿Y qué clase de li-
bros eran ésos?

El Quemado me mira como si estuviera frente a un pa-
leto:

—Vallejo, Neruda, Lorca... ¿Los conoces?
—No. ¿Y aprendías los versos de memoria?
—Tengo muy mala memoria.
—¿Pero te acuerdas de algo? ¿Puedes recitarme algo para
que me haga una idea?

—No, sólo recuerdo sensaciones.

—¿Qué tipo de sensaciones? Dime una.

—La desesperación...

—¿Ya está? ¿Eso es todo?

—La desesperación, la altura, el mar, cosas no cerradas, abiertas de par en par, como si el pecho te explotara.

—Sí, entiendo. ¿Y desde cuándo has dejado los poemas, Quemado? ¿Desde que empezamos el Tercer Reich? Si lo llego a saber, no juego. A mí también me gusta mucho la poesía.

—¿Qué poetas te gustan?

—A mí me gusta Goethe, Quemado.

Y así hasta que llega la hora de marcharse.

17 de septiembre

Salí del hotel a las cinco de la tarde, después de hablar por teléfono con Conrad, de soñar con el Quemado y de hacer el amor con Clarita. La cabeza me zumbaba, lo que atribuí a falta de alimentos, por lo que encaminé mis pasos a la parte vieja del pueblo dispuesto a comer en un restaurante al que ya había echado el ojo. Lamentablemente lo encontré cerrado y de pronto me vi andando por callejuelas que nunca había pisado, en un barrio de calles estrechas pero limpias, de espaldas a la zona comercial y al puerto de los pescadores, cada vez más absorto en mis pensamientos, entregado al simple goce del entorno, ya sin hambre y con ánimo de prolongar el paseo hasta el anochecer. En esta perspectiva estaba cuando escuché que alguien me llamaba por mi nombre. Señor Berger. Al volverme vi que se trataba de un muchacho cuyo rostro, aunque vagamente familiar, no reconocí. Su saludo es efusivo. Pensé que podría tratarse de alguno de los amigos que mi hermano y yo hicimos en el pueblo diez años atrás. Tal posibilidad me hace de antemano feliz. Un rayo de sol le da justo en la cara, por lo que el muchacho no deja de parpadear. Las palabras salen a borbotones de su boca y difícilmente comprendo una cuarta parte de lo que dice. Sus dos manos extendidas me sujetan por los codos como para asegurarse de que no me escabulliré. La situación tiene visos de prolongarse indefinidamente. Por fin, exasperado, le confieso que no consigo recordarlo. Soy el de la Cruz Roja, el que lo ayudó con los papeleos de su amigo. ¡Nos conocimos en aquellas tristes circunstancias! Con ademán resuelto extrae del bolsillo una especie de carnet arrugado que lo identifica como miembro de la Cruz Roja del Mar. Resuelto todo, ambos suspiramos y nos reímos. Acto seguido soy invitado a tomar una cerveza que no tuve reparos en aceptar. Con no poca sorpresa me di cuenta de que no iríamos a un bar sino a la casa del socorrista, a pocos pasos de allí, en la misma calle, en un tercer piso oscuro y polvoriento.

Mi habitación en el Del Mar era más amplia que aquella casa en su conjunto, pero la buena voluntad de mi anfitrión suplía las carencias materiales. Su nombre era Alfons y según dijo estudiaba en una escuela nocturna: el trampolín para instalarse después en Barcelona. Su meta: convertirse en diseñador o pintor, misión imposible se la mirara por donde se la mirara, a juzgar por su ropa, por los carteles que vendaban hasta el último trozo de pared, por el amasijo de muebles, todo de un mal gusto abominable. Ahora bien, el carácter del socorrista tenía algo de singular. No habíamos cruzado más de dos palabras, sentado yo en un viejo sillón cubierto con una manta con motivos indios y él en una silla probablemente de su invención, cuando preguntó de sopetón si yo «también» era artista. Contesté vagamente que escribía artículos. ¿Dónde? En Stuttgart, en Colonia, a veces en Milán, Nueva York... Lo sabía, dijo el socorrista. ¿De qué forma podías saberlo? Por la cara. Leo las caras como si se tratara de libros. Algo en su tono o tal vez en las palabras que empleó hizo que me pusiera en guardia. Intenté cambiar de tema pero él sólo quería hablar de arte y lo dejé.

Alfons era un pesado pero al cabo descubrí que no se estaba mal allí, bebiendo en silencio y protegido de lo que pasaba en el pueblo, es decir de lo que se fraguaba en las mentes del Quemado, del Lobo, del Cordero, del esposo de Frau Else, por el aura de hermandad que el socorrista implícitamente había desplegado alrededor de ambos. Debajo de nuestra piel éramos colegas y como dice el poeta: nos habíamos reconocido en la oscuridad –en este caso, él me había reconocido con su especial don– y nos habíamos abrazado.

Arrullado por sus historias de hablador empedernido a las que no prestaba la menor atención recordé los hechos sobresalientes de aquel día. En primer lugar, por orden cronológico, la conversación telefónica con Conrad, breve, pues llamaba él, y que básicamente versó sobre las medidas disciplinarias que mi oficina pensaba tomar si no aparecía en las próximas 48 horas. En segundo lugar, Clarita, quien después de ordenar la habitación accedió sin muchos remilgos a hacer el amor conmigo, tan pequeña que si yo hubiera podido en una suerte de proyección astral mirar la cama desde el techo seguramente habría visto sólo mi espalda y tal vez las puntas de sus pies. Y finalmente la pesadilla, de la cual era culpable en parte la camarera, pues terminada nuestra sesión, aun antes de que se vistiera y volviera a sus tareas, caí envuelto en una somnolencia extraña, como si estuviera narcotizado, y tuve el siguiente sueño. Caminaba por el Paseo Marítimo a las doce de la noche sabiendo que en mi habitación me esperaba Ingeborg. La calle, los edificios, la playa, el mismo mar si cabe, eran mucho más grandes que en la realidad, como si el pueblo hubiera sido transformado para recibir gigantes. Por el contrario, las estrellas, aunque numerosas como es habitual en las noches de verano, eran sensiblemente más pequeñas, puntas de alfileres que sólo daban un aire de enfermedad a la bóveda nocturna. Mi paso era rápido mas no por ello aparecía en el horizonte el Del Mar. Entonces, cuando ya desesperaba, de la playa surgía con paso cansino el Quemado llevando una caja de cartón bajo el brazo. Sin saludarme se sentaba en el parapeto y señalaba hacia el mar, hacia la oscuridad. Pese a que yo guardaba una cauta distancia de unos diez metros, las letras y los colores anaranjados de la caja resultaban perfectamente visibles y familiares: era el Tercer Reich, mi Tercer Reich. ¿Qué hacía el Quemado, a esas horas, con mi juego? ¿Acaso había ido al hotel e Ingeborg por despecho se lo había regalado? ¿Lo había robado? Preferí esperar sin hacer ninguna clase de preguntas pues intuía que en la oscuridad, entre el mar y el Paseo, había otra persona y pensé que ya tendríamos tiempo el Quemado y yo para resolver nuestros asuntos en privado. Así que me quedé en silencio y aguardé. El Quemado abrió la caja y comenzó a desplegar el juego en el parapeto. Va a estropear las fichas, pensé, pero seguí sin decir nada. La brisa nocturna movió un par de veces el tablero. No recuerdo en qué momento el Quemado dispuso las unidades en unas posiciones que nunca antes había visto. Mal asunto para Alemania. Tú llevas a Alemania, dijo el Quemado. Tomé asiento en el parapeto, frente a él, y estudié la situación. Sí, mal asunto, todos los frentes a punto de romperse y la economía hundida, sin Fuerza Aérea, sin Marina de Guerra, y con un Ejército de Tierra insuficiente para tan grandes enemigos. Una lucecita roja se encendió dentro de mi cabeza. ¿Qué nos jugamos?, pregunté. ¿Nos jugamos el campeonato de Alemania o el campeonato de España? El Quemado movió la cabeza negativamente y volvió a señalar hacia donde rompían las olas, hacia donde se levantaba, enorme y lóbrega, la fortaleza de patines. ¿Qué nos jugamos?, insistí con los ojos empañados en lágrimas. Tenía la impresión, horrible, de que el mar se acercaba hacia el Paseo, sin prisas y sin pausas, indefectiblemente. Lo único que importa, respondió el Quemado, evitando mirarme. La situación de mis Ejércitos no daba lugar a demasiadas esperanzas pero hice un esfuerzo para jugar con el máximo de precisión posible y rehíce los frentes. No pensaba entregarme sin luchar.

—¿Qué es lo único que importa? —dije, vigilando el movimiento del mar.

—La vida. —Los Ejércitos del Quemado comenzaron a triturar metódicamente mis líneas.

¿El que pierda, pierde la vida? Debía estar loco, pensé, mientras la marea seguía subiendo, desmesurada, como nunca antes la había visto en España ni en ninguna otra parte.

—El ganador dispone de la vida del perdedor. —El Quemado rompió mi frente por cuatro lugares distintos y penetró en Alemania por Budapest.

—Yo no quiero tu vida, Quemado, no exageremos —dije, trasladando a la región de Viena mi única reserva.

El mar lamía ya el borde del parapeto. Comencé a sentir temblores por todo el cuerpo. Las sombras de los edificios estaban tragándose la escasa luz que aún iluminaba el Paseo.

—¡Además este escenario está hecho expresamente para que Alemania pierda!

El nivel del agua trepó por las escaleras de la playa y se desparramó a lo ancho de la acera; piensa muy bien tu próxima jugada, advirtió el Quemado, y comenzó a alejarse, chapoteando, rumbo al Del Mar; aquél era el único sonido que se escuchaba. Como un vendaval pasaron por mi cabeza las imágenes de Ingeborg sola en la habitación, de Frau Else sola en un pasillo entre la lavandería y la cocina, de la pobre Clarita saliendo del trabajo por la puerta de servicio, cansada y flaca como un palo de escoba. El agua era negra y ahora me llegaba hasta los tobillos. Una especie de parálisis impedía que moviera los brazos y las piernas de tal modo que no podía reorganizar mis fichas en el mapa ni echar a correr detrás del Quemado. El dado, blanco como la luna, estaba con el 1 vuelto hacia arriba. Podía mover el cuello y podía hablar (al menos, murmurar) pero poco más. Pronto el agua arrebató el tablero del parapeto y éste, junto con los force pool y las fichas, comenzó a flotar y a alejarse de mí. ¿Hacia dónde irían? ¿Hacia el hotel o hacia la parte vieja del pueblo? ¿Los encontraría alguien algún día? ¿Y si así era serían capaces de reconocer en aquel mapa el mapa de batallas del Tercer Reich y en aquellas fichas los cuerpos blindados y de infantería, la aviación, la marina del Tercer Reich? Por supuesto que no. Las fichas, más de quinientas, boyarían juntas los primeros minutos, luego inevitablemente se separarían, hasta perderse en el fondo del mar; el mapa y los force pool, más grandes, ofrecerían mayor resistencia e incluso cabía la posibilidad de que el oleaje los varara en un roquerío donde se pudrirían apaciblemente. Con el agua hasta el cuello pensé que al fin y al cabo sólo se trataba de trozos de cartón. No puedo decir que estuviera angustiado. Tranquilo y sin esperanzas de salvarme aguardaba el instante en que el agua me cubriría. Entonces surgieron en el área iluminada por las farolas los patines del Quemado. Asumiendo una de las múltiples formaciones en cuña (un patín a la cabeza, seis de dos en fondo y tres cerrando la marcha) se deslizaban sin ruidos, sincronizados y gallardos a su modo, como si el diluvio fuera el momento más apropiado para un desfile militar. Una y otra vez giraron por lo que antes había sido la playa sin que mi estupefacta mirada pudiera despegarse de ellos un segundo; si alguien pedaleaba y los dirigía sin duda serían espíritus pues yo no vi a nadie. Finalmente se alejaron, no mucho, mar adentro, y variaron la formación. Ahora estaban ordenados en fila india y de alguna manera misteriosa no avanzaban, no retrocedían, ni siquiera se movían en aquel mar de locos iluminado por una tormenta de relámpagos en lontananza. Desde mi posición sólo podía divisar el morro del primero, tan perfecta era la nueva formación adoptada. Sin barruntar nada observé cómo las paletas hendían el agua y se iniciaba otra vez el movimiento. ¡Venían directos hacia mí! No muy rápidos, pero contundentes y pesados como los viejos Dreadnought de Jutlandia. Justo antes de que el flotador del primero, al que seguirían los nueve restantes, machacara mi cabeza, desperté.

Conrad tenía razón, no al insistir en que regresara sino al pintar mi situación como producto de un desarreglo nervioso. Pero no exageremos, las pesadillas jamás me han sido ajenas; el único culpable era yo y si acaso el imbécil de Charly por morir ahogado. Aunque Conrad veía el desarreglo en el hecho de que por primera vez estuviera perdiendo un Tercer Reich. Estoy perdiendo, es verdad, pero sin abandonar mi juego limpio. A modo de ejemplo solté varias carcajadas. (Alemania, según Conrad, perdió con fairplay; la prueba es que no usó gases tóxicos ni siquiera contra los rusos, ja ja ja.)

Antes de marcharme el socorrista preguntó en dónde estaba enterrado Charly. Le dije que no tenía idea. Podría-

298

mos visitar su tumba una tarde de éstas, sugirió. Puedo averiguarlo en la Comandancia de Marina. La sospecha de que Charly pudiera estar enterrado en el pueblo se instaló en mi cabeza como una bomba de relojería. No lo hagas, dije. El socorrista, lo noté entonces, estaba borracho y excitado. Debemos, recalcó esta palabra, rendirle un último homenaje a nuestro amigo. No era tu amigo, masculló. Es igual, como si lo fuera, los artistas somos hermanos dondequiera que nos encontremos, vivos o muertos, sin límite de edad ni de tiempo. Lo más probable es que lo hayan enviado a Alemania, dije. El rostro del socorrista se congestionó y luego soltó una carcajada profunda que casi lo envió de espaldas al suelo. ¡Mentira podrida! Mandan patatas, pero no a los muertos, y menos en *verano*. Nuestro amigo está aquí, el índice apuntó al suelo en un gesto que no admitía réplica. Tuve que sostenerlo por los hombros y ordenarle que se fuera a acostar. Insistía en acompañarme hasta la calle so pretexto de que podía encontrar cerrada la puerta principal. Y mañana investigaré dónde han sepultado a nuestro hermano. No era nuestro hermano, repetí cansado, aun comprendiendo que en ese preciso instante debido a quién sabe qué monstruosa deformación su mundo estaba compuesto exclusivamente por nosotros tres, únicos sujetos en un océano inmenso y desconocido. Bajo esa nueva luz el socorrista adquiría las características de un héroe y de un loco. Erguidos ambos en medio del rellano lo miré a la cara y su mirada vidriosa agradeció mi mirada sin entenderla en absoluto. Parecíamos dos árboles pero el socorrista comenzó a manotear en mi dirección. Como Charly. Entonces decidí empujarlo, a ver qué pasaba, y pasó lo más congruente: el socorrista cayó al suelo y ya no se levantó, las piernas encogidas y la cara a medias cubierta por un brazo, un brazo blanco, indemne al sol, como el mío. Luego bajé tranquilamente las escaleras y volví al hotel con tiempo para darme una ducha y cenar.

Primavera del 43. El Quemado hace su entrada un poco más tarde que de costumbre. La verdad es que día tras día su horario de llegada se atrasa un poco más. De seguir así comenzaremos a jugar el turno final a las seis de la mañana. ¿Tiene esto algún significado? En el Oeste pierdo mi último hexágono en Inglaterra. Los datos continúan favoreciéndolo. En el Este la línea del frente corre a lo largo de Tallin-Vitebsk-Smolensk-Bryansk-Kharkov-Rostov y Maikop. En el Mediterráneo conjuro un ataque americano sobre Orán pero no puedo pasar a la ofensiva; en Egipto todo sigue igual, el frente se mantiene en los hexágonos LL26 y MM26, junto a la Depresión de Quattara.

18 de septiembre

Como un rayo de luz aparece Frau Else al final del pasillo. Estoy recién levantado y me encamino a desayunar pero la sorpresa me deja de piedra.

—Te he estado buscando —dice, viniendo a mi encuentro.

—¿Dónde diablos te habías metido?

—En Barcelona, con la familia, mi marido no está bien, ya lo sabías, pero tú tampoco estás bien y me vas a escuchar.

La hago pasar a mi habitación. Huele mal, a tabaco y a encierro. Al abrir las cortinas el sol me hace parpadear dolorosamente. Frau Else observa las fotocopias del Quemado pegadas en la pared; supongo que me reñirá porque aquello va contra las reglas del hotel.

—Esto es obsceno —dice, y no sé si se refiere al contenido de las páginas o a mi voluntad de exhibirlas.

—Son los dazibaos del Quemado.

Frau Else se da vuelta. Ha regresado, si eso es posible, más bella que hace una semana.

—¿Ha sido él quien los ha puesto aquí?

—No, fui yo. El Quemado me los regaló y... decidí que era mejor no esconderlos. Para él las fotocopias son como el decorado de nuestro juego.

—¿Qué clase de juego monstruoso es ése? ¿El juego de la expiación? Qué falta de tacto.

Los pómulos de Frau Else tal vez se hayan afilado levemente durante su ausencia.

—Tienes razón, es una falta de tacto, aunque en realidad la culpa es mía, yo fui el primero en esgrimir fotocopias; claro que las mías eran artículos sobre el juego; en fin, viniendo del Quemado es previsible, cada uno se orienta como puede.

—Atestado de la Reunión del Consejo de Ministros del 12 de noviembre de 1938 —leyó con su voz dulce y bien timbrada—. ¿A ti, Udo, no se te revuelve el estómago?

—A veces —dije, sin querer decantarme. Frau Else parecía cada vez más agitada—. La Historia, generalmente, es una cosa sangrienta, hay que admitirlo.

—No estaba hablando de la Historia sino de tus idas y venidas. A mí la Historia no me importa. Lo que sí me importa es el hotel y tú, aquí, eres un elemento perturbador. —Empezó a despegar con mucho cuidado las fotocopias.

Supuse que no sólo el vigilante le había ido con cuentos. ¿También Clarita?

—Me las llevo —dijo de espaldas, levantando las fotocopias—. No quiero que sufras.

Pregunté si eso era todo lo que tenía que decirme. Frau Else tarda en responder, mueve la cabeza, se acerca y me planta un beso en la frente.

—Me recuerdas a mi madre —dije.

Con los ojos abiertos Frau Else estampó un fuerte beso en mi boca. ¿Y ahora? Sin saber muy bien lo que hacía la tomé en brazos y la deposité en la cama. Frau Else se puso a reír. Has tenido pesadillas, dijo, sin duda inspirada por el completo desorden que reinaba en la habitación. Su risa, aunque tal vez rozara la histeria, era similar a la de una niña. Con una mano me acariciaba el pelo murmurando palabras ininteligibles y al tumbarme junto a ella sentí en la mejilla el contraste entre el frío lino de la blusa y su piel tibia, suave al tacto. Por un instante creí que se iba a entregar, por fin, sin embargo cuando metí la mano debajo de su falda buscando bajarle las bragas, todo terminó.

—Es temprano —dijo, sentándose en la cama como impulsada por un resorte de una fuerza impredecible.

—Sí —admití—, me acabo de despertar, ¿pero qué importa?

Frau Else se levanta del todo y cambia de tema mientras sus manos perfectas, ¡y veloces!, arreglan su ropa como entes del todo separados del resto de su cuerpo. Astutamente consigue que mis palabras se vuelvan contra mí. ¿Acabo de despertar? ¿Tenía idea de la hora que era? ¿Me parecía correcto levantarme tan tarde? ¿No me daba cuenta de la confusión que eso creaba en el servicio de habitaciones? Acompaña su discurso pateando intermitentemente la ropa tirada en el suelo y guardando en su bolso las fotocopias.

En fin, quedó claro que no íbamos a hacer el amor y mi único consuelo fue comprobar que aún no estaba al tanto del asunto con Clarita.

Al despedirnos, en el ascensor, quedamos citados para esta tarde en la plaza de la Iglesia.

Con Frau Else en el restaurante Playamar, en una carretera del interior distante del mar unos cinco kilómetros, nueve de la noche.

—Mi marido tiene cáncer.

—¿Es grave? —dije con la total certeza de estar haciendo una pregunta ridícula.

—Mortal. —Frau Else me mira como si estuviéramos separados por un cristal antibalas.

—¿Cuánto tiempo le queda?

—Poco. Tal vez no pase el verano.

—No falta mucho para que el verano termine... Aunque parece que el buen tiempo se mantendrá hasta octubre —balbuceo.

La mano de Frau Else por debajo de la mesa oprime mi mano. Su mirada, por el contrario, se pierde en la lejanía. Recién ahora la noticia empieza a tomar forma en mi cabeza; el marido agoniza; he allí la explicación, o el desencadenante, de muchas de las cosas que suceden en el hotel y fuera de él. La extraña actitud de atracción y rechazo de Frau Else. El misterioso consejero del Quemado. Las intrusiones en mi habitación y la presencia vigilante que intuyo dentro del hotel. Bajo este prisma, ¿el sueño con Florian Linden era una advertencia de mi subconsciente para que tuviera cuidado con el marido de Frau Else? La verdad es que resultaría decepcionante si todo se reduce a un puro asunto de celos.

—¿Qué tienen en común tu marido y el Quemado? —pregunto tras un lapso ocupado únicamente por nuestros dedos que se trenzan subrepticiamente: el restaurante Playamar es un local concurrido y en poco tiempo Frau Else ha saludado a varias personas.

—Nada.

Entonces intento decirle que se equivoca, que entre ambos planean hundirme, que su marido ha robado las reglas de mi habitación para que el Quemado aprenda a jugar bien, que la estrategia que emplean los aliados no puede ser fruto de una sola mente, que su marido se ha pasado horas en mi habitación estudiando el juego. No puedo.

En lugar de eso le prometo que no me marcharé hasta que su situación (es decir la desaparición de su marido) no se aclare, que permaneceré a su lado, que cuente conmigo para lo que quiera, que comprendo que no desee hacer el amor, que la ayudaré a ser fuerte.

La manera de Frau Else de agradecer mis palabras es apretándome la mano hasta triturarla.

—¿Qué ocurre? —digo, soltándome lo más disimuladamente posible.

—Debes marcharte a Alemania. Debes cuidar de ti, no de mí.

Al declarar esto sus ojos se llenan de lágrimas.

—Tú eres Alemania —digo.

Frau Else suelta una carcajada irresistible, sonora, potente, que atrae hacia nuestra mesa las miradas de todo el restaurante. Yo también opto por reír con ganas: soy un romántico incurable. Un cursi incurable, corrige ella. De acuerdo.

Al regresar detengo el coche en una suerte de parador. Por un camino de grava se llega a un pinar en donde distribuidos de forma anárquica hay mesas de piedra, bancos y cajas para la basura. Al bajar la ventanilla escuchamos una música lejana que Frau Else identifica como proveniente de una discoteca del pueblo. ¿Cómo es posible estando el pueblo tan distante? Nos bajamos del coche y Frau Else, de la mano, me guía hasta una balaustrada de cemento. El parador está en lo alto de una colina y desde allí se ven las luces de los hoteles y los anuncios fluorescentes de las calles comerciales. Intento besarla pero Frau Else me niega sus labios. Paradójicamente, ya en el coche, es ella quien toma la iniciativa. Durante una hora permanecemos besándonos y escuchando música de la radio. La brisa fresca que entraba por las ventanillas semibajadas olía a flores y a hierbas aromáticas y el lugar era idóneo para hacer el amor pero preferí no avanzar nada en aquel sentido.

Cuando me doy cuenta son más de las doce de la noche aunque Frau Else, las mejillas enrojecidas de tanto besarnos, no mostraba ninguna prisa por volver.

En las escalinatas de entrada del hotel encontramos al Quemado. Aparqué en el Paseo Marítimo y bajamos juntos. El Quemado no nos vio hasta que estuvimos casi sobre él. La cabeza la tenía hundida entre los hombros y miraba el suelo con aire abstraído; pese al volumen de su espalda la impresión que daba visto desde lejos era la de un niño irremisiblemente perdido. Hola, dije tratando de traslucir alegría aunque ya desde el momento en que Frau Else y yo descendimos del coche una tristeza vaga y recurrente se instaló en mi espíritu. El Quemado levantó unos ojos ovinos y nos dio las buenas noches. Por primera vez, si bien brevemente, Frau Else se mantuvo a mi lado, los dos de pie, como si fuéramos novios y lo que en uno despertaba el interés también lo despertaba en el otro. ¿Hace mucho que estás aquí? El Quemado nos miró y se encogió de hombros. ¿Cómo va el negocio?, dijo Frau Else. Regular. Frau Else se rió con su mejor risa, la cristalina, la que endulzaba la noche:

—Eres el último en dejar la temporada. ¿Tienes trabajo para el invierno?

—Todavía no.

—Si pintamos el bar te llamaré.

—De acuerdo.

Sentí un poco de envidia: Frau Else sabía cómo hablarle al Quemado, de eso no cabía la menor duda.

–Es tarde y mañana debo madrugar. Buenas noches. –Desde las escalinatas vimos cómo Frau Else se detenía un instante en la recepción, en donde presumiblemente habló con alguien, y luego seguía por el pasillo en penumbra, esperaba el ascensor, desaparecía...

–Qué hacemos ahora. –La voz del Quemado me sobresaltó.

–Nada. Dormir. Ya jugaremos otro día –dije con dureza.

El Quemado tardó en digerir mis palabras. Volveré mañana, dijo en un tono en el que advertí resentimiento. Se levantó de un salto, semejante a un gimnasta. Durante un instante nos observamos como si fuéramos enemigos mortales.

–Mañana, tal vez –dije, intentando dominar el repentino temblor de mis piernas y el deseo de lanzarme hacia su cuello.

En una pelea limpia las fuerzas estarían casi equiparadas. Él es más pesado y más bajo, yo soy más ágil y más alto; ambos tenemos los brazos largos; él está acostumbrado al esfuerzo físico, mi voluntad es mi mejor arma. Tal vez el factor decisivo fuera el espacio de la pelea. ¿En la playa? Parece el sitio más adecuado, en la playa y de noche, pero allí, me temo, la ventaja sería para el Quemado. ¿En dónde, entonces?

–Si no estoy ocupado –añadí con desprecio.

El Quemado dio la callada por respuesta y se marchó. Al cruzar el Paseo Marítimo volvió la vista como para cerciorarse de que yo aún seguía en las escalinatas. ¡Si en ese momento hubiera surgido de la oscuridad un coche a ciento cincuenta por hora!

Desde el balcón no se vislumbra el más débil resplandor en la fortaleza de patines. Por supuesto yo también he apagado mis luces excepto la del baño. La bombilla, sobre el espejo, derrama una claridad acuática que apenas ilumina a través de la puerta entornada un trozo de moqueta.

Más tarde, después de cerrar las cortinas, enciendo de nuevo las luces y estudio uno por uno los diferentes aspectos de mi situación. Estoy perdiendo la guerra. Seguramente he perdido el trabajo. Cada día que transcurre aleja un poco más a Ingeborg de una improbable reconciliación. En su agonía el marido de Frau Else se entretiene odiándome, acosándome con la sutileza de un enfermo terminal. Conrad me ha enviado poco dinero. El artículo que originalmente pensé escribir en el Del Mar está apartado y olvidado... El panorama no es alentador.

A las tres de la mañana me acosté sin desvestirme y retomé la lectura del libro de Florian Linden.

Desperté con una opresión en el pecho poco antes de las cinco. No sabía dónde estaba y me costó unos segundos comprender que seguía en el pueblo.

A medida que el verano se extingue (quiero decir a medida que sus manifestaciones se extinguen) en el Del Mar comienzan a oírse ruidos que antes ni siquiera sospechábamos: las cañerías parecen ahora *vacías* y más *grandes*. El ruido regular y sordo del elevador ha dejado el sitio a los rasguños y carreras entre el revoque de las paredes. El viento que remece marco y goznes de la ventana cada noche es más potente. Los grifos del lavabo chirrían y se estremecen antes de soltar el agua. Incluso el olor de los pasillos, perfumados con lavanda artificial, se degrada más aprisa y adquiere un tufo pestilente que provoca toses horribles a altas horas de la madrugada.

¡Llaman la atención esas toses! ¡Llaman la atención esas

pisadas nocturnas que las alfombras no logran amortiguar del todo!

Pero si te asomas al pasillo vencido por la curiosidad, ¿qué ves? Nada.

19 de septiembre

Al despertar encuentro a Clarita en la habitación, está a los pies de la cama con su uniforme de camarera, mirándome. No sé por qué su presencia me hace feliz. Sonrío y le pido que se meta en la cama conmigo, aunque sin darme cuenta lo hago en alemán. De qué manera Clarita me entiende es un misterio, lo cierto es que prudentemente primero cierra la puerta por dentro y luego se acurruca a mi lado, sin quitarse nada, únicamente los zapatos. Como en nuestro anterior encuentro, la boca le huele a tabaco negro, lo que resulta muy atractivo en una mujercita como ella. Según la tradición, de sus labios debería desprenderse un regusto a chorizo y ajos, o a chicle de menta. Me alegro de que no sea así. Al montarla la falda se le arremanga hasta la cintura y de no ser por sus rodillas que aprietan mis flancos con desesperación diría que no siente nada. Ni un gemido, ni un susurro, Clarita hace el amor de la forma más discreta del mundo. Cuando terminamos, igual que la primera vez, pregunto si se lo ha pasado bien. Responde con la cabeza, afirmativamente, y de inmediato salta fuera de la cama, se alisa la falda, se pone las bragas y los zapatos, y mientras yo me dirijo al baño para limpiarme, ella, eficiente, se dedica a ordenar la habitación, eso sí, teniendo cuidado de no hacer volar ninguna ficha.

—¿Eres nazi? —Oigo su voz mientras me limpio el pene con papel higiénico.

—¿Qué has dicho?

—Si eres nazi.

—No. No lo soy. Más bien soy antinazi. ¿Qué te hace pensar eso, el juego? —En la caja del Tercer Reich hay dibujadas algunas esvásticas.

—El Lobo me contó que eras nazi.

—El Lobo está equivocado. —La hice entrar en el baño para poder seguir hablando con ella mientras me duchaba. Me parece que Clarita es tan ignorante que si le dijera que los nazis gobiernan, por ejemplo, en Suiza, se lo creería.

—¿A nadie le extraña que tardes tanto en hacer una habitación? ¿Nadie te echa en falta?

Clarita está sentada en la taza con la espalda encorvada como si levantarse de la cama propiciara la recaída en una ignota enfermedad. ¿Una enfermedad contagiosa? Las habitaciones suelen hacerse por la mañana, informa. (Yo soy un caso especial.) A ella nadie la echa en falta y nadie la controla, ya bastante tiene con el trabajo y el poco sueldo para encima soportar supervisiones. ¿Ni siquiera Frau Else?

—Frau Else es distinta —dice Clarita.

—¿Por qué es distinta? ¿Te deja hacer lo que quieres? ¿Hace la vista gorda con tus asuntos? ¿Te protege?

—Mis asuntos son *mis* asuntos, ¿no? ¿Qué tiene que ver Frau Else con mis asuntos?

—Quería decir si hacía la vista gorda con tus líos, con tus aventuras amorosas.

—Frau Else comprende a la gente. —Su voz enfurruñada apenas se alza por encima del agua de la ducha.

—¿Eso la hace distinta?

Clarita no contesta. Tampoco tiene intención de marcharse. Separados por la fea cortina de plástico blanca con lunares amarillos, ambos quietos, ambos a la expectativa, sentí por ella una profunda pena y deseos de ayudarla. ¿Pero cómo podía ayudarla si era incapaz de ayudarme a mí mismo?

—Te estoy acosando, perdona —dije al salir de la ducha.

Mi cuerpo parcialmente reflejado en el espejo y el cuerpo de Clarita ovillándose imperceptiblemente sobre la taza del baño como si no se tratara de una muchacha (¿qué edad tenía, dieciséis?) sino del cuerpo cada vez más frío de una vieja consiguieron, sobreimpuestos, emocionarme hasta las lágrimas.

—Estás llorando. —Clarita sonrió estúpidamente. Me pasé la toalla por la cara y el pelo y salí del cuarto de baño a vestirme. Atrás quedó Clarita trapeando con el mocho las baldosas mojadas.

En algún bolsillo de mis vaqueros tenía un billete de cinco mil pesetas pero no lo encontré. Como pude reuní tres mil en calderilla y se las di a Clarita. Ésta aceptó el dinero sin decir nada.

—Tú que lo sabes todo, Clarita —la cogí de la cintura como si fuera a reiniciar el magreo—, ¿sabes en qué habitación duerme el marido de Frau Else?

—En la habitación más grande del hotel. La habitación oscura.

—¿Oscura, por qué? ¿No entra el sol?

—Siempre están las cortinas corridas. El señor está muy enfermo.

—¿Se morirá, Clarita?

—Sí... Si tú no lo matas antes...

Por algún motivo cuya causa desconozco, Clarita despierta en mí instintos bestiales. Hasta ahora me he portado bien con ella, jamás le he hecho daño. Pero posee la rara facultad de hurgar, con su sola presencia, entre las imágenes dormidas de mi espíritu. Imágenes breves y terribles como los rayos, a las que temo y huyo. ¿Cómo conjurar este poder que tan de improviso es capaz de desencadenar en mi interior? ¿Arrodillándola a la fuerza y obligándola a chuparme la verga y el culo?

—Bromeas, claro.

—Sí, es una broma —dice, mirando el suelo mientras una gota de sudor en perfecto equilibrio resbala hasta la punta de su nariz.

—Dime entonces en dónde duerme tu señor.

—En la primera planta, al fondo del pasillo, encima de las cocinas... Es imposible perderse...

Después de comer telefoneo a Conrad. Hoy no he salido del hotel. No quiero encontrar casualmente (¿hasta qué punto es casual?) al Lobo y al Cordero, o al socorrista, o al señor Pere... Conrad no se muestra como las ocasiones anteriores sorprendido por mi llamada. Detecto en su voz un matiz de cansancio como si temiera oír justo aquello que voy a pedirle. Por descontado, nada me niega. Necesito que envíe dinero y así lo hará. Pido noticias de Stuttgart, de Colonia, de los preparativos, y él las ofrece someramente, sin añadir los comentarios picantes y socarrones que tanto me gustaban. No sé por qué me cohíbe preguntarle por Ingeborg. Cuando por fin reúno fuerzas y lo hago la respuesta sólo logra deprimirme. Tengo la oscura sospecha de que Conrad miente. Su falta de curiosidad es un síntoma nuevo; ni me ruega que regrese, ni pregunta por mi partida. Tranquilízate, dice en determinado momento, por lo que colijo que por mi parte la conversación no ha carecido de altibajos, mañana giraré el dinero. Se lo agradezco. Nuestra despedida es casi un murmullo.

Vuelvo a encontrar a Frau Else en un pasillo del hotel. Nos detenemos con turbación verdadera o fingida, qué más da, a unos cinco metros uno del otro, los brazos en jarra, pálidos, tristes, comunicándonos con la mirada la desesperanza que sentimos en el fondo de nuestras idas y venidas. ¿Qué tal tu marido? Con la mano, Frau Else señala la raya de luz debajo de una puerta, o tal vez el ascensor, no lo sé. Sólo sé que llevado por un impulso irrefrenable y doloroso (un impulso que se genera en mi estómago hecho trizas) acorté la distancia y la abracé sin miedo de ser descubiertos, deseando tan sólo fundirme con ella, que casi no ofrece resistencia, unos segundos o toda la vida. Udo, ¿estás loco? Casi me rompes una costilla. Bajé la cabeza y pedí perdón. ¿Qué te ha pasado en los labios? No lo sé. La temperatura de los dedos de Frau Else que se posan en mis labios está bajo cero y doy un respingo. Te sangran, dice. Tras prometerle que me aplicaré una cura en la habitación quedamos citados para dentro de diez minutos en el restaurante del hotel. Yo invito, dice Frau Else sabedora de mi nueva estrechez económica. Si no estás allí en diez minutos mandaré un par de camareros, los más brutos, a buscarte. Allí estaré.

Verano del 43. Desembarco angloamericano en Dieppe y Calais. No esperaba que el Quemado pasara a la ofen-

314

siva tan pronto. Es remarcable que las cabezas de playa obtenidas no son demasiado fuertes; ha puesto un pie en Francia pero aún le costará afirmarse y penetrar. En el Este la situación empeora; después de una nueva retirada estratégica el frente queda establecido entre Riga, Minsk, Kiev y los hexágonos Q39, R39 y S39. Dnepropetrovsk pasa a poder de los rojos. El Quemado posee superioridad aérea tanto en Rusia como en Occidente. En África y la zona del Mediterráneo la situación permanece sin cambios aunque sospecho que esto será diametralmente distinto en el próximo turno. Detalle curioso: mientras jugábamos me he quedado dormido. ¿Por cuánto tiempo?, no lo sé. El Quemado tocó mi hombro un par de veces y dijo despierta. Entonces desperté y ya no volví a conciliar el sueño.

20 de septiembre

Abandoné la habitación a las siete de la mañana. Durante horas había estado sentado en el balcón aguardando el amanecer. Cuando salió el sol cerré el balcón, corrí las cortinas y de pie en la oscuridad busqué desesperadamente una ocupación con la que matar el tiempo. Darme una ducha. Cambiarme de ropa. Parecían excelentes ejercicios para comenzar el día pero yo seguí allí, inmovilizado en medio de mi respiración agitada. Por entre los visillos comenzó a colarse la claridad diurna. Volví a abrir el balcón y miré largo rato la playa y el contorno aún impreciso de la fortaleza de patines. Felices los que nada tienen. Felices los que con esa vida se ganan un futuro reumatismo y son afortunados con los dados y se han resignado a no tener mujeres. Ni un alma circulaba por la playa a aquellas horas aunque oí voces provenientes de otro balcón, una discusión en francés. ¡Sólo los franceses son capaces de hablar a gritos antes de las siete! Corrí otra vez las cortinas e intenté desnudarme para entrar en la ducha. No pude. La luz del baño parecía la de una sala de torturas. Con esfuerzo abrí el grifo y me lavé las manos. Al intentar mojarme la cara descubrí que tenía los brazos agarrotados y decidí que lo mejor sería postergarlo para más tarde. Apagué la luz y salí. El pasillo estaba desierto e iluminado sólo en los extremos por unas bombillas semiocultas de las que brotaba un débil fulgor ocre. Sin hacer ruido descendí por las escaleras hasta llegar al primer descansillo de la planta baja. Desde allí, reflejado en el enorme espejo de la sala, pude ver la nuca del vigilante nocturno que sobresalía por el borde del mostrador. Indudablemente, dormía. Rehíce el camino en sentido inverso hasta el primer piso, en donde giré hacia el fondo (dirección noroeste) con el oído presto a escuchar los sonidos característicos de la cocina en el supuesto de que hubieran llegado los cocineros, cosa harto discutible. El silencio, al principio de mi travesía por el pasillo, era total, pero conforme me iba internando comencé a distinguir un ronquido asmático que rompía, con cortos intervalos, la monotonía de puertas y paredes. Al llegar al final me detuve, frente a mí había una puerta de madera con una placa de mármol en el centro que desplegaba en letras negras un poema (o eso creí) de cuatro versos, escritos en catalán y cuyo significado no comprendí. Agotado, apoyé la mano en la jamba y empujé hacia delante. La puerta se abrió sin el más leve impedimento. Aquélla era la habitación, grande y en penumbra, tal como la describiera Clarita. Sólo podía adivinarse la silueta de una ventana y el aire estaba cargado aunque no percibí olor a medicinas. Me disponía a cerrar la puerta que tan temerariamente había abierto cuando escuché una voz que surgía de todos los rincones y de ninguno. Una voz que resumía virtudes contradictorias: helada y cálida, amenazadora y afectuosa:

—Adelante. —Hablaba en alemán.

Di unos pasos a ciegas, tanteando con las manos el papel de las paredes, tras superar un instante de vacilación en el que estuve tentado de cerrar de golpe y huir.

–¿Quién es? Pase usted. ¿Se encuentra bien? –La voz semejaba salir de una grabadora aunque yo sabía que era el marido de Frau Else quien hablaba, entronizado en su cama gigantesca y oculta.

–Soy Udo Berger –dije de pie en la oscuridad. Temía que si seguía avanzando iba a dar de bruces con la cama u otro mueble.

–Ah, el joven alemán, Udo Berger, Udo Berger, ¿se encuentra usted bien?

–Sí. Perfectamente.

Desde un impensable repliegue de la habitación unos murmullos de asentimiento. Y luego:

–¿Puede usted verme? ¿Qué desea? ¿A qué debo el honor de su visita?

–He creído que debíamos hablar. Al menos, conocernos, intercambiar ideas civilizadamente –dije en un susurro.

–¡Muy bien pensado!

–Pero no puedo verle. No puedo ver nada... y así resulta difícil mantener un diálogo...

Entonces escuché el ruido de un cuerpo que reptaba entre sábanas almidonadas seguido de un gemido y de un juramento y finalmente se encendió a unos tres metros de donde yo estaba una lamparilla de velador. Ladeado, con un pijama azul marino abrochado hasta el cuello, el marido de Frau Else sonreía: ¿es usted madrugador o aún no se ha acostado? He dormido un par de horas, dije. Nada en aquel rostro podía evocar la vieja imagen de hacía diez años. Había envejecido aprisa y mal.

–¿Quería hablarme del juego?

–No, de su mujer.

–Mi mujer, mi mujer, como puede ver ella no está aquí.

De golpe caí en la cuenta de que Frau Else, en efecto, faltaba. Su marido se enterró bajo las sábanas hasta el mentón mientras yo en un acto reflejo recorría con la mirada el resto de la habitación temiéndome una broma de mal gusto o una trampa.

–¿Dónde está?

–Eso, estimado joven, es algo que ni a usted ni a mí debe interesar. Lo que haga o deje de hacer mi mujer es cuestión que únicamente a ella incumbe.

¿Se hallaba Frau Else en brazos de otro? ¿Un amante secreto del que nada había dicho? ¿Probablemente alguien del pueblo, otro hotelero, el dueño de un restaurante de mariscos? ¿Un tipo más joven que su marido pero mayor que yo? ¿O cabía la posibilidad de que a estas horas Frau Else estuviera conduciendo por carreteras secundarias como terapia para olvidar sus problemas?

–Usted ha cometido varios errores –dijo el marido de Frau Else–. El principal, atacar tan pronto a la Unión Soviética.

Mi mirada de odio pareció desconcertarlo por un momento pero de inmediato se repuso.

–Si en este juego fuera posible soslayar la guerra contra la URSS –prosiguió–, yo jamás la iniciaría; hablo, por supuesto, desde la perspectiva alemana. El otro gran error fue menospreciar la resistencia que podía ofrecer Inglaterra, allí usted perdió tiempo y dinero. Hubiera valido la pena empeñando en la tentativa por lo menos el cincuenta por ciento de su poder, pero eso usted no podía permitírselo puesto que tenía las manos enganchadas en el Este.

–¿Cuántas veces ha estado en mi habitación sin que yo lo supiera?

—No muchas...

—¿Y no le da vergüenza admitirlo? ¿Le parece ético que el dueño de un hotel fisgonee en las habitaciones de sus huéspedes?

—Depende. Todo es bastante relativo. ¿A usted le parece ético intentar ligarse a mi mujer? —Una sonrisa cómplice y malévola salió de debajo de las sábanas y se instaló en sus mejillas—. Repetidas veces, además, y sin ningún éxito.

—Es distinto. Yo no pretendo ocultar nada. Me preocupa su mujer. Me preocupa su salud. La amo. Estoy dispuesto a afrontar lo que sea... —Noté que había enrojecido.

—Menos cuento. También a mí me preocupa el muchacho con el que usted está jugando.

—¿El Quemado?

—El Quemado, sí, el Quemado, el Quemado, no tiene usted idea del lío en que se ha metido. ¡Un muchacho peligroso como una pitón!

—¿El Quemado? ¿Lo dice por las ofensivas soviéticas? Creo que gran parte del mérito hay que achacárselo a usted. En el fondo, ¿quién ha delineado su estrategia?, ¿quién le ha aconsejado en dónde debía defender y en dónde debía atacar?

—Yo, yo, yo, pero no del todo. Ese chico es inteligente. ¡Cuídese! ¡Vigile Turquía! ¡Retírese de África! ¡Acorte los frentes, hombre!

—Lo estoy haciendo. ¿Cree usted que piensa invadir Turquía?

—El Ejército soviético tiende a ser cada vez más fuerte y puede darse ese lujo. ¡Diversificación operativa! Personalmente no lo creo necesario, ahora bien, la ventaja de tener Turquía es obvia: el control de los estrechos y la salida de la Flota del Mar Negro al Mediterráneo. Un desembarco soviético en Grecia seguido de desembarcos angloamericanos en Italia y España y usted se vería obligado a encerrarse tras su frontera. Capitulación. —Cogió de la mesilla de noche las fotocopias que Frau Else se había llevado de mi habitación y las blandió en el aire. Unas manchas rojas aparecieron en sus mejillas. Tuve la impresión de que estaba amenazándome.

—Olvida que yo también puedo pasar a la ofensiva.

—¡Me cae usted simpático! ¿No se rinde nunca?

—Jamás.

—Lo sospechaba. Digo: por la insistencia que ha tenido con mi mujer. Yo, en mis tiempos, si me daban calabazas dejaba plantada hasta a Rita Hayworth. ¿Sabe usted qué significan estos papeles? Sí, fotocopias de libros de guerra, más o menos, pero yo no le sugerí nada de esto al Quemado. (Hubiera recomendado la *Historia de la Segunda Guerra Mundial*, de Lidell Hart, un libro sencillo y justo, o la *Guerra en Rusia* de Alexander Werth.) Por el contrario, esto fue por iniciativa propia. Y creo que su significado es claro, tanto yo como mi mujer nos percatamos de inmediato. ¿Usted no? Debí imaginarlo. Pues bien, sepa que siempre he tenido un gran ascendiente con los jóvenes. Entre ellos ocupa un lugar especial el Quemado y por eso ahora mi mujer me hace un poco responsable, ¡a mí, que estoy enfermo!, de lo que a usted pueda ocurrirle.

—No entiendo nada. Si estamos hablando del Tercer Reich debo informarle que en Alemania soy el campeón nacional de este deporte.

—¡Deporte! Hoy día a cualquier cosa le llaman deporte. Eso no es ningún deporte. Y por supuesto tampoco estoy hablando del Tercer Reich sino de los proyectos que ese pobre muchacho prepara para usted. ¡No en el juego (eso, ni más ni menos, es lo que es) sino en la vida real!

Me encogí de hombros, no estaba dispuesto a llevarle

la contraria a un enfermo. Mi incredulidad la expresé soltando una risa amistosa; después de eso me sentí mejor.

—Claro que yo le dije a mi mujer que poco podía hacer. A estas alturas ese chico sólo escucha lo que le interesa, está metido hasta el cuello y no creo que se vuelva atrás.

—Frau Else se preocupa por mí en exceso. Es muy buena, de todos modos.

El rostro del marido adquirió un aire soñador y ausente.

—Lo es, sí señor, muy buena. Demasiado... Sólo lamento no haberle dado un par de hijos.

La observación me pareció de mal gusto. Di gracias al cielo por la verosímil esterilidad de aquel pobre tipo. Un embarazo tal vez hubiera roto el equilibrio clásico del cuerpo de Frau Else, la soberanía que se mantenía en las habitaciones aunque ella físicamente no estuviera.

—Y en el fondo, como cualquier mujer, ella desea ser madre. En fin, espero que con el siguiente tenga más suerte. —Me guiñó un ojo y juraría que por debajo de las sábanas, con los dedos, me hizo un gesto obsceno—. Desengáñese, no será usted, cuanto antes se dé cuenta, mejor, así no sufrirá ni la hará sufrir a ella. Aunque por usted siente aprecio, eso es irrefutable. Me contó que hace años solía venir con sus padres al Del Mar. ¿Cómo se llama su padre?

—Heinz Berger. Venía con mis padres y con mi hermano mayor. Todos los veranos.

—No lo recuerdo.

Dije que no tenía importancia. El marido de Frau Else pareció concentrarse con todas sus fuerzas en el pasado. Pensé que se sentía mal. Me alarmé.

—Y usted, ¿se acuerda de mí?

—Sí.

—¿Cómo era, qué imagen guarda?

—Era alto y muy delgado. Usaba camisas blancas y Frau Else se veía feliz a su lado. No es mucho.

—Suficiente.

Dio un suspiro y su rostro se relajó. De tanto estar de pie comenzaban a dolerme las piernas. Consideré que debía marcharme, dormir un poco o coger el coche y salir en busca de una cala solitaria en donde zambullirme y luego poder descansar sobre la arena limpia.

—Espere, aún tengo algo que advertirle. Aléjese del Quemado. ¡Inmediatamente!

—Lo haré —dije con cansancio—, cuando me largue de aquí.

—¿Y qué espera para retornar a su patria? ¿No se da cuenta de que... la desgracia y el infortunio rondan este hotel?

Conjeturé que lo decía por la muerte de Charly. No obstante, si los males acechaban un hotel ése debía ser el Costa Brava, en donde había vivido Charly, y no el Del Mar. Mi sonrisa de amabilidad molestó al marido de Frau Else.

—¿Tiene usted idea de lo que sucederá la noche que caiga Berlín?

De pronto comprendí que el infortunio al que se refería era la guerra.

—No me subestime —dije, intentando adivinar el paisaje de patios interiores que seguramente se desplegaba al otro lado de las cortinas. ¿Por qué no habían escogido una habitación con vistas al mar?

El marido de Frau Else estiró el cuello como un gusano. Estaba pálido y con la piel lustrosa de fiebre.

—Iluso, ¿cree que aún puede ganar?

—Puedo hacer el esfuerzo. Tengo facilidad para reponerme. Puedo montar ofensivas que mantengan a raya a

los rusos. Todavía conservo un gran potencial de choque...
—Hablé y hablé, acerca de Italia, de Rumanía, de mis fuerzas blindadas, de la reorganización de mi Fuerza Aérea, de
cómo pensaba y podía hacer desaparecer las cabezas de playa en Francia, incluso de la defensa de España, y paulatinamente sentía que el interior de mi cabeza se iba quedando helado y que el frío bajaba al paladar, a la lengua, a la
garganta, y que hasta las palabras que salían de mi boca hu-
meaban en el camino hacia la cama del enfermo. Escuché
que éste decía: ríndase, empaquete, pague su cuenta, ¿eh?,
y márchese. Comprendí con horror que sólo quería ayudarme. Que a su manera, y porque se lo habían pedido, velaba por mí.

—¿A qué hora volverá su mujer? —Involuntariamente
mi voz sonó desesperada. Del exterior llegaban cantos de
pájaros y ruidos en sordina de motores y puertas. El marido de Frau Else se hizo el desentendido y dijo tener sueño.
Como si quisiera confirmar lo anterior, cerró pesadamente
los párpados.

Temí que se quedara dormido de verdad.

—¿Qué sucederá después de la caída de Berlín?

—Según veo la situación —dijo sin abrir los ojos y arrastrando las palabras—, él no se contentará con recibir la
enhorabuena.

—¿Qué cree usted que hará?

—Lo más lógico, Herr Udo Berger, lo más lógico. Piense usted, ¿qué hace el vencedor?, ¿cuáles son sus atributos?

Confesé mi ignorancia. El marido de Frau Else se aco-
modó de lado en la cama de tal manera que sólo podía observar su perfil demacrado y anguloso. Descubrí que así se
parecía al Quijote. Un Quijote postrado, cotidiano y terrible como el Destino. El hallazgo consiguió inquietarme.
Tal vez eso fue lo que había atraído a Frau Else.

—Está en todos los libros de historia —su voz tenía un timbre débil y cansado—, incluso en los alemanes. Iniciar el juicio a los criminales de guerra.

Me reí en su cara:

—El juego termina con Victoria Decisiva, Victoria Táctica, Victoria Marginal o Empate, no con juicios ni estupideces de ese tipo —recité.

—Ay, amigo, en las pesadillas de ese pobre muchacho el juicio es tal vez el acto más importante del juego, el único por el que vale la pena pasarse tantas horas jugando. ¡Colgar a los nazis!

Me estiré los dedos de la mano derecha hasta escuchar el sonido de cada uno de los huesos.

—Es un juego de estrategia —susurré—, de alta estrategia, ¿qué clase de locura está usted diciendo?

—Yo sólo le aconsejo que haga las maletas y desaparezca. Total, Berlín, el único y verdadero Berlín, cayó hace tiempo, ¿no?

Ambos asentimos tristemente con la cabeza. La sensación de que hablábamos de temas distintos y hasta opuestos era cada vez más patente.

—¿A quién piensa juzgar? ¿A las fichas de los Cuerpos SS? —Al marido de Frau Else pareció divertirle mi salida y sonrió de forma canallesca, semienderezándose en la cama.

—Me temo que es usted quien inspira su odio. —El cuerpo del enfermo de pronto se convirtió en un solo latido, irregular, grande, claro.

—¿Es a mí a quien va a sentar en el banquillo? —Aunque intentaba mantener la compostura mi voz temblaba de indignación.

—Sí.

—¿Y cómo piensa hacerlo?

—En la playa, como los hombres, con un par de hue-

vos. –La sonrisa canallesca se hizo aún más alargada y al
mismo tiempo profunda.

–¿Me va a violar?

–No sea imbécil. Si eso es lo que usted anda buscando
se equivocó de película.

Confieso que estaba confundido.

–¿Qué me va a hacer, entonces?

–Lo usual con los cerdos nazis, golpearlos hasta que ex-
ploten. ¡Desangrarlos en el mar! ¡Mandarlo al Walhalla con
su amigo, el del windsurf!

–Charly no era un nazi, que yo sepa.

–Ni usted, pero al Quemado, a estas alturas de la guerra, le da igual. Usted ha arrasado la riviera inglesa y los tri-
gales ucranianos, para decirlo poéticamente, no esperará
que ahora él se ande con delicadezas.

–¿Ha sido usted quien ha sugerido este plan diabólico?

–No, en absoluto. ¡Pero me parece divertido!

–Parte de culpa es suya; sin sus consejos el Quemado
no hubiera tenido la más mínima oportunidad.

–¡Se equivoca! El Quemado ha trascendido mis consejos. En cierta manera me recuerda al inca Atahualpa, un
prisionero de los españoles que aprendió a jugar ajedrez en
tan sólo una tarde observando cómo sus captores movían
las piezas.

–¿El Quemado es sudamericano?

–Caliente, caliente...

–¿Y las quemaduras de su cuerpo...?

–¡Premio!

Enormes goterones de sudor bañaban el rostro del enfermo cuando le dije adiós. Hubiera deseado echarme en
los brazos de Frau Else y sólo oír palabras de consuelo el
resto del día. En lugar de eso, cuando la encontré, mucho
más tarde y con mi ánimo mucho más decaído, me limité

a susurrarle improperios y recriminaciones. ¿Dónde pasaste la noche?, ¿con quién?, etcétera. Frau Else intentó fulminarme con la mirada (por otra parte nada sorprendida de que hubiera hablado con su marido) pero yo estaba insensibilizado a cualquier cosa.

Otoño del 43 y nueva ofensiva del Quemado. Pierdo Varsovia y Besarabia. El oeste y el sur de Francia caen en poder de los angloamericanos. Puede que sea el cansancio lo que inhibe mi capacidad de respuesta.

—Vas a ganar, Quemado —digo por lo bajini.

—Sí, eso parece.

—¿Y qué haremos después? —Pero el miedo me obliga a prolongar la pregunta para no escuchar una respuesta concreta—. ¿Dónde celebraremos tu iniciación como jugador de guerra? Dentro de poco recibiré dinero de Alemania y podríamos salir de juerga a una discoteca, con chicas, ¡champán!, algo por el estilo...

El Quemado, ausente de todo lo que no sea mover sus dos enormes apisonadoras, responde al cabo con una frase a la que luego encuentro propiedades simbólicas: vigila lo que tienes en España.

¿Se refiere a los tres cuerpos de infantería alemanes y al cuerpo de infantería italiano que aparentemente han quedado aislados en España y Portugal ahora que los aliados controlan el sur de Francia? La verdad es que si *quisiera* podría evacuarlos en el SR por los puertos mediterráneos, cosa que no haré, al contrario, tal vez los refuerce para crear una amenaza o diversión por el flanco; al menos eso retardará la marcha angloamericana hacia el Rin. Esta posibilidad estratégica el Quemado debería conocerla si es tan bueno como parece. ¿O quería indicar otra cosa? Algo personal. ¿Qué tengo yo en España? ¡A mí mismo!

21 de septiembre

—Te estás durmiendo, Udo.

—La brisa del mar me hace bien.

—Bebes mucho y duermes poco, eso no está bien.

—Pero tú nunca me has visto borracho.

—Peor aún: quiere decir que te emborrachas solo. Que comes y vomitas tus propios demonios sin solución de continuidad.

—No te preocupes, tengo un estómago grande grande grande.

—Tienes unas ojeras espantosas y cada día estás más pálido, como si estuvieras en proceso de convertirte en el Hombre Invisible.

—Es el color natural de mi piel.

—Tu aspecto es enfermizo. No escuchas nada, no ves a nadie, pareces resignado a quedarte en el pueblo para siempre.

—Cada día que paso aquí me cuesta dinero. Nadie me regala nada.

—No se trata de tu dinero sino de tu salud. Si me dieras el teléfono de tus padres los llamaría para que vinieran a buscarte.

—Puedo ocuparme de mí mismo.

—No se nota, eres capaz de pasar de una actitud iracunda a una actitud pasiva con la mayor tranquilidad. Ayer me gritaste y hoy te contentas con sonreír como retrasado mental sin poder levantarte de esta mesa en toda la mañana.

—Confundo las mañanas con las tardes. Aquí respiro bien. El tiempo ha cambiado, ahora es húmedo y opresivo... Sólo en este rinconcito se está bien...

—Mejor estarías en la cama.

—Si doy unas cabezadas no te preocupes. La culpa es del sol. Viene y va. Por dentro mi voluntad permanece intacta.

—¡Pero si hablas dormido!

—No estoy dormido, sólo lo aparento.

—Creo que me veré obligada a traer a un médico para que te eche un vistazo.

—¿Un médico amigo?

—Un buen médico alemán.

—No quiero que venga nadie. La verdad es que yo estaba sentado tranquilamente, tomando la brisa del mar, y has venido a sermonearme sin que te invitara, espontáneamente, por puro gusto.

—Tú no estás bien, Udo.

—En cambio tú eres una calientabraguetas, mucho beso, mucho manoseo, pero nada más. Vaga presencia y vaga promesa.

—No levantes la voz.

—Ahora levanto la voz, muy bien, ya ves que no estoy durmiendo.

—Podríamos intentar hablar como buenos amigos.

—Adelante, sabes que mi tolerancia y curiosidad no tienen límites. Tampoco mi amor.

—¿Quieres saber cómo te llaman los camareros? El loco. No les falta razón, alguien que se pasa el día en la terraza, arrebujado bajo una manta como un viejo reumático, dando cabezadas de sueño, y que por la noche se transforma en señor de la guerra para recibir a un trabajador de ínfima categoría, a mayor morbo desfigurado, no suele ser frecuente. Hay quienes opinan que eres un loco homosexual y hay quienes sólo dicen que eres un loco extravagante.

—¡Loco extravagante! Qué estupidez, todos los locos son extravagantes. ¿Esto lo has oído o lo acabas de inventar? Los camareros desprecian lo que no comprenden.

—Los camareros te odian. Creen que traes mala suerte al hotel. Cuando los escucho hablar pienso que no les desagradaría que murieras ahogado como tu amigo Charly.

—Por suerte, casi no me baño. El tiempo cada día es peor. De todas maneras, exquisitos sentimientos.

—Sucede cada verano. Siempre hay un cliente que concita todas las iras. Pero ¿por qué tú?

—Porque estoy perdiendo la partida y nadie compadece al vencido.

—Tal vez no hayas tenido un trato cortés con el personal... No te duermas, Udo.

—Los Ejércitos del Este se hunden —le dije al Quemado—. Como en el resultado histórico el flanco de Rumanía se deshace y no hay reservas para contener la oleada de fichas rusas que penetran por los Cárpatos, por los Balcanes, por la llanura húngara, por Austria... Es el fin del 17.º Ejército, del 1.er Ejército Blindado, del 6.º Ejército, del 8.º Ejército...

—En el próximo turno... —susurra el Quemado, ardiendo como una tea hinchada de venas.

—¿En el próximo turno voy a perder?

—En el fondo, muy en el fondo, te quiero —dice Frau Else.

—Éste es el invierno más frío de la guerra y nada podría ir peor. Estoy en un bache profundo del que tal vez no pueda salir. La confianza es una mala consejera —me escucho decir con voz imparcial.

—¿Dónde están las fotocopias? —pregunta el Quemado.

—Frau Else se las entregó a tu maestro —contesté a sabiendas de que el Quemado no tiene maestro ni nada que se le parezca. ¡Si acaso yo, que le enseñé a jugar! Pero ni eso.

—No tengo maestro —dice el Quemado, previsiblemente.

Por la tarde, antes de la partida, me tiré en la cama, agotado, y soñé que era un detective (¿Florian Linden?) que al seguir una pista penetraba en un templo similar al de *Indiana Jones y el Templo Maldito*. ¿Qué iba a hacer allí? Lo ignoro. Sólo sé que recorría pasillos y galerías sin ningún tipo de reserva mental, casi con placer, y que el frío del interior traía a mi memoria los fríos de la niñez y un invierno quimérico en donde todo, aunque sólo por un instante, era blanco e infinitamente inmóvil. En el centro del templo, que debía estar excavado en las entrañas de la colina que domina el pueblo, iluminado por un cono de luz, encontré a un hombre que jugaba al ajedrez. Sin que nadie me lo dijera supe que era Atahualpa. Al acercarme, por sobre el hombro del jugador, vi que las piezas negras estaban chamuscadas. ¿Qué había pasado? El jefe indio se volvió para estudiarme sin demasiado interés y dijo que alguien había arrojado las piezas negras al fuego. ¿Por qué razón, por maldad? En vez de contestar, Atahualpa movió la reina blanca a un escaque dentro del dispositivo de defensa de las negras. ¡Se la van a comer!, pensé. Luego me dije que daba lo mismo puesto que Atahualpa jugaba solo. En el siguiente movimiento la reina blanca fue eliminada por un alfil. ¿De qué sirve jugar solo si uno hace trampas?, pregunté. El indio esta vez ni siquiera se volvió, con el brazo extendido señaló hacia el fondo del templo, un espacio oscuro suspendido entre la bóveda y el suelo de granito. Di unos pasos, aproximándome al sitio señalado, y vi una enorme chimenea de ladrillos rojos y guardaduras de hierro forjado en donde aún quedaban rescoldos de un fuego que debió consumir cientos de tocones. Entre las cenizas, aquí y allá, sobresalían las puntas retorcidas de diferentes tipos de figuras de ajedrez. ¿Qué significaba aquello? Con la cara ardiendo de indignación y rabia di media vuelta y grité a Atahualpa que jugara conmigo. Éste no se dignó a levantar la cabeza del tablero. Al observarlo con mayor detenimiento caí en la cuenta de que no era tan viejo como al principio falsamente creí; los dedos sarmentosos y el pelo largo y sucio que casi velaba por entero su rostro llevaban a engaño. Juega conmigo si eres hombres, grité, queriendo escapar del sueño. A mis espaldas sentía la presencia de la chimenea como un organismo vivo, frío-caliente, extraño a mí y extraño al indio ensimismado. ¿Por qué destrozar un hermoso trabajo artesano?, dije. El indio se rió pero la risa no salió de su garganta. Cuando la partida hubo acabado se levantó y portando en bandeja tablero y figuras se acercó a la chimenea. Comprendí que iba a alimentar el fuego y decidí que lo más inteligente era ver y esperar. De los rescoldos volvieron a aparecer llamas, rápidas lenguas de fuego que no tardaron en desaparecer apenas saciadas con tan magra ración. Los ojos de Atahualpa ahora estaban fijos en la bóveda del templo. ¿Quién eres?, dijo.

Oí que de mi boca salía una respuesta fantástica: soy Florian Linden y busco al asesino de Karl Schneider, también llamado Charly, turista en este pueblo. El indio me dedicó una mirada desdeñosa y volvió al centro iluminado, en donde como por arte de magia lo esperaban otro tablero y otras fichas. Escuché que gruñía algo ininteligible; le rogué que lo repitiera; a ése lo mató el mar, lo mató su ternura y su estupidez, resonaron en las paredes de la caverna las secas palabras en español. Entendí que el sueño ya no tenía sentido o que se aproximaba a su término y apresuré mis últimas preguntas. ¿Las piezas de ajedrez eran ofrendadas a un dios? ¿Cuál era la causa de que jugara solo? ¿Cuándo iba a terminar todo aquello? (aún ahora desconozco el significado de esta pregunta). ¿Quién más conocía la existencia del templo y cómo salir de él? El indio hizo su primer movimiento y suspiró. ¿Dónde crees que estamos?, preguntó a su vez. Confesé que a ciencia cierta no lo sabía aunque sospechaba que nos hallábamos bajo la colina del pueblo. Te equivocas, dijo. ¿Dónde estamos? Mi voz progresivamente iba adquiriendo un matiz histérico. Tenía miedo, lo admito, y quería salir. Los ojos brillantes de Atahualpa me observaron a través del pelo que caía sobre su rostro como una cascada de aguas residuales. ¿No te has dado cuenta? ¿Cómo llegaste hasta aquí? No lo sé, dije, caminaba por la playa... Atahualpa se rió hacia dentro: estamos debajo de los patines, dijo, poco a poco, si hay suerte, el Quemado los irá alquilando, aunque con el mal tiempo que hace no es seguro, y podrás marcharte. Mi último recuerdo es que me abalancé sobre el indio profiriendo gritos... Desperté con el tiempo justo para bajar a recibir al Quemado pero no para ducharme. Las ingles y la parte interna de los muslos me ardía. En Polonia y en el Frente Oeste cometí dos errores de peso. En el Mediterráneo el Quemado ha barrido los escasos Cuerpos de Ejército dejados como distracción en la parte oeste de Libia y en Túnez. En el próximo turno perderé Italia. Y para el verano del 44 probablemente haya perdido el juego. ¿Qué pasará entonces?

22 de septiembre

Por la tarde, o por la mañana, en ese momento no lo sabía, ¡al levantarme a desayunar!, encontré a Frau Else, a su marido y a un tipo al que jamás había visto sentados en una mesa apartada del restaurante, tomando té y pastelitos. El desconocido, alto, de pelo rubio y tez muy bronceada, era quien llevaba la voz cantante y Frau Else y su marido, cada tanto, celebraban con risas sus ocurrencias o chistes, ladeándose hasta juntar las cabezas y moviendo las manos como para pedir que cesara el alud de cuentos. Tras dudar sobre la conveniencia de unirme al grupo me encaramé sobre un taburete junto a la barra y pedí un café con leche. El camarero, de forma inhabitual, se esmeró en servírmelo con una velocidad sorprendente, lo que sólo produjo efectos contrarios: el café se derramó, la leche estaba demasiado caliente. Mientras esperaba me cubrí la cara con las manos y procuré escapar de la pesadilla. No dio resultado, así que en cuanto pagué salí corriendo a encerrarme en mi habitación.

Dormí un rato, al despertar sentía mareos y náuseas.

Pedí una conferencia con Stuttgart. Necesitaba hablar con alguien y quién mejor que Conrad. Poco a poco fui sintiéndome más sereno, pero en casa de Conrad nadie levantó el teléfono. Anulé la llamada y durante un rato estuve dando vueltas por la habitación, sin parar, mirando cada vez que pasaba junto a la mesa el dispositivo defensivo alemán, saliendo al balcón, dando golpes, no, golpecitos, a las paredes y a las puertas, luchando contra el pulpo de nervios que se desperezaba en el interior de mi estómago.

Poco después sonó el teléfono. Llamaban de abajo anunciando una visita. Dije que no quería ver a nadie pero la recepcionista insistió. Mi visita no pensaba marcharse sin verme. Era Alfons. ¿Qué Alfons? Nombraron un apellido que no recordaba para nada. Oí voces y discusiones. ¡El diseñador con el que me había emborrachado! Terminantemente advertí que no deseaba verlo, que no le permitieran subir. Por el auricular se podía escuchar ahora con absoluta claridad la voz de mi visitante protestando por la falta de educación, por la falta de modales, por la falta de amistad, etcétera. Colgué el teléfono.

Pasaron uno o dos minutos y provenientes de la calle unos aullidos desgarrados me hicieron salir al balcón. En medio del Paseo el diseñador se desgañitaba gritando a la fachada del hotel. El pobre, deduje, era miope y no me vio. Tardé un poco en comprender que sólo decía hijo de puta, repetidas veces. Tenía el pelo revuelto y llevaba una americana de color mostaza con enormes hombreras. Por un instante temí que lo atropellaran pero por suerte el Paseo Marítimo estaba casi desierto a esa hora.

Desalentado, volví a la cama pero ya no pude dormir. Los insultos habían cesado hacía rato aunque en mi cabeza resonaban palabras misteriosas e hirientes. Me preguntaba quién era el desconocido parlanchín que estaba con

Frau Else. ¿Su amante? ¿Un amigo de la familia? ¿El médico? No, los médicos son más silenciosos, más discretos. Me preguntaba si Conrad había vuelto a ver a Ingeborg. Los imaginaba a ambos de la mano paseando a lo largo de una avenida otoñal. ¡Si Conrad fuera menos tímido! El cuadro, a mi entender lleno de posibilidades, ponía lágrimas de dolor y felicidad en mis ojos. Cuánto los quería, en el fondo, a los dos.

Cavilando, de pronto me di cuenta de que el hotel estaba sumergido en un silencio invernal. Comencé a ponerme nervioso y retomé los paseos por la habitación. Sin esperanza de aclarar las ideas estudié la situación estratégica: a lo sumo resistiría tres turnos, con mucha suerte cuatro. Tosí, hablé en voz alta, busqué entre las hojas de mis cuadernos una postal que luego escribí oyendo el sonido del bolígrafo al deslizarse sobre la superficie acartonada. Recité los versos de Goethe:

Y en tanto no lo has captado,
éste: ¡Muere y vivirás!
no eres más que un molesto huésped
en la Tierra Sombría
*(Und so lang du das nicht hast, / Dieses: Stirb und werde! /
Bist du nur ein trüber Gast / Auf der dunklen Erde.)*

Todo inútil. Intenté paliar la soledad, la vulnerabilidad, llamando por teléfono a Conrad, a Ingeborg, a Franz Grabowski, pero nadie contestó. Por un momento pensé que en Stuttgart no quedaba ni un alma. Comencé a hacer llamadas al azar, abriendo la agenda como un abanico. Fue el destino el que marcó el número de Mathias Müller, el niñato de *Marchas Forzadas*, uno de mis enemigos declarados. Él sí estaba. La sorpresa, supongo, fue mutua.

La voz de Müller, impostadamente varonil, se corresponde con su afán de no exteriorizar emociones. Así, con frialdad, me da la bienvenida a casa. Por supuesto, cree que he vuelto. También, por supuesto, espera que mi llamada obedezca a una invitación de carácter profesional como preparar juntos las ponencias de París. Lo desengaño. Aún estoy en España. Algo oí decir, miente. Acto seguido adopta una posición defensiva, como si telefonearlo desde España constituyera en sí mismo una trampa o un insulto. Te he llamado al azar, dije. Silencio. Estoy encerrado en mi habitación haciendo llamadas al azar, tú eres el ganador. Comencé a reírme a carcajadas y Müller trató en vano de imitarme. Sólo consiguió un híbrido de graznido.

—Yo soy el ganador —repitió.

—Eso es. Podría haberle tocado a cualquier otro habitante de Stuttgart pero te tocó a ti.

—Me tocó a mí. Bueno, ¿cogías los números de una guía telefónica o de tu agenda?

—De mi agenda.

—Entonces no he tenido *tanta* suerte.

De improviso la voz de Müller sufre una notable transformación. Tengo la impresión de estar hablando con un niño de diez años que da rienda suelta a las ideas más peregrinas. Ayer vi a Conrad, dice, en el club, está muy cambiado, ¿lo sabías? ¿Conrad? ¿Cómo voy a saberlo si hace siglos que estoy en España? Parece que este verano por fin lo han cazado. ¿Cazado? Sí, derribado, tocado, eliminado, reducido, cargado de hits. Está enamorado, concluye. ¿Conrad enamorado? En el otro lado de la línea se escucha un ahá de asentimiento y luego ambos guardamos un silencio embarazoso como si comprendiéramos que habíamos hablado demasiado. Al cabo, Müller dijo: el Elefante ha muerto. ¿Quién demonios era el Elefante? Mi perro, dijo, y luego prorrumpió en un torrente de sonidos onomatopéyicos: oink oink oink. ¡Eso era un cerdo! ¿Es que su perro ladraba como un cerdo? Hasta la vista, dije apresuradamente, y colgué.

Al oscurecer llamé a recepción preguntando por Clarita. La recepcionista dijo que no estaba. Creí percibir un deje de asco en la respuesta. ¿Con quién hablo? La sospecha de que fuera Frau Else fingiendo otra voz se instaló en mi pecho como una película de terror con piscinas llenas de sangre. Con Nuria, la recepcionista, dijo la voz. ¿Cómo está usted, Nuria?, saludé en alemán. Muy bien, gracias, ¿y usted?, contestó, asimismo en alemán. Bien, bien, estupendamente. No era Frau Else. Mi cuerpo, convulsionado de felicidad, rodó por la cama hasta caer y hacerse daño. Con la cara hundida en la moqueta di salida a todas las lágrimas acumuladas durante la tarde. Luego me bañé, me afeité, y seguí esperando.

Primavera del 44. Pierdo España y Portugal, Italia (salvo Trieste), la última cabeza de puente en el lado oeste del Rin, Hungría, Koenigsberg, Danzig, Cracovia, Breslau, Poznań, Lodz (al este del Oder sólo conservo Kolberg), Belgrado, Sarajevo, Ragusa (de Yugoslavia sólo conservo Zagreb), cuatro cuerpos blindados, diez cuerpos de infantería, catorce factores aéreos...

23 de septiembre

Un ruido proveniente de la calle consigue despertarme en el acto. Al enderezarme sobre la cama no logro escuchar nada. La sensación de haber sido llamado, no obstante, es fuerte e imprecisa. En calzoncillos me asomo al balcón: el sol aún no ha salido o tal vez ya se ha puesto y en la puerta del hotel está estacionada una ambulancia con todas las luces encendidas. Entre la parte trasera de la ambulancia y las escalinatas hay tres personas que conversan en voz baja aunque moviendo las manos desmesuradamente. Sus voces arriban al balcón reducidas a un murmullo ininteligible. Sobre el horizonte planea una luz azul oscura con estrías fosforescentes como preludio de tormenta. El Paseo Marítimo está vacío a excepción de una sombra que se pierde por la acera que bordea el mar en dirección a la zona de los campings, que a esta hora (¿pero qué hora es?) se asemeja a una cúpula gris lechosa, un bulbo en la curva de la playa. En el otro extremo, las luces del puerto han disminuido o acaban de encenderse en su totalidad. El asfalto del Paseo está mojado, por lo que es fácil adivinar que ha llovido. De pronto una orden pone en movimiento a los hombres que esperan. Simultáneamente se abren las puertas del hotel y de la ambulancia y una camilla baja las escalinatas porteada por una pareja de enfermeros. Junto a éstos, un poco retrasados, a la altura de la cabeza del yaciente, solícitos, aparecen Frau Else vestida con un largo abrigo rojo y el tipo parlanchín de la piel bronceada, seguidos por la recepcionista, el vigilante, un camarero, la señora gorda de la cocina. Sobre la camilla, cubierto hasta el cuello con una manta, está el marido de Frau Else. El descenso de las escalinatas es, o así me lo parece, en extremo cauteloso. Todo el mundo contempla al enfermo. Éste, boca arriba y con gesto desolado, murmura instrucciones para bajar las escaleras. Nadie le hace caso. Justo entonces nuestras miradas se encuentran en el espacio transparente (y tembloroso) que media entre el balcón y la calle.

Así:

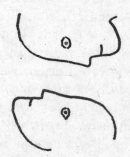

Después las puertas se cierran, la ambulancia se pone en marcha con la sirena encendida pese a que no se vislumbra ni un solo coche en el Paseo, la luz que atraviesa los ventanales de la primera planta decrece en intensidad, el silencio envuelve otra vez el Del Mar.

Verano del 44. Como Krebs, Freytag-Loringhoven, Gerhard Boldt, caligrafío los partes de la guerra pese a saberla perdida. La tormenta no ha tardado en estallar y ahora la lluvia golpea el balcón abierto como una mano muy larga y huesuda, oscuramente maternal, que quisiera advertirme sobre los peligros de la soberbia. Las puertas del hotel no están vigiladas, por lo que el Quemado no ha tenido ningún problema en subir solo a mi habitación. El mar está subiendo, murmura en el interior del baño adonde lo he arrastrado, mientras se seca la cabeza con una toalla. Es el momento ideal para golpearlo pero no muevo ni un músculo. La cabeza del Quemado, enguantada en la toalla, ejerce sobre mí una fascinación fría y luminosa. Bajo sus pies se forma un charquito de agua. Antes de comenzar a jugar lo obligo a quitarse la camiseta mojada y a ponerse una mía. Le va un poco estrecha pero al menos está seca. El Quemado, como si a estas alturas regalarle algo fuera de lo más natural, se la pone sin decir palabra. Es el fin del verano y es el fin del juego. El frente del Oder y el frente del Rin se deshacen a la primera embestida. El Quemado se mueve alrededor de la mesa como si danzara. Tal vez eso es precisamente lo que hace. Mi último círculo defensivo está en Berlín-Stettin-Bremen-Berlín, lo demás, incluidos los Ejércitos de Baviera y el norte de Italia, queda desabastecido. ¿Dónde dormirás esta noche, Quemado?, dije. En mi casa, contesta el Quemado. Las otras preguntas, que son muchas, se me atoran en la garganta. Después de despedirnos me instalé en el balcón y contemplé la noche lluviosa. Suficientemente grande como para tragarnos a todos. Mañana seré derrotado, no hay duda.

24 de septiembre

Desperté tarde y sin apetito. Mejor así pues el dinero que me queda es escaso. La lluvia no ha amainado. En la recepción, al preguntar por Frau Else, me dicen que está en Barcelona o Gerona, «en el Gran Hospital», junto a su esposo. Sobre la gravedad de éste el comentario es inequívoco: se muere. Mi desayuno consistió en un café con leche y un croissant. En el restaurante sólo quedaba un camarero para atender a cinco viejos surinameses y a mí. El Del Mar, de golpe, se ha vaciado.

A media tarde, sentado en el balcón, me di cuenta de que mi reloj ya no funcionaba. Intenté darle cuerda, golpearlo, pero no hubo remedio. ¿Desde cuándo está así? ¿Esto tiene algún significado? Eso espero. Por entre los barrotes del balcón observo a los pocos transeúntes que recorren aprisa el Paseo Marítimo. Caminando en dirección al puerto distinguí al Lobo y al Cordero, ambos vestidos con idénticas chaquetas de mezclilla. Levanté una mano para saludarlos pero por supuesto no me vieron. Parecían dos cachorros de perro, saltando charcos, empujándose y riendo.

Poco después bajé al comedor. Allí estaban otra vez los viejos surinameses, todos alrededor de una gran paellera rebosante de arroz amarillo y mariscos. Tomé asiento en una mesa cercana y pedí una hamburguesa y un vaso de agua. Los surinameses hablaban muy rápido, ignoro si en holandés o en su lengua natal, y el zumbido de sus voces por un instante consiguió tranquilizarme. Cuando el camarero apareció con la hamburguesa le pregunté si sólo quedaba aquella gente en el hotel. No, hay otros clientes que durante el día hacen excursiones en autocar. Personas de la tercera edad, dijo. ¿Tercera edad? Qué curioso. ¿Y llegan muy tarde? Tarde y armando jarana, dijo el camarero. Después de comer volví a mi habitación, me di una ducha caliente y me acosté.

Desperté con tiempo suficiente para hacer las maletas y pedir una conferencia a cobro revertido con Alemania. Las novelas que había traído para leer en la playa (y que ni siquiera había hojeado) las dejé sobre la mesita de noche para que Frau Else las encontrara al volver. Sólo guardé la novela de Florian Linden. Al cabo de un rato la recepcionista me avisó que podía hablar. Conrad había aceptado la llamada. En pocas palabras le dije que me alegraba hablar con él y que si tenía suerte pronto nos veríamos. Al principio Conrad se mostró algo brusco y distante pero no tardó demasiado en advertir la gravedad de lo que se estaba cociendo. ¿Es la despedida final?, preguntó de un modo bastante cursi. Dije que no aunque mi voz cada vez sonaba más insegura. Antes de colgar recordamos las veladas en el club, las partidas épicas y memorables, y nos reímos a tambor batiente al referirle mi conversación telefónica con Mathias Müller. Cuida de Ingeborg, fueron mis palabras de despedida. Así lo haré, prometió Conrad solemnemente.

Entorné la puerta y esperé. El ruido del ascensor precedió la llegada del Quemado. A simple vista la habitación presentaba un aspecto distinto al de noches anteriores, las maletas estaban a un lado de la cama, en un sitio bien visible, pero el Quemado no les dedicó ni una mirada. Nos sentamos, yo en la cama y él junto a la mesa, y durante un instante nada ocurrió, como si hubiéramos adquirido la virtud de entrar y salir a voluntad del interior de un iceberg. (Ahora, cuando pienso en ello, el rostro del Quemado se me ofrece completamente blanco, enharinado, lunar, aunque bajo la delgada capa de pintura se adivinan las cicatrices.) La iniciativa le pertenecía y sin necesidad de sacar cuentas, no traía su libreta pero todos los BRP del mundo eran suyos, lanzó los Ejércitos rusos sobre Berlín y la conquistó. Con los Ejércitos angloamericanos se encargó de destrozar las unidades que yo hubiera podido enviar para retomar la ciudad. Así de fácil era la victoria. Cuando llegó mi turno intenté mover la reserva blindada del área de Bremen y me estrellé contra el muro de los aliados. De hecho, fue un movimiento simbólico. Acto seguido admití la derrota y me rendí. ¿Y ahora qué?, dije. El Quemado exhaló un suspiro de gigante y salió al balcón. Desde allí me hizo señas para que lo siguiera. La lluvia y el viento arreciaban haciendo inclinarse a las palmeras del Paseo. El dedo del Quemado señaló hacia delante, por encima del contrafuerte. En la playa, en donde se alzaba la fortaleza de patines, vi una luz, vacilante e irreal como un fuego de San Telmo. ¿Una luz en el interior de los patines? El Quemado rugió como la lluvia. No me avergüenza confesar que pensé en Charly, un Charly transparente venido del más allá a condolerse de mi ruina. Ciertamente estaba muy cerca del desvarío. El Quemado dijo: «Vamos, no podemos retroceder», y lo seguí. Bajamos las escaleras del hotel, pasando por la recepción iluminada y vacía, hasta que ambos estuvimos en medio del Paseo. La lluvia que entonces azotó mi rostro tuvo el efecto de un enervante. Me detuve y grité: ¿quién está allí? El Quemado no respondió y siguió internándose en la playa. Sin pensarlo eché a correr tras él. Ante mí surgió de pronto la mole de patines ensamblados. No sé si por efecto de la lluvia o de las olas cada vez mayores uno tenía la impresión de que los patines estaban sumiéndose en la arena. ¿Todos estábamos hundiéndonos? Recordé la noche en que subrepticiamente me había arrastrado hasta aquí para escuchar los consejos guerreros del desconocido que luego tomé por el marido de Frau Else. Recordé el calor de entonces y lo comparé con el calor que ahora sentía en todo el cuerpo. La luz que habíamos visto desde el balcón parpadeaba furiosamente en el interior de la chabola. Con ambas manos me apoyé, en un gesto que amalgamaba resolución y cansancio al mismo tiempo, en un saliente de flotador y por los resquicios traté de discernir quién podía hallarse junto a la luz; fue inútil. Empujando con todas mis fuerzas intenté desarbolar la estructura y sólo conseguí que mis manos se cubrieran de arañazos contra la superficie de maderas y hierros viejos. La fortaleza tenía la consistencia del granito. El Quemado, al que por unos segundos había dejado de vigilar, estaba de espaldas a los patines, absorto en la contemplación de la tormenta. ¿Quién está allí? Por favor, conteste, grité. Sin esperar una improbable respuesta probé a escalar la chabola pero di un paso en falso y caí de bruces sobre la arena. Al incorporarme, si bien a medias, vi que el Quemado estaba junto a mí. Pensé que ya nada podía hacer. La mano del Quemado asió mi cuello y tiró hacia arriba. Di un par de manotazos, del todo inútiles, e intenté patearlo, pero mis miembros habían adquirido la consistencia de la lana. Aunque no creo que el Quemado me escuchara murmuré que yo no era nazi, que yo no tenía ninguna culpa. Por lo demás, nada podía hacer, la fuerza y determinación del Quemado, inspiradas por la tormenta y la marejada, eran irresistibles. A partir de ese instante mis recuerdos son vagos y fragmentados. Fui levantado como un pelele y contra lo que yo esperaba (muerte por agua) trasladado a rastras hacia la abertura de la chabola de patines. No ofrecí resistencia, no seguí suplicando, no cerré los ojos salvo cuando cogido del cuello y de la entrepierna inicié el viaje hacia el interior; entonces sí cerré los ojos y me vi a mí mismo instalado en otro día menos negro pero no luminoso, como el «molesto huésped de la Tierra Sombría» y vi al Quemado yéndose del pueblo y del país por un camino zigzagueante hecho de dibujos animados y pesadillas (¿pero de qué país?, ¿de España?, ¿de la Comunidad Económica Europea?), como el eterno doliente. Abrí los ojos cuando me sentí encallar en la arena, a pocos centímetros de una lámpara de camping gas. No tardé en comprender, mientras me revolvía como un gusano, que estaba solo y que nunca hubo nadie junto a la lámpara; que ésta había permanecido encendida bajo la tormenta precisamente para que yo la observara desde el balcón del hotel. Afuera, caminando en círculos alrededor de la fortaleza, el Quemado se reía. Podía escuchar sus pisadas que se hundían en la arena y su risa clara, feliz, como la de un niño. ¿Cuánto tiempo permanecí allí, de rodillas entre las parcas pertenencias del Quemado? No lo sé. Cuando salí ya no llovía y el amanecer comenzaba a insinuarse en el horizonte. Apagué la lámpara y me izé fuera del agujero. El Quemado estaba sentado con las piernas cruzadas, mirando hacia levante, lejos de sus patines. Podía, perfectamente, estar muerto y seguir manteniendo el equilibrio. Me acerqué, no mucho, y le dije adiós.

25 de septiembre. Bar Casanova. La Jonquera

Con las primeras luces del día abandoné el Del Mar; lentamente rodé con el coche por el Paseo Marítimo cuidándome de que el ruido del motor no molestara a nadie. A la altura del Costa Brava di la vuelta y aparqué en la zona reservada para automóviles donde al comienzo de nuestras vacaciones Charly nos enseñara su tabla de windsurf. Mientras me dirigía a los patines no vi a nadie en la playa salvo un par de corredores enfundados en chándals que se perdían en dirección a los campings. La lluvia hacía rato que había cesado; en la pureza del aire se intuía que aquél iba a ser un día de sol. La arena, sin embargo, seguía mojada. Al llegar junto a los patines presté atención por si oía algún sonido que delatara la presencia del Quemado y creí percibir un ronquido muy suave proveniente del interior, pero no estoy seguro. En una bolsa de plástico llevaba el Tercer Reich. Con cuidado la deposité sobre la lona que cubría los patines y volví al coche. A las nueve de la mañana salí del pueblo. Las calles estaban semidesiertas, por lo que pensé que debía tratarse de alguna festividad local.

Todo el mundo parecía estar en la cama. En la autopista la circulación se hizo más numerosa, con coches de matrículas francesas y alemanas que llevaban la misma dirección que yo.

Ahora estoy en la Jonquera...

30 de septiembre

Tres días estuve sin ver a nadie. Ayer, por fin, pasé por el club con el convencimiento interno de que ver a mis antiguos amigos no fuera una buena idea, al menos por el momento. Conrad estaba sentado en una de las mesas más apartadas. Llevaba el pelo más largo y unas profundas ojeras que ya no recordaba. Durante un rato estuve mirándolo sin decir nada mientras los demás se acercaban a saludarme. Hola, campeón. ¡Con qué sencillez y calor era recibido y sin embargo lo único que sentí fue amargura! Al verme, en medio del revuelo, Conrad se acercó sin prisa y me tendió la mano. Era un saludo menos entusiasta que el de los demás pero más sincero, que tuvo un efecto balsámico en mi espíritu; me hizo sentirme en casa. Pronto todos volvieron a las mesas y se entablaron nuevos combates. Conrad pidió que lo reemplazaran y preguntó si deseaba conversar en el club o fuera. Dije que prefería caminar. Estuvimos juntos, tomando café y hablando de cualquier cosa menos de lo que realmente importaba, en mi casa, hasta pasada la medianoche, término en el cual me ofrecí a acompañarlo hasta la suya. Todo el trayecto en coche lo hicimos en silencio. No quise subir. Tenía sueño, expliqué. Al despedirnos Conrad dijo que si necesitaba dinero no dudara en pedírselo. Probablemente necesitaré algo de dinero. Otra vez nos dimos un apretón de manos, más largo y sincero que el anterior.

Ingeborg

Ninguno de los dos tenía intención de hacer el amor y
al final acabamos en la cama. Influyó la disposición sensual
de los muebles, alfombras y objetos diversos con que Ingeborg ha redecorado su espaciosa habitación, y la música de
una cantante americana cuyo nombre no recuerdo, y también la tarde, de color añil, apacible como pocas tardes de
domingo. Esto no quiere decir que hayamos reanudado
nuestra relación de pareja; la decisión de seguir siendo tan
sólo amigos es irrevocable por ambas partes y seguramente
será más provechosa que nuestro antiguo vínculo. La diferencia entre una y otra situación, para ser sincero, no es
mucha. Por supuesto tuve que contarle algunas de las cosas que pasaron en España después de que ella se marchara. Básicamente hablé de Clarita y del hallazgo del cuerpo
de Charly. Ambas historias la impresionaron vivamente.
En contrapartida me hizo una revelación que no sé si considerar patética o graciosa. Conrad, durante mi ausencia,
intentó iniciar un romance con ella. Por descontado, siempre dentro de la más absoluta corrección. ¿Y qué pasó?,

dije, sorprendido. Nada. ¿Te besó? Hizo la prueba pero le
di una bofetada. Ingeborg y yo nos reímos mucho, pero
luego a mí me dio pena.

Hanna

Hablé con Hanna por teléfono. Me dijo que Charly había llegado a Oberhausen en una bolsa de plástico de cincuenta centímetros, más o menos como una bolsa de basura súper, eso le había contado el hermano mayor de Charly, que fue quien se encargó de recibir los restos y de los trámites burocráticos. El hijo de Hanna está muy bien. Hanna es feliz, según dice, y piensa volver de vacaciones a España. «Eso a Charly le hubiera gustado, ¿no te parece?» Contesté que sí, que tal vez. ¿Y a ti qué fue realmente lo que te pasó?, dice Hanna. La pobre Ingeborg se lo creyó todo, pero yo soy más vieja, ¿no es verdad? No me pasó nada, dije. ¿Qué te pasó a ti? Tras un momento (se escuchan voces, Hanna no está sola) dice: ¿a mí?... Lo de siempre.

20 de octubre

A partir de mañana comienzo a trabajar como administrativo en una empresa dedicada a la fabricación de cucharas, tenedores, cuchillos y artículos afines. El horario es similar al que tenía antes y el sueldo es un poco superior.

Desde mi regreso estoy en ayunas de juegos. (Miento, la semana pasada jugué a las cartas con Ingeborg y su compañera de piso.) Nadie de mi círculo, pues sigo yendo al club dos veces por semana, lo ha percibido. Allí atribuyen mi desgana a una sobresaturación o a que estoy demasiado ocupado *escribiendo* sobre juegos. ¡Qué lejos están de la verdad! La ponencia que iba a presentar en París la está redactando Conrad. Mi única contribución será traducirla al inglés. Pero ahora que inicio una nueva etapa laboral ni eso es seguro.

Von Seeckt

Hoy, después de un largo paseo a pie, le dije a Conrad que bien pensado y en resumidas cuentas todos nosotros éramos como fantasmas que pertenecían a un Estado Mayor fantasma ejercitándose continuamente sobre tableros de *wargames*. Las maniobras a escala. ¿Te acuerdas de Von Seeckt? Parecemos sus oficiales, burladores de la legalidad, sombras que juegan con sombras. Estás muy poético esta noche, dijo Conrad. Por supuesto, no entendió nada. Añadí que probablemente no iría a París. Al principio Conrad pensó que se trataba de una imposibilidad laboral y lo aceptó, pero cuando dije que en el trabajo todos se iban de vacaciones en diciembre y que la razón era otra, adoptó una actitud de agravio personal y durante un buen rato se negó a hablarme. Es como si me dejaras solo ante los leones, dijo. Me reí con ganas: somos la basura de Von Seeckt pero nos queremos, ¿verdad? Al cabo, Conrad también se rió, aunque tristemente.

Frau Else

Hablé por teléfono con Frau Else. Una conversación fría y enérgica. Como si los dos no tuviéramos otra cosa mejor que hacer que gritar. ¡Mi marido ha muerto! ¡Yo estoy bien, qué remedio! ¡Clarita está en el paro! ¡El tiempo es bueno! ¡Aún hay turistas en el pueblo pero el Del Mar está cerrado! ¡Pronto me marcho de vacaciones a Túnez! Supuse que los patines ya no estaban. En lugar de preguntar directamente por el Quemado hice una pregunta estúpida. Dije: ¿la playa está vacía? ¡Cómo va a estar si no! ¡Vacía, claro! Como si el otoño nos hubiera vuelto sordos. Qué más da. Antes de despedirnos Frau Else me recordó que había dejado unos libros olvidados en su hotel, que pensaba enviármelos por correo. No los olvidé, dije, los dejé para que tú los tuvieras. Creo que se emocionó un poco. Luego nos dimos las buenas noches y colgamos.

El Congreso

Decidí acompañar a Conrad al Congreso y *mirar*. Los primeros días fueron aburridos y aunque ocasionalmente hice de traductor entre compañeros alemanes, franceses e ingleses, me escapaba apenas tenía tiempo libre y dedicaba el resto del día a largos paseos por París. Con mayor o menor fortuna todas las ponencias y discursos fueron leídos, todos los juegos fueron jugados y todos los proyectos para una Federación Europea de jugadores fueron esbozados y sufridos. Por mi parte llegué a la conclusión de que el ochenta por ciento de los ponentes necesitaba asistencia psiquiátrica. Para consolarme me repetía que eran inofensivos, una y otra vez, y finalmente acabé aceptándolo porque era lo mejor que podía hacer. El plato fuerte fue la llegada de Rex Douglas y los americanos. Rex es un tipo de unos cuarenta y tantos años, alto, fuerte, con una espesa cabellera de color castaño brillante (¿se pone abrillantador en el pelo?, quién sabe), que derrocha energía a dondequiera que vaya. Se puede afirmar que fue la estrella indiscutida del Congreso y el primer propulsor de cuantas ideas se lanzaron, no importa lo peregrinas o estúpidas que fueran. En lo que a mí respecta preferí no saludarlo, aunque más ajustado a la verdad sería decir que preferí no hacer el esfuerzo por acercarme a él, rodeado permanentemente por una nube de organizadores del Congreso y admiradores. El día de su llegada Conrad cruzó un par de palabras con él y por la noche, en casa de Jean-Marc, donde estábamos alojados, sólo habló de lo interesante e inteligente que era Rex. Se dice que incluso jugó una partida de Apocalipsis, el nuevo juego que su casa editora ha lanzado al mercado, pero aquella tarde yo no estaba y no pude verlo. Mi ocasión llegó en el penúltimo día del Congreso. Rex se había reunido con un grupo de alemanes e italianos y yo me hallaba a unos cinco metros, en la mesa de exposición del grupo de Stuttgart, cuando oí que me llamaban. Éste es Udo Berger, el campeón de nuestro país. Al acercarme los demás se apartaron y quedé cara a cara con Rex Douglas. Quise decir algo pero las únicas palabras que encontré salieron atropelladas e incoherentes. Rex me tendió la mano. No recordó nuestra breve relación epistolar o bien prefirió no hacerla pública. De inmediato retomó la charla con uno del grupo de Colonia y yo me quedé un instante escuchando, con los ojos semicerrados. Hablaban del Tercer Reich y de las estrategias a utilizar con las nuevas variantes que había añadido Beyma. ¡En el Congreso se estaba jugando un Tercer Reich y yo ni siquiera me había acercado a dar una vuelta por el perímetro de juegos! Por lo que dijeron inferí que el de Colonia llevaba a los alemanes y que el curso de la guerra había llegado a un punto muerto.

—Eso es bueno para ti —dijo bruscamente Rex Douglas.

—Sí, si nos aferramos a lo conquistado, lo que va a ser una empresa difícil —dijo el de Colonia.

Los demás asintieron. Se hicieron alabanzas sobre un

jugador francés que dirigía al equipo que llevaba a la URSS y acto seguido comenzaron a hacer planes para la cena de la noche, otra cena, como todas, de hermandad. Sin que nadie se diera cuenta me fui alejando del grupo. Volví a la mesa de Stuttgart, vacía salvo por los proyectos patrocinados por Conrad, la arreglé un poco, puse una revista aquí, un juego allá, y me marché sin hacer ruido del recinto del Congreso.

ÍNDICE

"El logro más audaz de Bolaño... Una obra atrevida como pocas. Da al traste con la frontera entre el afán lúdico y la seriedad". —Financial Times

2666

Cuatro académicos tras la pista de un enigmático escritor alemán; un periodista de Nueva York en su primer trabajo en México; un filósofo viudo; un detective de policia enamorado de una esquiva mujer —estos son algunos de los personajes arrastrados hasta la ciudad fronteriza de Santa Teresa, donde en la última década han desaparecido cientos de mujeres. Publicada póstumamente la última novela de Roberto Bolaño no sólo es su mejor obra y una de las mejores del siglo XXI, sino uno de esos excepcionales libros que trascienden a su autor y su tiempo para formar parte de la literatura universal.

Ficción/978-0-307-47595-4

"Una obra maestra". —The New Yorker

LOS DETECTIVES SALVAJES

Arturo Belano y Ulises Lima, dos quijotes modernos, salen
tras las huellas de Cesárea Tinajero, la misteriosa escritora
desaparecida en México en los años posteriores a la revo-
lución. Esa búsqueda —el viaje y sus consecuencias— se
prolonga durante veinte años, bifurcándose a través de
numerosos personajes y continentes. Con escenarios como
México, Nicaragua, Estados Unidos, Francia y España, y
personajes entre los que destacan un fotógrafo español a
punto de la desesperación, un neonazi, un torero mexicano
jubilado que vive en el desierto, una estudiante francesa lec-
tora de Sade, una prostituta adolescente en permanente
huida, un abogado gallego herido por la poesía y un editor
mexicano perseguido por unos pistoleros, *Los detectives
salvajes* es una novela donde todo cabe.

Ficción/978-0-307-47611-1

VINTAGE ESPAÑOL
Disponible en su librería favorita, o visite
www.grupodelectura.com